Hand im Spiel

Urs Richle

Hand im Spiel

Roman

Eichborn.**Berlin**

INTRO

RUES BASSES

Mit Hochdruck spritzt das Wasser aus der langen, querstehenden Brause, dicke Bürstenkreisel laufen am Bauch des Waschwagens gegeneinander, kratzen die Bordsteinkante blank, schleudern Zigarettenstummel, Dosen und verdreckte Papierservietten in die Tonne. Der orangene Wagen fährt langsam, mit jener gewissenhaften Genauigkeit der Rolex-Uhren, die hinter den Fenstern aufgebahrt sind. Die Strasse ist menschenleer. Ein feiner Glanz liegt über den Glasfassaden. Die ersten Sonnenstrahlen dringen über die Dächer, fallen auf das nassglänzende Pflaster, blitzen an verschlossenen Türen und Fenstern, treffen auf starre Puppengesichter, auf Preisschilder und Ladenöffnungszeiten. Das Wasser rauscht über den Boden, die Luft vibriert vom Brummen des dahinschleichenden Staubsaugers, der knapp an der Schaufensterscheibe vorbeischnurrt und um die Ecke verschwindet. Ein alter Mann geht über das frisch gewaschene Trottoir. Geneigter, buckliger Rücken, eine Zigarette in der Hand. Er nimmt einen letzten Zug, wirft die Zigarette zur Seite und verschwindet in einer Gasse. Der glimmende Stummel erlischt im Wasser des Waschwagens, der um die Ecke zurückkommt und weiter durch die leere Strasse an den Auslegevitrinen, Eingangsportalen und Werbeplakaten entlang fährt wie durch eine verlassene Welt.

Nicht weit davon, im nahen Park, räkelt sich derweil ein grosser, schwerer Körper unter Zeitungen, kältestarre Arme und Beine, schmerzende Gelenke, der unwiderstehliche Drang zu pinkeln, das Beissen am Kinn, die rissige Hand, die über die Bartstoppeln fährt. Das Knistern und Rascheln der Zeitungen und Plastiktüten, ein Griff an die Seite - noch alles da. Zwei Rucksäcke liegen neben ihm, die Flöte steckt in der Seitentasche. Blick über den Jardin Anglais, Blumenreihen, wie mit der Schnur gezogen, die niedrigen Zäune, die messerscharf nachgezogenen Rasenborde, das Geländer vorne am Steg. Der See ist ruhig heute. Ein leichtes Schimmern auf der glatten Oberfläche des weiten, sich bis nach Lausanne, Montreux, bis an die Mündung des Wallis hinaufziehenden Lac Léman. Die Häuserzeile auf der anderen Hafenseite, Schriftzüge von Banken, Versicherungen und Getränken, die rotweisse Fahne auf einem Dach.

Vereinzelt ein Auto, das über den Pont du Mont-Blanc rast, ein Bus. Bald wird der Verkehr einsetzen.

In der Ferne geht der Alte an einem Stock. Leicht hinkend schlendert er über das Trottoir an den Geschäften entlang. Er redet vor sich hin, bleibt stehen, betrachtet die Auslagen in den Vitrinen. Er weiss, dass er der erste ist. Das Café ist noch geschlossen, aber in wenigen Minuten wird es öffnen. Noch ein paar Schritte, nicht zu hastig gehen.

Schlüssel klirren, die Tür geht auf. Ein grosser, dickbäuchiger Mann tritt auf die Strasse hinaus, steckt sich eine Zigarette in den Mund, schaut nach links und nach rechts, verschwindet im Eingang, um gleich darauf mit Stühlen wieder auf dem Trottoir zu erscheinen, holt noch mehr Stühle, dann einen Tisch, noch einen und schliesslich einen dritten. Er wirft rote, gerillte Plastikdecken darüber, rückt die weissen Kunststoffstühle zurecht, schaut die Strasse hinunter, wirft die Zigarette auf den frisch gefegten Asphalt und tritt wieder ins Café.

Es ist eben sechs Uhr vorbei, als der Alte eintritt. Mit gesenktem Haupt und zum Gruss erhobener Hand bestellt er einen Kaffee, setzt sich ans Fenster unter den in Spiegelschrift schwungvoll auf das Glas gemalten Schriftzug: *Cristallina*. Er steckt sich eine Zigarette an. Seine fleckigen Hände zittern leicht. Er schaut durch das Fenster auf die Strasse hinaus. Die ersten Frühaufsteher gehen vorüber. Der Kellner serviert den Kaffee. *Ça va? – Oh, lala, das wird ein Tag werden!*

KAIRO AIRPORT

Die Bar ist lang. Müde Gäste sitzen auf den Barhockern und lehnen sich an die Theke. Zwei grosse, schlanke Nubier in dunkelblauen Djellabas servieren mit bedächtigen, fliessenden Bewegungen schwarzen Kaffee und Tee mit Minzblättern. Ihre Sprache verhalten, zurückgenommen, leise klingende Musik. In den Gängen gehen Männer in Krawatten auf und ab, verschleierte Frauen an ihrer Seite. Verunsicherte Europäer werfen ihnen neugierige Blicke zu, eine Gruppe von jungen Männern in langen weissen Hemden wandelt redend vorüber, die Füsse in dünnen Ledersandalen. Das Gemurmel hallt in den Gängen.

Auf dem Barhocker ganz aussen liegt eine schwarze Reisetasche. Schlaff hängt sie über die Sitzkante, das Leder leicht eingefallen, als liege sie dort seit Tagen. Eine Hand greift danach, eine grosse, dunkelhäutige Männerhand, Goldkettchen am Handgelenk, weisser Hemdsärmel mit Manschettenknopf. Auf Kniehöhe verschwindet die Tasche im Getümmel, ein Wirrwarr von Beinen und Rollwagen. Lautsprecherdurchsagen, die vermisste Passagiere auf Arabisch und auf Englisch ausrufen und

Flugnummern durchsagen. Über allem die gestaute Hitze der Wüste, die satte, von Abgasen geschwängerte Luft, der Sand wie hinzugedacht.

Die Gepäckstücke fahren auf dem Rollband von links nach rechts. Graue Schlieren, Schattierungen. Taschen, Koffer, Rucksäcke. Die Umrisse des Inhaltes in digitaler Auflösung: ein Feuerzeug, ein Kugelschreiber, kleine wolkige Schatten von Textilien, ein metallenes Zigarettenetui, Schlüssel, der Reissverschluss, nichts Verdächtiges. Die schwarze Ledertasche verlässt den Tunnel des Röntgenapparates, und der Passagier darf weitergehen.

Herzlich willkommen an Bord.

MAISON DE RETRAITE

Sein Kiefer hängt leicht herunter, die Lippen geöffnet, ein unangenehm stechender Geruch im Raum. Die Vorhänge sind zugezogen, die Lamellen geschlossen. Die Tür springt auf und die Krankenschwester eilt in grossen Schritten zum Fenster hin, reisst Vorhänge und Fenster auf, kurbelt am Bett die Kopfstütze hoch, routiniert mit freundlichen Worten. Zwei Pflegerinnen stossen den Frühstückswagen herein, ziehen das Tablett heraus, legen es vor ihn auf das Bettgestell, stellen einen Becher dazu, giessen Kaffee ein. *Guten Morgen Herr Dubois.*

Als es wieder still ist im Zimmer, fehlt ihm das Gebiss. Wie soll er die bereits gestrichenen Brote essen? Sie in die braune Brühe tunken? Schlabbern wie ein Baby? Er stösst das Tablett von sich, wirft die Decke zurück und zerrt seine Beine an den Bettrand, lässt sie hinabgleiten und baumelnd Boden fassen. Jeden Morgen dasselbe

Spiel. Gebückt bleibt er sitzen, das Nachthemd klebt an seiner Haut. Griff ins Fach des Nachttischchens, er reisst eine braune Aktentasche heraus, nestelt darin herum, bis seine zittrigen Finger gefunden haben, was er sucht: ein zerknittertes Päckchen Gauloises. Er zerrt die einzige vom Vortag übrig gebliebene Zigarette heraus und steckt sie sich zwischen die Lippen, atmet erleichtert auf, klaubt ein Feuerzeug unter der Matratze hervor, gibt sich Feuer. Er wird in die Stadt fahren müssen heute, wer sonst sollte ihm Zigaretten bringen. Sie werden es ihm verbieten, sie werden sie ihm wegnehmen, sie werden ihn einsperren, anbinden, ihn schmachten und jammern lassen. Aber das lässt er sich nicht mehr gefallen, nicht heute, und auch nicht morgen, vielleicht übermorgen, aber wer weiss, ob er dann noch sein wird.

HOTEL DES BERGUES

Kaum etwas ist lästiger als ein Kaffeefleck auf dem weissen Hemd, und das am frühen Morgen. Er wird noch einmal hochgehen müssen, um das Hemd zu wechseln. Der Boy kann ihm da nicht helfen, auch wenn er sich noch so höflich entschuldigt. Überhaupt könnte sein Anzug eine Reinigung vertragen. Wenn er sich so anschaut, dann wäre es tatsächlich an der Zeit, sich einmal neu einzukleiden. Auf dem milchweissen Tischtuch singt das Handy eine schnulzige Melodie. Der schmale Schnurrbart zuckt leicht. Gelatine im glatt nach hinten gekämmten, schwarzglänzenden Haar. Erdbeerkrawatte. Couillos Stimme ist verraucht, noch belegt, unfreundlich. *Ja? - Nichts? Dann macht weiter! - Ja.* Das

Handy liegt neben dem Frühstücksteller wie eine Gabel. Eine stark behaarte Hand, Haare auch auf den Fingern, zwei silberne Ringe. Die Rolex halb verdeckt durch die Manschetten. Zwei Scheiben gebutterter Toast liegen auf dem Teller, gebratener Speck, Spiegelei, Orangensaft in einem schmalen, hohen Glas. Der Tisch steht am Fenster, Blick auf den Quai, zwei Limousinen fahren vor. Couillo streift sich vorsichtig über die Schläfe, trinkt Orangensaft, schlürft Kaffee und tippt auf den Tasten seines Handys herum. Im Hintergrund gedämpftes Gemurmel, leise Unterhaltungsmusik wie hinter einem Samtteppich.

Die Nase ist wund. Aus einem Mundwinkel sickert Blut. Das Kinn liegt schwer auf der Brust. Der Schlag ist so stark, dass der Schädel nach hinten geworfen wird. Halswirbel krachen, der Mund ist offen, der Kehlkopf steht gefährlich spitz in die Höhe. Die Arme nach hinten gebogen, die Hände mit einem Verlängerungskabel zusammengebunden, Blutstau in den Fingern, die Fingerbeeren zum Platzen aufgeblasen. Vier Männer stehen um den Gefesselten herum, mit verschränkten Armen, gelangweilten Gesichtern. Zigarettenstummel qualmen in überfüllten Aschenbechern. Ausgetrocknete Gläser stehen auf einem Nierentisch, eine leere und eine halb ausgetrunkene Whiskyflasche am Boden, das Bett zerwühlt, blutverschmiert. Ein zweiter Schlag und der Kopf hängt wieder über der Brust, das grüngelbe T-Shirt besudelt. Ein Rothaariger mit Backenbart atmet tief durch, tritt ans Fenster und schaut über die Hafenanlage. Er reibt den linken Schuh an seiner rechten Wade und poliert ihn auf Hochglanz, setzt sich dann in einen der schwammigen Ledersessel, seufzt. *Also, noch einmal von vorn!* Er steht wieder auf, packt den Gefesselten an den Haaren. *Wann wird die Ware geliefert?* Der Gefesselte ringt um jedes Wort, jede Silbe ist ein Kampf: Neun-zehn-Uhr-zwan-zig. *Weiter! Wo soll der Tausch stattfinden?* Bains-des-Pâ-quis. *Genauer!* Toilette. *Wie wird die Ware geliefert?* Eine schwarze Ledertasche. *Bist dir auch ganz sicher?* Die werden mich umbringen! Der Rothaarige lässt ihn los und putzt sich die Hände am Bettlaken ab. *Vilo, bind' ihn lockerer und bring ihm ein Glas Wasser! Um neunzehn Uhr zwanzig werden wir ja sehen.*

Das Sonnenlicht fällt auf die weisse Tischdecke, verstärkt die Farben der Blütenblätter, lässt den angebissenen Toast glänzen. Das Handy singt eine schnulzige Melodie, Couillo greift sofort nach dem Apparat: *Ja? - Sehr gut. - Nimm Vilo mit. - Nein, Gallo bleibt bei ihm. - Ja. - Nein. Ich werde mich persönlich um ihn kümmern.- Mach's kurz. Und keine Tänzchen, verstanden! Ich will diese verdammte Tasche auf dem Tisch haben, und zwar heute abend, ist das klar!*

Idioten, versauen ein ganzes Hotelzimmer für einen kleinen Hinweis. Der Kaffee ist kalt. Der Boy bekommt die Autoschlüssel. Die Serviette ist gut genug, um seine Lackschuhe auf Hochglanz zu bringen. Der Mercedes fährt vor, der Boy macht ein Zeichen. Couillo steht auf. Ein knochendürrer Fünfziger. Die Hose flattert beim Gehen. Sein linker Arm steht leicht zur Seite ab. Er weiss, wie er sitzen und essen muss, damit sein lahmer Arm nicht auffällt. Ein Schulterschuss, eine Jugendsünde aus wilden Zeiten. Der Boy öffnet ihm die Wagentür, schlägt sie behutsam zu. Couillo wird in den Verkehr gewunken.

BOEING 747

Durch das schmale Fensterauge der Blick über die Fribourger Alpen, die Weinberge rund um Lausanne, der Genfer See wie eine grosse, dunkelblaue Pfütze, der Kamm des Salève, das Genfer Hafenbecken mit dem alles überragenden Springbrunnen, die kleinen, eng aufeinanderhockenden Patrizierhäuser, die Altstadt mit den zwei Türmen der Kathedrale, die Insel in der Rhone inmitten der Stadt, der Steg, der sie verlängert und den ein Fabrikgebäude abschliesst. Weiter unten die Vereinigung der beiden Flüsse Arve und Rhone wie zwei Beine, die in den Rumpf münden. Leichter Dunst liegt über der Stadt, ein feiner Silberstaub - und schliesslich ein grosser, weit ausholender Bogen rund um das Rhonebett, an den Hügeln des Jura vorbei, die Wiesen und Äcker, die Hochhäuser in Meyrin, schwarz.

Das Tischchen klappt hoch, die Gürtelschnalle schnappt ein, Ali Hassan G. greift nach Zeitung, Brille und dem silbernen Zigarettenetui, legt alles zusammen in die schwarze Ledertasche auf dem Nebensitz, zieht den Reissverschluss zu.

Leise Musik, dann die Lautsprecherdurchsage der Stewardess auf Französisch und auf Arabisch: *Es ist 15 Uhr und 30 Minuten Ortszeit, 13 Grad Celsius, sonnig. Wir wünschen Ihnen einen schönen Aufenthalt in Genf und freuen uns, Sie bald wieder als unsere Gäste an Bord begrüssen zu dürfen. Auf Wiedersehen - Au revoir.*

DIE WANDERUNG

THÉODOR

Er sitzt, wie er immer sitzt, in der Eingangshalle der Klinik auf einem Sessel, schweigend, mit Blick auf den Parkplatz. Neben ihm eine ältere Dame mit demselben aufgelösten, abwesenden Blick. Hinter ihnen zwei silbergraue Herren, die Zigarre rauchend auf ein kleines Schachbrett starren. Auf dem Parkplatz fährt hin und wieder ein Auto vor. Leute steigen aus, treten auf das Gebäude zu und durchqueren die automatische Schiebetür. Das Geräusch der auf- und zufahrenden Glastüren, wenn jemand auf den schwarzen Gummiteppich tritt, wie ein schweres, regelmässiges Schnaufen. Alle paar Minuten gehen Besucher, Ärzte und Pflegerinnen ein und aus. Théodor Dubois, siebenundachtzig Jahre alt und seit fünf Jahren hier, sitzt und schaut und wartet. Seinem vom Rauchen faltig und ledrig gewordenen Gesicht sieht man das Alter an. In sich versunken wie ein buddhistischer Mönch sitzt er an diesem Fenster. Er schaut auf den warmen Asphalt hinaus, auf die kleine blumenbewachsene Böschung, die vor dem Abhang schützt. Das Rangieren der verschiedenfarbenen Autos gleicht dem Verschieben eines Mandalas. Seine Glieder sind entspannt, die Füsse, brav nebeneinandergestellt, stecken in Pantoffeln, die Arme liegen auf den Stützen des Klinikstuhls, die braune, abgewetzte Aktentasche mit dem Brot für die Möwen ist an das Stuhlbein gelehnt, wie es sich gehört. Er sieht zufrieden aus, ein Tag wie jeder andere. Nach dem Essen legt er sich hin für eine halbe Stunde oder auch eine ganze und kommt dann herunter ans Fenster und setzt sich auf seinen Stuhl. Die Nachbarin ist meistens schon da. So sitzen sie dann bis zum Abendbrot um halb sechs. Das Hin und Her geht ihn nichts an. Es ist ein Kommen und Gehen, dem er zuschaut wie einem Spiel. Er sitzt, schaut und wartet. Manchmal gibt es Kaffee. Aber selten trinkt er ihn. Dieser dünnflüssige Filterkaffee schmeckt ihm nicht. Er hat einen Aschenbecher an der Seite und Zigaretten in der Brusttasche seines Hemdes. Er raucht fünf bis sechs Zigaretten an einem Nachmittag. Früher waren es mehr. Man zwingt ihn zur Abstinenz. Seiner Lunge zuliebe. Er hält sich an die Abmachung, soweit es geht, und raucht die erlaubte Menge in abgemessenen Abständen. So sitzt und raucht er täglich von halb zwei bis fünf. Aber an diesem Nachmittag gegen halb vier hebt er plötzlich die linke Hand. Langsam hebt er sie hoch wie zum Gruss. Er streckt sie weit über seinen Kopf in die Luft und lässt sie dann langsam wieder sinken. Ohne sich sonst auf irgendeine Weise zu bewegen. Und als die Hand wieder auf der Stuhllehne ruht, lehnt er sich vor und stützt sich mit beiden Händen ab. Langsam steht er auf. Einem der beiden schachspielenden Herren fällt beinahe die Zigarre aus dem Mund. Seine Nachbarin schwenkt nur leicht den Kopf. Vorsichtig geht Théodor an der Fensterfront entlang bis zum schwarzen Gummiteppich. Er stellt sich drauf und betrachtet, wie die automatischen Schiebetüren sich mit schnaufendem Geräusch öffnen. Dann geht er hinaus. Mit sicherem, bestimmtem Schritt wandert er in seinen Pantoffeln über den Parkplatz bis zur Bushaltestelle. Eine seltsame Stille liegt über dem warmen Asphalt. Théodor starrt auf die Bordsteinkante. Gegenüber, in der Böschung, haben Mohnblumen fruchtbaren Boden gefunden. Dann das leise Surren, das zu einem Brummen wird. Der Bus fährt heran und hält direkt vor Théodor. Die Tür springt auf, und er steigt die zwei Stufen hoch. Er setzt sich ganz hinten ans Fenster.

Mit weit aufgerissenen Augen betrachtet er die draussen vorbeiziehenden Fassaden, die Büsche, Bäume und Fahrzeuge. Menschen gehen auf dem Trottoir, Taschen tragend, Kinderwagen vor sich her schiebend, Hündchen hinter sich her zerrend. Kinder auf kleinen leuchtstiftgrünen Rasenfeldern, Gesichter an Fenstern, Geranien- und Hanfpflanzungen auf den schmalen Balkonen, Sonnenblumen, Basilikumstöcke.

Sein Gesicht hat etwas Spitzbübisches, etwas leicht Irritiertes aber auch Schelmisches. Im Glas der vibrierenden Scheibe spiegeln sich seine Krokodilsaugen, sein schneeweisses, nach hinten gekämmtes Haar und der bauschige Schnurrbart, dem man die vielen Tausend Zigaretten ansieht, die unter ihm geglimmt haben. Es ist nicht das erste Mal, dass Théodor diese Strecke fährt. Er kennt die Haltestellen, er weiss, wie oft der Bus zum Stehen kommt, bevor es sich lohnt, aufzustehen und auf den roten Knopf an der Haltestange zu drücken. Die rechte Hand klatscht auf die platte Brusttasche seines Hemdes, zerrt dann das leere Zigarettenpäckchen daraus hervor, zerknüllt es zu einer kleinen Kugel. Er wechselt sie in die linke, dann wieder in die rechte, verzieht sein Gesicht zu einer Grimasse und wirft den Papierballen durch das offenstehende Klappfenster auf die Strasse hinaus.

Mit leicht hinkendem Schritt passiert er den Place Bel-Air. Der teuerste und reichste Boden der Welt, behaupten einige. Unterhöhlt, mit Gängen und Kammern versehen, Safes über Safes getürmt. Unter diesem Boden, behaupten sie weiter, kommunizieren die Banken über geheime Gänge und Schächte miteinander wie Klöster und Burgen im Mittelalter. Unter dieser dünnen Asphaltdecke lagern mehrere Tonnen von Zahngold, Eheringen und Schmuck aus dem Naziregime, eingeschmolzen zu genau abgewogenen Barren. Hier werden die Vermögen ganzer Drittweltstaaten vor dem Zugriff der Bevölkerung bewahrt, hier unter dieser Kreuzung liegen die Barbeträge privater Personen geschützt vor ausländischen Steuerbehörden. Andere sagen: ein Platz wie jeder andere. Busse fahren von allen Seiten heran und bleiben stehen, wie auf dem Paradeplatz in Zürich, dem Place de la Concorde in Paris, dem Alexanderplatz in Berlin, der Wall-Street in New York ... Ströme von Menschen ergiessen sich aus den Fahrzeugen, drängen ungeduldig über die Trottoirs. Ein Getümmel und Gewühl von eiligen Menschen, unterwegs zur Arbeit, zum Einkaufen, zum Vergnügen. Es ist Théodors weisser Haarschopf, der in dem Gewühl heraussticht. Seinen Stock hat er vergessen, und er muss sich leicht gebückt an einem freundlich dargebotenen Arm festhalten, um vom Steg der Bushaltestelle auf die Strasse hinunterzusteigen. Bedankt sich. Überquert den Platz, als gehe er gegen alle Regeln des Spiels über ein Schachbrett, unterbricht dabei den Verkehrsfluss, ein Auto hält vor ihm an, ein Bus dahinter und eine ganze Reihe von Fahrzeugen. Ein kleiner Stau entsteht, bis er das Trottoir erreicht hat. Dann verschwindet er um die Ecke eines Bankgebäudes.

Natürlich kennt er den Weg. Unzählige Male hat er diesen Weg genommen. Es sind immer dieselben vier, fünf Ecken, um die er herumgehen muss, dieselben Schaufenster, die er passiert, ohne sie wirklich wahrzunehmen. An dem Kiosk vorbei, wo er früher die Zigaretten gekauft hat, bis diese neue, junge Verkäuferin eingestellt worden ist. Sie versteht einfach nicht, was er will. Jedesmal ist es dasselbe Drama. Er bestellt Gauloises und bekommt Filterzigaretten, jedesmal muss er sie zurückgeben und extra nach den Filterlosen verlangen. Jetzt kauft er die Zigaretten halt im Café, auch wenn sie dort ein bisschen teurer sind, die Kellner wissen wenigstens, was er braucht. Kein Wunder, nach über fünfzig Jahren.

Typischer Café-Bar-Lärm. Aus dem Fernseher in einer Ecke dröhnt die Reporterstimme zu einem Rollhockey-Spiel. Hochbetrieb. An den kleinen Tischen sitzen überall Gäste, reden und gestikulieren. Fast alle trinken Kaffee, vereinzelte Tee. »Pâté maison« steht auf einer Tafel hinter der Bar. Die Wand ist mit kleinen Werbeschildern vollgestellt, Heineken, Tuborg, Jlly Kaffee, dann auch Plaketten und Fotos eines Rollschuhklubs. In einer Vitrine Pokale, im Hintergrund ein grosses, die ganze Wand einnehmendes Bild des San Salvatore in Lugano mit einem Stück See und zwei Lautenspielern. Die Kellner rufen die Bestellungen mit einem leichten Akzent quer durch den Raum. Kaffeetassen knallen auf die kleinen Tische, Münzen klingen neben ausgetrunkenen Tassen, die Kaffeemaschine zischt und dampft. Mit erhobener Hand zum Gruss und spitzem Pfeifmund betritt Théodor das Café Cristallina. *Bonjour Monsieur Dubois!* Der Kellner balanciert das Platteau über die Köpfe der Gäste, ruft *Un café, deux express, un chocola chaud, un paquet de Gauloises!* durch den Raum.

Théodor setzt sich ans Fenster unter den verschnörkelten Schriftzug, an seinen Stammplatz mit Blick auf die Strasse. Draussen gehen Menschen vorbei, leicht verzerrt durch die Scheibe, Autos fahren durch die Schlucht der schattigen Fassaden. Eine Limousine hält auf der anderen Strassenseite halb auf dem Gehsteig, als der Kellner die Tasse auf den Tisch stellt, die Zigaretten daneben. *Ça va? - Oh, lala! Comme toujours!* Aus der Limousine steigen vier verschleierte, schwarz gekleidete Frauen und verwehren dem Chauffeur die dargebotene Hilfe.

Théodor öffnet einen Zucker, bricht ihn entzwei, wirft die eine Hälfte in die winzige Tasse, rührt mit dem kleinen Löffel dreimal darin rundum, steckt sich die andere in den Mund, trinkt und schaut dann wieder durch das Fenster auf das Trottoir hinaus, wo die vier orientalischen Frauen sich gegenseitig unter die Arme greifen. Gemeinsam verschwinden sie im Eingang eines Kaufhauses. Der Chauffeur steigt in die Limousine und fährt weg.

Théodor greift blindlings nach dem Zigarettenpäckchen, das neben der Tasse auf dem kleinen Tablett liegt, reisst mit einem routinierten Handgriff die Plastikhülle auf und steckt sich eine Zigarette an. Hinter ihm, in der linken oberen Raumecke, berichtet am Bildschirm ein Reporter über Satellit von den neuesten Ereignissen des Tages. Théodor raucht und kratzt in seiner leergetrunkenen Espressotasse den eingetrockneten, braunen Schaum weg, schleckt den Löffel ab, legt ihn auf die Untertasse und steht dann auf. Mit zum Gruss erhobener Hand und spitzem Pfeifmund verlässt er das Café. *Bonne soirée, Monsieur Dubois.* Das Schwatzen und Lachen und Murmeln der Gäste mischt sich mit dem Rasseln der Geschirrspülmaschine. Der Kellner räumt die Tasse weg.

Natürlich kennt er den Weg. Jahrzehntelang ist er täglich über dieses Pflaster gegangen, von der Haustür zur

Cafétür und zurück. Bis ihn die Knochen im Stich gelassen haben und sein Gedächtnis. Aber das ist kein Grund, um ihn einzusperren wie einen Affen. Was ist das für ein Mensch, der nicht einmal mehr Zigaretten holen darf!

Und natürlich kennt er dieses Trottoir, die Schaufenster, die Vitrinen der Bijouterien, er weiss, an welcher Ecke welcher Laden einmal floriert hat, welcher eingegangen und welcher nachgekommen ist. Er kennt die Besitzer persönlich, die Verkäufer einzelner Geschäfte - nach mehr als fünfzig Jahren. Als er nach Genf kam, war noch vieles anders. Es war in den dreissiger Jahren, kurz vor dem Krieg. Eigentlich wollte er nach New York. Sein Grossvater hatte ihm von dort aus in einem Brief lang und breit ausgeführt, was er *drüben* für Chancen habe. Er wäre über den grossen Teich gefahren, wäre die Krise nicht gekommen, die enorme Arbeitslosigkeit. Nicht einmal für London oder Paris hatte er eine Arbeitserlaubnis erhalten, wo er sich gerne hätte weiterbilden lassen, bevor er in New York seinen eigenen Friseursalon aufgemacht hätte. So blieb er in der Schweiz. Im Dorf war eine Lehrstelle frei geworden, und er konnte einen Beruf erlernen. Sein Vater war dagegen gewesen, sogar seine Schwestern, aber sein Grossvater hatte ihn unterstützt. Lern einen Beruf, hatte dieser geschrieben und ihm die Lehrstelle verschafft. Ohne Beruf bist du hier nichts, lern etwas und komm rüber, dann steht dir die Welt offen, hatte er geschrieben. Das Land der unbegrenzten Möglichkeiten. Und offensichtlich stimmte das, denn sein Grossvater war mit all seinen Kindern dorthin ausgewandert und hatte es geschafft. Nur seinen Ältesten, Théodors Vater, hatte er nicht mitgenommen, der war im Toggenburg geblieben. Der wollte nicht mitgehen, das war ihm zu riskant. Er hatte doch bereits fünf Kinder, das kleinste noch nicht einmal fünf Jahre alt. Gerade begann es besser zu gehen, die Kinder würden mithelfen, mitverdienen und vielleicht könnten sie sich sogar bald ein kleines Häuschen schattenhalb kaufen, denn da war es billiger. Und er, Théodor, war gerade so alt, dass er in der Fabrik in Wattwil hätte anfangen können, Geld zu verdienen für die Familie. Also wieso gerade jetzt das Risiko eingehen und nach USA auswandern, auch wenn alle davon schwärmten und unglaubliche Geschichten erzählten. Es gab auch andere, solche die verarmt und zerstört zurückkamen, oder es gab solche, von denen hörte man überhaupt nichts mehr, die waren irgendwo verschollen, von einer Krankheit dahingerafft, kriminell geworden und eingebuchtet, umgebracht, wer weiss.

Er steht auf dem Place Bel-Air. Starr wie eine Salzsäule inmitten der hektischen Menge. Autos stauen in langen Schlangen, Fahrräder queren den Platz in rasendem Tempo. Die Busse, die heran- und wieder wegfahren ähneln sich alle sehr. Es ist nicht einfach, sie auseinanderzuhalten. Es gibt natürlich Nummern, die einem die Wahl erleichtern, und man muss wissen, welche Nummer in welche Richtung fährt. Er weiss, dass er am Boulevard Carl Vogt wohnt, seit über fünfzig Jahren, Parterre mit einem kleinen Garten. Marie in ihrer Schürze, ihre klapprigen, dürren Finger, sie haben noch immer nicht vergessen, wie man Gemüse zubereitet, wie es nur Künstler der Küche verstehen. Ihr warmer Atem nachts, wenn er den Fernseher ausgeschaltet hat und sich über sie beugt. Sie ist immer vor ihm eingeschlafen, schon in den ersten Jahren. Manchmal streicht er ihr über das Haar, es ist dünner geworden mit den Jahren. Sie ist sehr abgemagert, aber in ihrem Wesen ist noch immer diese Grazie, diese Würde, in die er sich unsterblich verliebt hat, ein Geheimnis, das er bis heute nicht enträtseln konnte, es liegt vor ihm in Gestalt dieser Frau, die ihn nie verlassen hat. Das ist das Erstaunlichste an der Geschichte. Marie ist ihm treu geblieben bis in den Tod. Ja, sie ist tot, das fällt ihm jetzt wieder ein, und er wohnt nicht mehr am Boulevard Carl Vogt, es ist schon Jahre her, dass die Wohnung geräumt wurde. Plötzlich standen sie da, sein Sohn und ein Arzt, zwei Krankenschwestern, und sie erklärten ihm, dass er hier nicht länger wohnen könne, das gehe nicht, wegen seinem Hirn, etwas sei mit seinem Gedächtnis, er wisse doch, dass er so vieles vergesse. Wie sollte er denn für sich selbst sorgen, wenn er fortlaufend vergesse, was er zu tun habe. Mit Marie zusammen sei es kein Problem gewesen, denn sie hatte ihren Kopf noch beisammen, aber nun, da der Kopf sozusagen nicht mehr da sei, da müsse man sich um den Körper kümmern, ihn versorgen, sagten sie.

Théodor steht auf dem Platz und schaut den Bussen nach, die kommen und gehen.

»Madame, verzeihen Sie, können Sie mir sagen, ich mein, können Sie mir sagen, in welche Richtung ich …«

»Das ist der Zehner, der fährt zum Flughafen, wo wollen Sie denn hin?«

»Ach, danke. Ja, zum Flughafen, dann ist es der andere, vielen Dank auch.«

Er geht über den Platz auf einen Bus zu, der gerade die Türen schliesst und wegfährt. Ein zweiter folgt dicht dahinter und bleibt stehen. Théodor geht darauf zu, wirft die Zigarette unter den Bus und steigt ein, setzt sich ganz hinten ans Fenster, zur rechten Seite hin. Mit leicht geneigtem Kopf schaut er durch die Scheibe wie ein verlorenes Kind. Er fährt sich mit der Handfläche über die Stirn und über den Hals, zerrt ein Stofftaschentuch aus seiner Hose und trocknet sich das Kinn. Früher war alles viel einfacher gewesen. Aber in diesem Durcheinander, wie soll sich da einer noch orientieren? Es ist alles so hektisch und unübersichtlich geworden, dass es einen graust. Zum Glück hat er die Zigaretten. So weit kommt es noch, dass man in diesem Labyrinth nicht einmal mehr Zigaretten findet. Das Rauchverbot in den Bussen ist auch so eine Sache, eine barbarische Einschränkung der persönlichen Freiheit. Die Fahrt ist zum Glück nicht zu lang. Es sollten Antiraucherstellen eingeführt werden, spezielle Haltestellen, damit Nichtraucher aussteigen können, um nach ihrer frischen Luft zu schnappen. Der nächstfolgende Bus würde sie wieder einsammeln, bis zur nächsten Antiraucherstelle.

Der Bus fährt durch das Gewühl, geführt von der elektrischen Oberleitung, zwei gespannte Stahlkabel, die um Hausecken herumführen, an der Tonhalle und am Café Lyrique vorbei auf den Place Neuve, wo hinter dem verschnörkelten Gitter der Eingangspforte zum Parc des Bastions Männer um kleine karierte Felder herumstehen und Figuren hin- und herschieben, sich nachdenklich ans Kinn fassen, schweigend auf das Spiel starren.

Théodor steht auf.

»Das ist der Parc des Bastions! Hier muss ich nicht hin, ich wohne nicht mehr am Boulevard Carl Vogt, ich bin falsch, halten Sie an, ich muss raus, ich bin falsch! Halten Sie doch an!«

»Madame Vermeille, wo ist denn Monsieur Dubois? Hat er Sie wieder sitzen lassen? Warum haben Sie ihn denn wieder nicht aufgehalten? Wenn man auf den auch nur eine Sekunde einmal nicht aufpasst! Ich habe Ihnen doch gesagt, Sie sollen auf ihn achtgeben. Kommen Sie, ich bringe Sie auf Ihr Zimmer, es ist bald Essenszeit.«

Der Stuhl rollt still über den Linoleumboden. Krankenschwestern betreten von allen Seiten die Eingangshalle und sammeln die Patienten ein, um sie auf ihre Zimmer zu bringen, um Pyjamas und Slipeinlagen zurechtzumachen, Katheter zu wechseln, Gebisse zu reinigen.

»Corinne! Corinne, sei so nett und ruf im Café Cristallina an. Herr Dubois ist wieder ausgerissen. Vielleicht erwischen wir ihn noch.«

»Schon wieder, er war doch gestern erst im Café. Hat denn wieder niemand aufgepasst!«

»Was willst du machen, wir können doch nicht auch noch die Türen verriegeln.«

»Mach schnell, sonst ist es wieder zu spät und die Polizei, du weisst ja, wie die Typen dort sind.«

Das Tram fährt weg, verschwindet um das Gehege des Parc des Bastions. Sein Gesicht wirkt aufgeregt, hellwach und abwesend zugleich. Klänge durchdringen den ganzen Wagen, ein junger bärtiger Mann spielt Ziehharmonika, leichte Musettes aus einer vergangenen Zeit. Théodor lächelt, er kennt das Stück, es ist ein altes Tanzlied. Marie war eine begeisterte Tänzerin, bis zu ihrem fünfzigsten Geburtstag. Dann hatte ihre Hüfte nicht mehr mitgemacht. Aber geträumt hatte sie bis zum Tod von einem letzten Tanz, einem beschwingten, einem heftigen und herzhaften, den Théodor zu tanzen wusste wie kein anderer. Er war ihr begehrtester Tanzpartner, auch wenn er ihr Mann war seit Jahren. Darauf war er stolz, dass sie ihn auch beim Tanzen allen anderen Männern vorzog, und das hatte sie nicht einfach nur so daher gesagt, das bewies und bestätigte sie bei jeder Gelegenheit. Es war ihr spätes Vergnügen geworden, auf Feste zu gehen und den Menschen beim Tanzen zuzuschauen, sie zu kritisieren, wenn sie ihre Hüften und Gelenke zu verklemmt und zu zaghaft benützten, nicht recht in Schwung kamen. Der Musikant geht durch den Waggon, bekommt Münzen zugesteckt, geht an Théodor vorbei, steigt an der nächsten Haltestelle aus. Théodor schaut zum Fenster hinaus, die Fassaden kennt er, die Rue de Carouge, oder nicht? Hier stand doch das Café Restaurant Beaux Arts, *Chez Harry*, hiess es eigentlich. Natürlich kennt er Harry noch, ein verschrobener alter Kauz, immer zu Scherzen aufgelegt und ein hervorragender Koch. Und jetzt klafft hier ein Loch, eine Wunde so gross wie das ehemalige Haus.

»Wo wollen Sie denn hin, Monsieur?«

»Ich?«

»Ja, Sie! Hier ist Endstation. Sehen Sie, wir stehen schon im Gebüsch der Wendeschlaufe, Sie hätten eben aussteigen sollen, hier ist der Terminus. Jetzt müssen Sie eben warten.«

»Aber wo sind wir?«

»Place des Augustins, Monsieur.«

»Um Gottes willen! Ich bin in die falsche Richtung gefahren, ich wohne nicht mehr am Boulevard Carl Vogt.«

»Der ist auch nicht hier, der ist auf der anderen Seite der Plaine. Aber wenn Sie in die andere Richtung müssen, dann können Sie gleich sitzen bleiben, in ein paar Minuten fahre ich wieder zurück.«

»Das ist nett von Ihnen, danke, sehr nett, wirklich, das beruhigt mich aber.«

»Hallo? Hallo?! Ich verstehe Sie nicht, es ist ziemlich viel Betrieb hier, reden Sie doch ein bisschen lauter! ... Wer? Monsieur Dubois? Ja, der war hier. Nein er ist nicht mehr da. ... Vor einer viertel Stunde etwa. ... Na hören Sie mal, Madame, natürlich weiss ich, was mit Monsieur Dubois los ist, aber entschuldigen Sie, wir sind kein Sozialamt und schon gar kein Krankenhaus, ist das klar? Wenn Herr Dubois bei uns einen Kaffee trinken will, dann kann er ihn trinken wie alle anderen Gäste auch. So weit kommt's noch, dass wir ihm das Kaffeetrinken verbieten oder ihm gar bis auf die Strasse hinaus nachlaufen. Kümmern Sie sich doch selbst um Ihre Patienten! Auf Wiederhören!«

Der Hörer knallt auf die Gabel, der Schreibtisch bebt unter dem Schlag.

»Die wissen ganz genau, was mit Dubois los ist, warum können die nicht mal ein bisschen mit uns zusammenarbeiten! Wenigstens dabehalten könnten sie ihn, bis wir anrufen, oder uns benachrichtigen, aber nein, die lassen ihn laufen und es ist ihnen scheissegal, wohin er sich wieder verirrt. Wenn ihm mal was zustossen sollte, dann mach ich die Leute vom Café dafür verantwortlich, die wissen ganz genau ...«

»Und die Polizei?«

»Ach.«

Die Schienen knirschen, Funken springen an den Oberleitungen, schwerfällig gleitet das Tram um die Wendeschlaufe und dringt in die Einkaufspassage, zwischen Schaufenster und Aushängeschilder, Werbeplakate und Leuchtschriften. Die Menschen flüchten auf die Gehsteige, dichte Trauben warten an der Haltestelle, wollen bereits einsteigen, bevor das Tram richtig zum Stehen gekommen ist, krauses und glattes Haar, rundliche Gesichter, schmale und wulstige Lippen, weit auseinanderstehende Zähne, Sonnenbrillen und Ohrringe, Nasenringe und Zungenpearcings, strohweisses Haar und Schnurrbart, Théodor geht vorüber und verschwindet in der Menge. Das Tram setzt sich in Bewegung, an den Scheiben sitzen Köpfe, vorgeneigt und zurückgelehnt, Dunst vernebelt das Glas, der Tramwaggon beschleunigt und fährt weg. Théodor steht auf der gegenüberliegenden Strassenseite und sucht auf den Schildern verunsichert nach den Nummern. Ein Bus fährt vor, bleibt stehen, fährt wieder weg. Théodor ist verschwunden.

»Sind Sie so blöd, oder tun Sie nur so? Sie müssen ihn doch von gestern noch kennen. Also, er ist siebenundachtzig Jahre alt, einszweiundachtzig gross, hat graumelierte Haare, trägt einen graubeigen Anzug, Hemd und Krawatte, wahrscheinlich trägt er eine braune Aktentasche bei sich, wie immer. Was? Ja, wie immer, Herrgott, das ist nun wirklich nicht das erste Mal, er will die Möwen füttern, die Aktentasche trägt er immer mit sich herum ... Vor einer halben Stunde war er noch im Café Cristallina. Weiss der Himmel, wo er jetzt ist. Wenn Sie Glück haben, erwischen Sie ihn am Place Bel-Air, dort geht er meistens zuerst hin. Danach ist er verloren ... Was? ... Niemals, er findet nicht nach Hause, das hab' ich Ihnen doch schon hundertmal erklärt. ... Aufpassen, aufpassen! Sollen wir unsere Patienten etwa anketten oder was?«

Nie hat er sich bisher beklagen müssen. Das Essen ist gut, auch wenn sich die Menüs wiederholen. Natürlich ist es nicht wie das Essen, das Marie gekocht hat. Frühstück gibt's um halb acht. Mittagessen um zwölf, Abendessen um halb sechs. Jetzt ist sicher bereits fünf Uhr vorbei, wenn nicht schon halb sechs. Er wird zu spät kommen, es wird bereits alles aufgetischt sein, wenn er nach Hause kommt, sie werden ihn rügen. Die sollen sich mal nicht so haben, er hat doch wohl noch das Recht, Zigaretten zu holen und dabei einen Kaffee zu trinken, er ist noch immer pünktlich nach Hause gekommen, wegen fünf Minuten, was die immer für ein Theater machen wegen fünf Minuten! Aber sonst ist er zufrieden, keine Beanstandung, wirklich, ausgesprochen zufrieden, die sollen nur nicht so ein Theater machen wegen fünf Minuten, schliesslich hat er ja auch schon Hunger.

Der kahlgeschorene Schädel thront über der eng sitzenden Polizistenuniform. Lässig lässt er das notierte Signalement über den Oberschenkeln baumeln, schaukelt dazu mit seinem Stuhl gefährlich in die Rücklage.

»Diese Frauen! Was müssen in dem Spital für Zustände herrschen, dass denen fast jeden Tag einer davonläuft?«

Er lässt sich nach vorne kippen, klatscht das Papier auf den Schreibtisch und dreht sich gelangweilt nach hinten zur Tür.

»Hey, Dubois ist wieder unterwegs!«

Keine Antwort.

»Heee! Wir haben zu tun! Dubois wandert wieder.«

Im Flur draussen stöhnt jemand.

Der Bus bleibt stehen. Vor der aufspringenden Klapptür stehen Leute auf dem Trottoir und wollen einsteigen, eine ganze Traube drängt hinaus. Théodor ist der erste und der unsicherste. Er steigt die zwei Stufen hinunter und muss sich an einer Stange festhalten. Ein junger freundlicher Mann greift ihm unter den Arm, hilft ihm bis auf den Gehsteig hinunter. Danach steigt er selbst ein. Der nette junge Herr in Anzug und Krawatte stellt sich in die Mitte des Busses, hält sich an der Halteschlaufe fest, klemmt die Aktentasche unter den rechten Arm und schaut Théodor nach, der draussen auf dem Platz steht und sich umschaut. Ein Handy klingelt. Der junge Mann fischt in der Tasche seines Anoraks nach dem kleinen, schrill klingelnden Gerät, findet es endlich und presst es an sein Ohr, *Hallo? Hallo?* zu spät.

Draussen geht der Alte zögernd über den Platz. Er dreht den Kopf nach links und nach rechts und macht ein paar Schritte, dreht sich wieder um. Seine Lippen bewegen sich, aber durch die Scheibe ist nicht zu hören, was er sagt. Er scheint mit sich selbst zu reden. Der Alte zögert und geht dann nach links weg. Sein beim Gehen wackelnder, weisser Haarschopf ist noch eine Weile zu sehen, bis der Bus losfährt und ihn aus dem Bild schneidet.

In der Manteltasche des jungen Mannes klingelt wieder das Handy. Mehrere Leute drehen sich nach dem Geräusch um. Der Bus rollt über den Platz.

»Hallo? Jeanine! Ja, natürlich, gleich! Was? - Ich hör' dich so schlecht! Im Büro? Ja, das heisst nein, ich bin schon unterwegs. Was? Die Transaktion? Das ging heute nicht, irgendwas war da, Besuch aus dem Orient, die ganze Eingangshalle stand voll von Arabern, da dachte ich, ich lasse es mal für heute, aber keine Panik, das heisst gar nichts, nächste Woche sind wir über dem Berg, das verspreche ich dir! Hast du die Möbel alle ins hintere Zimmer gebracht? Hat dir dein Dandy geholfen oder musstest du alles selber machen? Ja? Das ist aber nett. - Ja, natürlich wird die Vernissage ein Erfolg, das habe ich ja schon immer gesagt. Ach komm, jetzt sei nicht so eingeschnappt, ich hab' dir doch gesagt, dass ich heute Termine hab', nächstes Mal helfe ich dir dann wieder, ja? Versprochen. - Ja. - Was ... ?«

Ein Signalton bricht aus unsichtbaren Lautsprechern hervor, ein sägender, durchdringender Laut, dann eine Stimme: *Durchsage der Leitstelle!* Leo hält sich mit dem Zeigefinger das eine Ohr zu, drückt das Handy ans andere.

»Was soll ich mitbringen? Hier ist wieder ein Lärm, ich versteh' dich kaum ... Plastikbecher? Ja, o.k., bin gleich da, ja, gut, bis dann!«

Er klappt das Handy zusammen und steht etwas steif mit abwesender Miene, ein leicht gräuliches Bürogesicht, verspannt und verzerrt, die Mundwinkel stehen wie kleine, drahtige Ecken herunter, eine Falte klafft tiefdunkel zwischen den Augenbrauen. Die genauere Beschreibung erklingt aus dem Lautsprecher der zentralen Durchsagestelle: *Circa einszweiundachtzig gross, graumelierte, kurz geschnittene Haare, Schnurrbart, trägt ei-*

nen graubeigen Anzug, weisses Hemd und Krawatte, braungrüne Augen. Wahrscheinlich hat er eine Aktentasche bei sich. Hinweise richten Sie bitte an unser Betriebspersonal oder direkt an einen der nächsten Polizeiposten. Danke für Ihre Aufmerksamkeit! Dann wieder das sägende Piepsignal, dann nichts mehr. Die Aktentasche klemmt unter seinem Arm, die andere Hand steckt in der Hosentasche. Der Bus rollt gemächlich über die Brücke und die Rue de Coutance hinauf. Auf der elektronischen Anzeigetafel erscheint der Name der nächsten Haltestelle, die grüne Lampe für *Halt auf Verlangen* leuchtet auf.

Er dreht sich zum Fenster, neigt sich leicht vor, dann wieder zurück. Er ist nicht der einzige, der die Durchsage gehört hat. Er schaut sich um, trifft auf das Augenpaar einer älteren Dame, die dicht vor ihm auf der rotgepolsterten Bank sitzt. Diese Augen schauen zuerst misstrauisch und fahren dann vom Schreck der unmittelbaren Erkenntnis ergriffen an ihm hinauf und wieder hinunter, mustern Hosen, Jackett, Aktentasche und Schnurrbart, alles genau wie von der Stimme aus dem Lautsprecher beschrieben. Leo reisst den Blick weg, trifft auf dunkelhäutige Gesichter, die ihn grimmig fixieren, schweift aus auf die Strasse, über die Autodächer hinweg. Das Lichtsignal steht auf Rot, rundherum stehen Autos, der Bus voller Leute, ein dunkelhäutiger, kraushaariger Mann mit verspannten Augenbrauen starrt ihn an, den Mund leicht geöffnet. Leo schultert die Aktentasche erneut, klemmt sie ganz hoch und drückt mit der anderen Hand nervös auf den Halteknopf, der Bus steht, es ist nichts zu machen, aussteigen erst an der nächsten Haltestelle möglich. Ein Kind schaut zwischen den grossen weichen Oberschenkeln der Mutter hindurch und versteckt sich sofort, als es seinen Blick kreuzt. Er streicht seine feuchte Hand am Hosenbein ab, fasst an den Kittel, zieht ihn aus und wickelt die Aktentasche damit ein, blickt auf die Strasse hinaus, die Autos kommen langsam wieder ins Rollen, er lockert die Krawatte, reisst den Hemdkragen auf, wechselt die eingehüllte Aktentasche von einem Arm zum andern, drückt auf den Halteknopf, ohne Wirkung, schaut auf den Boden, auf seine Schuhe, dann auf die Uhr, kurz vor fünf, dann wieder hinaus. Das Lichtsignal rückt näher, dann wieder Rot, der Bus steht, Schweissperlen auf der Stirn, sein nervöser Blick, sein eben noch so mattes Gesicht brennt, sein Handrücken huscht über die Stirn, dann über die Hose. Sein ganzer Körper klammert sich an die Haltestange, während der Bus langsam wieder anfährt und gemächlich über die Kreuzung rollt, an der Haltestelle abbremst und zum Stehen kommt. Das schnaufende, klappernde Geräusch der sich endlich öffnenden Tür, und dann ist er draussen auf dem Trottoir. Niemand hat ihn dabei gehindert, niemand hat ihn am Ärmel gezerrt oder festgehalten, niemand hat auch nur ein Wort über ihn verloren.

Die Tür schnappt zu, und der Bus fährt weiter.

An der Haltestelle zwei Kinder, die sich um einen Gummiball streiten, Frauen in zugeknöpften Mänteln, pralle Taschen neben sich, die Arme verschränkt, mit starren, versunkenen Blicken, Herren im Anzug, mit Krawatte und Aktentasche, Arbeiter mit schwieligen Händen und staubigen Haaren, die Beine müde übereinandergeschlagen. Leo rennt.

Andy sitzt. Jeanine steht. Die Hand am Kinn, die andere unter den Ellbogen geklemmt, den Kopf leicht zur linken Seite geneigt, wechselt zur rechten, dann wirft sie die Arme in die Luft.

»Vielleicht war das andere doch besser. Doch, ich glaube es hat besser gepasst, jetzt wirkt die Wand so nackt, ich glaube, das Grosse passt besser hierhin, und dieses hängen wir drüben neben die Flügeltür. Was meinen Sie, Andy?«

Andy zuckt mit den Achseln und verzieht seinen weichen Schmollmund. Der Ledersessel verschlingt ihn beinahe, als sässe er entspannt und halb schläfrig inmitten einer Schaumwolke in der Badewanne. Die Arme lässt er über die Armlehnen hängen wie Marat sie über den Badewannenrand hängen lässt auf dem berühmten Bild von Jacques-Louis David. Andy ist durch und durch New Yorker, aber er hat etwas von einem französischen Revolutionär. Das verleiht ihm etwas Antiquiertes. Irgend etwas erinnert Jeanine unentwegt an dieses Bild, *Der Tod des Marat,* gemischt mit einer erotischen Obszönität. Vielleicht liegt es daran, dass sie am Nachmittag gemeinsam alle Möbel ins hintere Zimmer getragen haben, wie sie das jedesmal tut, wenn sie einen Ausstellung vorbereitet. Leo hat sie an diesem Morgen wieder einmal im Stich gelassen, so musste sie den Künstler bitten, ihr beim Räumen der Wohnung zu helfen, was ihr ein wenig peinlich war. Aber jetzt gleissen die Räume in weissem Licht. Sie liebt diese Nacktheit, diesen Moment völliger Blösse. Schon allein deshalb muss sie jeden Monat diese Ausstellungen organisieren. Eine alte Frau soll hier über dreissig Jahre lang allein gelebt haben, eine alte Schneiderin. Die letzte Zeit zusammen mit einer Krankenschwester, die rund um die Uhr für sie sorgte, das hat Jeanine von den Nachbarn erfahren. Sie soll vierundneunzig Jahre alt geworden sein. Das Schild ihres Ateliers, eine postkartengrosse Metalltafel, klebte noch an der Tür, als Leo und sie die Wohnung besichtigten. *Rossetti Couture* war darin eingraviert. Das hatte ihr auf Anhieb gefallen, von der Wohnung ganz zu schweigen. Und das Schild hat schliesslich den Namen für ihre Private-Galery gegeben: *Showroom Rossetti.* Rossetti hiess auch ein Maler aus dem neunzehnten Jahrhundert, Dante Gabriel Rossetti, ein Präraffaelit, zu seiner Zeit berühmt, inzwischen ein Juwel für Eingeweihte, genau wie es ihre Galerie werden sollte, ein kleines aber feines Event für das Quartier. Eine Passage, die sie in einem Buch über Rossetti gefunden hatte, entsprach genau dem, was sie sich für ihre Galerie gedacht hatte: *Das über Dante Gabriel Rossetti (1828-82) von Botticelli abgeleitete, oft stark schwindsüchtig wirkende Schönheitsideal soll durch diese morbidezza vom Sinnlichen zum Ätherischen erhoben werden. Dem Inhalt kommt die Bedeutung einer zu nichts verpflichteten Sehnsucht nach Unschuld in Schönheit zu …* Dass dann angefügt wird: *letztlich einer Flucht aus der Wirklichkeit und dem Leben überhaupt* findet sie übertrieben. Die Überhöhung in die unschuldige Schönheit wollte sie fördern und für andere zugänglich machen. Ihre riesige Wohnung sollte ein Ort dafür werden und so auch für andere - für das Volk, wie Leo immer spottet - offen sein. Was sollten sie denn sonst mit den sieben Zimmern anfangen? Und inzwischen ist aus dem kleinen Event eine Art Insidertip in der Szene geworden. Das hat sie Frank zu verdanken, dem Angestellten im MAMCO, dem Museum für Gegenwartskunst, wo sie hin und wieder aushelfen kann. Ihn hatte sie zur ersten Ausstellung eingeladen. Frank ist Wiener, und der Künstler war Wiener, und so war die Sache geritzt. Er hatte das Event dem gesamten Personal des Museums, einschliesslich des Direktors und Finanzverwalters weiterempfohlen und zur nächsten Vernissage gleich vier Leute mitgebracht, die so begeistert waren, dass sie sich zusammentaten und ein Werk des Künstlers, diesmal ein Deutscher, für eine astronomische Summe erstanden, um diese dann dem MAMCO als Leihgabe zu überreichen. Mit einem so durchschlagenden Erfolg hatte auch Leo nicht gerechnet, und Jeanine hatte bemerkt, wie geschwätzig er an diesem Abend plötzlich wurde, wie er sich mit allen, die er erwischte, über die Werke, den Künstler und die Idee der Ausstellerin - seine Frau übrigens, vergass er nie hinzuzufügen - unterhielt. Das war einerseits ein Prestigeerfolg, gleichzeitig aber auch ein finanzieller, der Jeanine nun endlich ein wenig Unabhängigkeit gewährte. Es ärgerte sie, seit sie in diese Wohnung eingezogen waren, dass sie Leo immer wieder um Geld anpumpen musste. Es war nicht einmal das Fragen selbst, sondern vielmehr die Tatsache, dass es Leo selbst nie in den Sinn gekommen wäre, sich nach ihrer finanziellen Situation zu erkundigen. Es war ja von Anfang an klar, dass sie für die geteilte Miete nicht aufkommen konnte, dennoch hatte er ihr auf seiner Bank einen Dauerauftrag eingerichtet, damit - so seine Erklärung - sie sich nicht mehr um solche lästigen administrativen Angelegenheiten kümmern müsse. Das hatte aber zur Folge, dass sie ihn fast monatlich um Geld angehen musste, weil dieser Dauerauftrag in steter Regelmässigkeit ein riesiges Loch in ihr Konto riss. Diese Peinlichkeit war nun endlich für einige Zeit aus der Welt geschafft, und dies, darauf war sie besonders stolz, hatte sie selbst zustande gebracht mit dieser irrwitzigen Idee, in ihrem *All*, wie sie ihre Wohnung vom ersten Augenblick an genannt hatten, eine

Galerie, ein Private-Galery, einzurichten. Irgendwie schien alles zusammenzupassen, der Name, die herrlich weissen Räume, die noble Adresse in der Rue Ferdinand Hodler, die noch zur Altstadt gehört, ihr Engagement in dem vor kurzem eröffneten Museum für Gegenwartskunst. Eines aber ist auf alle Fälle sicher: seit sie die Arbeit dieses deutschen Künstlers verkauft hat, fickt Leo besser, leidenschaftlicher und ausgiebiger. Weiss der Teufel, was mit ihm passiert ist. Irgend etwas an dieser Geschichte kickt ihn erotisch an.

Er hetzt die Strasse hoch, Richtung St. Gervais, drängt sich durch die schlendernde Menschenmenge, an Kinderwagen und Handwagen vorbei, den Kragen des Anoraks hochgeschlagen, biegt ab und verschwindet im Eingangsportal des Kaufhauses. Zwischen mit Unterwäsche, Kinderspielsachen, Parfümfläschchen, Zahnpasta, Bürsten und Tuben beladenen Regale greift Leo nach Rasierschaum und Rasierklingen, wirft dabei Packungen von Papiertaschentüchern zu Boden, die - zur Aktion preisgegeben - gefährlich hoch aufgetürmt sind, Entschuldigung, Schweiss, Adrenalin, ein paar Handgriffe, und schon kommt ihm eine junge Frau in Schürze zu Hilfe und schichtet alles wieder übereinander, wie es sein muss. Eine dünne, blutleere Verkäuferinnenhand tippt mit Bleistiftfingern flink Zahlen auf eine Tastatur, nimmt die Leuchtpistole, zielt auf die Gegenstände und trifft auf Anhieb, was durch einen Pfeifton signalisiert wird. Sie wartet den Ausdruck ab und packt dann alles zusammen in einen dünnen weissen Plastikbeutel. Leo hält die Hand für das Rückgeld hin, spürt die langen spitzen Fingernägel der Verkäuferin in seiner Handfläche, die kalten Münzen - und ist weg.

Mit übertrieben gespielter Lässigkeit geht Leo über die Strasse und versucht, in der Flut der Feierabendeinkäufer unterzutauchen, überquert hastig die Rhone, biegt in eine Gasse ein, steigt eine Treppe hoch Richtung Altstadt. Hier sind weniger Leute, hier ist es dunkler, hier kann er ein wenig verschnaufen. Blick auf die Uhr: es ist fünf Uhr und zweiundzwanzig Sekunden. Wo hat er die Aktentasche gelassen?

Ein dumpfes, elektronisches Surren. Das Kabel führt von der Steckdose über das Parkett den weissleuchtenden Korridor hinunter und verschwindet unter einer Tür. Es klingelt in der Toilette. Jeanine hat das Telefon dorthin gestellt, um für die Aufhängearbeit das Kabel aus dem Weg zu haben. Es war ihr auch ein bisschen peinlich, noch immer dieses altmodische Kabeltelefon herumstehen zu haben. Die Toilette war die erste Tür, als sie mit dem Apparat in der Hand durch die Wohnung stöckelte. Wäre da ein Schrank gestanden, sie hätte es in den Schrank gestellt, aber nun steht es in der Toilette und klingelt. Ihr ist, als klopfe jemand von drinnen an die Toilettentür, irgendein Zögern, ein Skrupel, ein ungutes Gefühl hat sie schon beim ersten Ton überfallen. Erst jetzt bemerkt sie die Ruhe, die seit mehr als zwei Stunden in dieser Wohnung herrscht. Andy ist sehr schweigsam. Er steht an der Wand und hängt das grosse Bild hoch, wie sie es vorgeschlagen hat. Schöne Arbeiten, findet sie, ohne zu lügen, dunkles Bordeaux Rot auf weiches Chamois. Dass es tatsächlich Igelblut ist, hat sie nicht glauben wollen. Und als Andy ihr eben gerade klarmachte, dass die Bilder *Igelblut I-X* nicht nur so heissen, sondern auch mit Igelbut gemalt sind, ist ihr ein leichter Schauer über den Rücken gefahren. Vielleicht daher dieses ungute Gefühl, vielleicht hat das gar nichts mit dem Telefon in der Toilette zu tun. Sie reisst die Tür auf und setzt dem Klingeln ein Ende.

Zielstrebig überquert er den Platz, schaut sich nicht um, geht direkt hinüber auf die andere Seite der Strasse zur Treppe, die vom Place du Bourg-de-Four hinunterführt in die Rue St. Léger, stürzt über die Stufen, schwingt sich über das Geländer und verschwindet in der hell beleuchteten Tür der öffentlichen Toilette, die aussieht, als würde sie ins Erdinnere hineinführen. Zwei Pissoirs, durch eine kleine Metallwand getrennt, daneben grosse Türen mit Geldeinwurf, 20 Rappen steht ganz klein unter der Türfalle gedruckt, ein kleines Chromstahllavabo, ein Spiegel, darin Leo, gross, sein aufgelöster, hilfloser Blick. Er schaut sich selbst tief in die Augen. Er ist allein, ausser Gefahr, niemand kann ihn sehen. Er atmet durch, sieht erschöpft aus wie ein gehetztes Tier, von dem die Jäger abgelassen haben, und er ist froh, dass man ihn für einen Augenblick in Ruhe lässt. Er greift nach der kleinen Plastiktüte in seiner Tasche, packt die Rasierschaumtube und die kleinen Schaber aus, legt alles auf das kleine Sims über dem Lavabo, schaut sich im Spiegel wieder an. Schweiss steht ihm auf der Stirn. In seinen Augen lauert die Panik. Es ist einfach nicht möglich! Aber er hat es gehört, und es gibt keinen Zweifel. Er dreht den Wasserhahn auf und hält die rechte Hand unter den Wasserstrahl wie eine Schale. Wieso sollte er seinen eigenen Ohren nicht trauen? Das Wasser ist kalt. Er öffnet die Tube und drückt eine kleine weisse Made Creme auf seine Fingerspitzen. Mit eingeseiftem Schnauz sieht er aus wie ein Nikolaus, irgendwie lächerlich. Vielleicht war es überhaupt lächerlich, den

Schnurrbart stehen zu lassen, es war Jeanines Idee gewesen, sie mochte es so, sie liebe das Kitzeln, sagte sie. Jetzt führt er mit der rechten Hand die Klinge über die linke Oberlippe, die Haut ist weiss darunter. An dieser ersten Hälfte der rasierten Lippe erkennt er sich wieder, Leo Rollin schnauzlos vor fünf Jahren, noch unverbraucht, voller Hoffnung und Ideale, immer auf dem Sprung, seinen Job und alles hinzuschmeissen, den erstbesten Flug zu buchen, vielleicht nie wieder zurückzukehren. Vielleicht. Das Wasser plätschert aus dem Hahn, der mit Schnauzhaaren vermischte Schaum verschwindet im Abguss. An seiner Lende klingelt das Handy. Ein leises Surren in der Tasche seines Anoraks. Wie konnte er so blöd sein und das Handy nicht ausschalten. Sich nichts anmerken lassen, tun, als sei nichts geschehen, er hat nichts zu verbergen, das Geld gehört ihm nicht, mit Scheich Salem as-Sabah hat er nichts am Hut, aber auch überhaupt rein gar nichts!

»Leo?«

»Jeanine!«

»Wo steckst du? Wir warten hier auf dich.!«

»Die Polizei ist schon da?!«

»Wieso die Polizei? Wir brauchen zwei starke Arme, die den Wein vom Keller herauftragen, also wo steckst du? Sylvie hat gerade angerufen und gefragt, welchen Käse sie mitbringen soll. Was meinst du, ich hab' ihr gesagt, sie soll nicht zuviel mitbringen, das stinkt immer so, aber sie wollte auch wissen, wie der Typ heisst, den du letztes Mal mitgebracht hast, du weisst schon, dein Mitarbeiter, sie will ihn anrufen und mitbringen, was meinst du dazu?«

»Jeanine!«

»Ja? Wo steckst du denn? Du solltest doch schon längst hier sein, du weisst doch, dass ich dich hier brauche! Heute morgen hast du mich bereits sitzenlassen, wenn du jetzt noch einmal kneifst und dich später wieder aufspielst wie ein Galerist, dann werde ich wirklich sauer!«

»Jeanine, ist etwas passiert?«

»Was? Wieso? Was ist denn? Nein!«

»Gib mir ein Zeichen!«

»Ich steh' hier und hab' beide Hände voll zu tun! Ich brauche deine Hilfe, das weisst du!«

»Jeanine, es gibt ein Problem.«

»Ich hab' auch Probleme!«

»Die suchen mich!«

»Was sagst du? Jetzt keine faulen Ausreden, hast du die Plastikbecher?«

»Jeanine, hör zu, es gibt wirklich ein Problem.«

»Das ist meine fünfte Ausstellung, es kommen viele Leute, ich spüre das! Lass mich jetzt nicht im Stich!« Sie flüstert. »Und wenn ich was verkaufe, dann darfst du mich wieder mal so richtig vernaschen!«

»Jeanine, im Ernst, die suchen mich!«

»Was?«

»Es ging eben durch alle öffentlichen Verkehrsmittel, es war ein Aufruf! Ich werde von der Polizei gesucht!«

»Das ist doch nicht möglich!«

»Nein, es ist nicht möglich, aber es ist so!«

»Vor einer Stunde hast du doch noch gesagt ...«

»Das war vor einer Stunde, Schatz! Jetzt ist alles anders!«

»Du machst Witze Leo, ich find' das nicht lustig!«

»Jetzt hör mir doch zu, verdammt noch mal! Wenn jemand aufkreuzt bei dir, dann weisst du nichts, verstanden! Überhaupt nichts!«

»Wieso, was, wie nichts, du hast doch gesagt, dass wir bald über dem Berg seien. Noch zwei drei Abhebungen und dann …«

»Halt den Mund, verdammt noch mal! Ich hab' dir doch gesagt, dass heute eine ganze Truppe von Kuwaitern in unserer Eingangshalle war. Ich weiss nicht, was genau vorgefallen ist, aber es kann ziemlich heikel werden für uns, verstehst du! Ich sag's noch einmal Jeanine, ganz ruhig bleiben! Du weisst einfach von rein gar nichts, verstanden!«

» …«

»Jeanine? Jeanine!«

»Ja?«

»Hast du mich verstanden?«

»Ja.«

»Ja, ja, ich meine, hast du mich wirklich verstanden?«

»Nein.«

»Ich werf jetzt mein Handy weg, hörst du, du kannst mich nicht mehr erreichen, und du weisst nicht, wo ich bin!«

»Wo steckst du denn? Leo!«

»Schweig endlich! … Entschuldige. So hab' ich das nicht gemeint … Hör zu, es gibt einen Weg, hab Geduld Schatz, ich liebe dich, tschüss.«

Klick.

»Leo … verdammt!« Jeanine legt den Hörer auf und stellt den Apparat auf den Boden. Einen kurzen Augenblick starrt sie an die Wand, dann verlässt sie die Toilette.

Das Bild springt, schimmernde Streifen ziehen von unten nach oben, ein Auto rast ins Bild und verschwindet im Hintergrund. Ein kleiner dunkler Fleck taucht auf, eine kleine Pfütze entsteht, eine Blutlache rund um einen stacheligen Wulst, das Bild wird unscharf, eine Landstrasse, eine Kurve, Stacheln, die Schnauze eines Igels inmitten eines rotbraunen Flecks auf dem Teer, ein Autoreifen fährt darüber, die Schnauze ist flach und kaum mehr zu erkennen, das Bild wird unscharf, eine Autobahn, starker Verkehr, Blick von einer Brücke herunter, ein kleiner Fleck am Rand, Stacheln …

»Andy, wollen Sie etwas zu trinken?«

Jeanine geht in die Küche, reisst den Kühlschrank auf, entkorkt eine Weissweinflasche, knallt zwei Gläser auf die Anrichte, die Flüssigkeit gluckst und sprudelt ganz leise in den Gläsern. Andy drückt auf der Fernbedienung des Videogeräts herum. Autos fahren rückwärts durch das Bild, aus matschigen Pfützen werden krabbelnde Igel. Andy dreht träge den Kopf.

»Problems?«

»Stossen wir an, Andy! Auf Ihre Ausstellung!«

Der halbe Schnauz ist weg. Während Leo mit dem Schaber langsam von der Nase her über die andere Hälfte der Oberlippe fährt, das Gesicht dabei leicht verzerrt, starrt er sich im Spiegel in die Augen - als würde er Abschied nehmen, Abschied von einem Leben, von einer Frau. Den Schaber spülen, schneller Blick über die Schulter, niemand da, wieder ansetzen, dabei die Lippe gespannt über die Schneidezähne gezogen, ein gezielter Schnitt, eine Hand voll Wasser und die Utensilien landen im Abfalleimer. Leo rennt.

Er ist von weitem zu erkennen. Théodors schwankender Schritt, als würden seine Glieder demnächst vom Körper fallen. In der linken Hand glimmt die Zigarette. Im Gehen führt er sie an den Mund und zieht den Rauch tief in die Lunge hinunter. Er kommt vom Place Bel-Air. Er hat sich nicht verlaufen, er ist über den Pont de la Machine gekommen, an dem alten eben renovierten Kraftwerkgebäude vorbei. Die Ile Rousseau, das alles kennt er wie seine Hosentasche. Es ist nur, mit der Richtung, da ist er sich nicht ganz sicher. Er marschiert den Quai de Mont-Blanc entlang, auf der einen Seite der Verkehr, auf der andern der Hafen, der See, die langsam sich weitende Wasserfläche. Hier ist er viele Male hin- und herspaziert und hat Möwen gefüttert. Er hat die Möwen den Tauben immer vorgezogen. Sie haben etwas Würdevolles. Tauben hingegen haben in ihrer Art etwas Dummes, Phlegmatisches, haben in ihrem Verhalten etwas Minimalistisches, Müdes, Träges. Er hat sich, soweit ihm selbst bekannt ist, mit jedem Taubenzüchter angelegt, der ihm über den Weg gelaufen ist. Tauben hocken auf den Fenstersimsen und scheissen die Stadt voll, fressen Müll, verfaulte Essensreste und horten Krankheiten. Möwen aber sind geradezu ein Sinnbild der Freiheit. Deshalb füttert er sie. Jedenfalls hat er das früher getan, als Marie …

Eine kleine Werft. Mehrere Schiffe, von Stangen und Brettern gestützt thronen sie mit ihren gefährlichen Kielschwertern über dem Teer. Männer in Overalls, mit Schutzbrillen und Handschuhen schleifen unter ohrenbetäubendem Lärm Algenkrusten und alten Lack weg. Ein leichter Wind bläst den Staub bis auf die Strasse herüber. Théodor hält sich die Nase zu und geht durch die Staubwolke. Er macht einige schnelle Schritte, hinkt dabei leicht, zieht den Kopf zwischen die Schultern. Vorne liegt der Eingang zum Quai, der mitten in die Hafenanlage hineinführt, ein altes Bad, mit Kabinen und Holzsteg, kleiner Buvette und Sprungturm. Théodor geht am Geländer des Quais entlang, hält sich mit einer Hand fest und schaut zu Boden. Er ist mit den Tauben beschäftigt und verteidigt die Möwen, schimpft mit lauter Stimme und erhobener Hand, geht um das kleine Häuschen herum, das am Eingang steht, betritt den Steg und steigt über die kleine Bogenbrücke, die zum Bad hinausführt. Der Quai ist leer. Er ist allein. Warum diese Stille plötzlich. Er hat die Tasche mit dem Brot vergessen. Natürlich hätte ihm Marie Brot mitgeben sollen, das ist ihr noch nie passiert, dass sie ihm die Tasche mit den Anschnitten und Resten der letzten Tage nicht mitgegeben hat. Er wird morgen oder übermorgen noch einmal kommen müssen, wo sollen sie sonst hin mit dem harten Brot. Es gibt ja solche, die werfen Brot einfach in den Mülleimer. Kaum hat es einen Tag auf dem Tisch gestanden, behandeln sie es, als wäre es vergammeltes Hundefutter. Das wäre früher nie vorgekommen. Es gab eine wirklich gravierende Sünde: das Wegwerfen von Brot. Brot hatte etwas Heiliges, eine Seele, es war nicht nur ein Kilo Brot, sondern ein Laib und damit auch ein Leib, nämlich der Leib Christi. Wer Brot wegwarf, warf die Seele Jesu in den Mülleimer. »Brot wird nicht hart, kein Brot ist hart«, hiess der Spruch, den sein Vater immer wieder zitierte, wenn sie sich zu Hause zierten, das zwei Wochen alte Brot zu essen, während das frische, die beiden eben beim Bäcker erstandenen Laibe auf der Anrichte Gerüche von sich gaben, von denen sie am Tisch Magenknurren bekamen. Da lagen sie dann, die beiden Laibe, und harrten des Gegessenwerdens. Nie durfte ein Brot angeschnitten werden, bevor es nicht die zwei Tage Wartefrist auf der Anrichte verbracht hatte, öffentlich zur Schau gestellt, ein vom Vater auferlegtes Martyrium. Die Seele Jesu könne sich während des Liegens darin besser sammeln, und wenn sie dann das Brot assen, würde auch ihre Seele geläutert und gereinigt werden. Später musste sich ihr Vater andere Erklärungen und Geschichten für die zwei Tage ausdenken, aber Brot ist und bleibt etwas Heiliges, und etwas Heiliges wegzuwerfen, bleibt eine Sünde. Die Möwen lieben hartes Brot, das im Wasser sofort wieder aufweicht und für die Vögel zu einer Art Götterspeise wird. Dass Marie das vergessen hat, obwohl sie doch mit dem Gedächtnis noch besser dran ist als er. Er selbst hat daran natürlich wieder nicht gedacht, hat die Tasche vergessen, wie er so vieles vergisst, diese lästige Angewohnheit, an wichtige Dinge im entscheidenden Augenblick nicht zu denken. Dann steht er auf der Brücke, wo er die Möwen immer füttert. Aber hier ist die Brücke zu Ende, ein Gitter versperrt ihm den Weg, dahinter steht ein kleiner Turm, der aussieht wie ein Leuchtturm. Dafür ist er aber zu klein, er sieht eher aus wie der Kamin eines Schiffs, hat man ihn auf ein Schiff verfrachtet? Allein? Wo sind die anderen Passagiere, wo das Personal, der Kapitän? An der Seite rauscht das Wasser vorbei, das Schiff ist in Fahrt Richtung Nyon, Lausanne, Montreux, was für Städte, was für eine Fahrt! Kapitän, ich muss nach Hause! Wo bringst du mich hin?

Zu Hause lauert die Falle. Leo geht ruhiger. Der Feierabendverkehr hat sich gelegt, die Geschäfte sind geschlossen, die Verkäufer und die Kunden haben sich davon gemacht, in Häuser, an Esstische, hinter Fernsehapparate. Fenster von Wohnungen hell beleuchtet, Schatten gehen vorüber, kehren zurück. Niemand ist ihm gefolgt. Quer durch die Altstadt und den Parc des Bastions bis an die Rhone hinunter konnte er nun gehen, ohne erkannt zu werden. Niemand hat sich nach ihm umgedreht. Er fühlt sich sicherer jetzt, ohne Schnauz, irgendwie verdeckter, und er ist allein, er kann beruhigt aufatmen. Leo wirft das Handy in die Rhone. Er steht auf dem Steg mitten über dem Fluss, schaut in das ruhig dahinfliessende Wasser, wo sein meistgebrauchtestes Utensil, seit er Kaffee statt Cacao zum Frühstück trinkt, gerade auf den Grund absinkt. Die Rhone ist dunkel. Geheimnisvoll wirkt sie ihm in diesem Augenblick. Auf der Oberfläche kleine Wirbel und Wellen, ein leises, schweigsames Gleiten. Eine gewisse Sehnsucht. Die optische Täuschung, er versucht, sich zu konzentrieren, so lange auf die Bewegung des Wassers zu starren, bis er das Gefühl hat, auf einem fahrenden Schiff zu stehen. Wie er es als Kind mit seinem Vater auf den Brücken immer tat, wenn sie die sonntäglichen Wanderungen machten. Es gelingt ihm nicht. Als Kind hatte er die optische Täuschung spielend zustande gebracht. Irgend etwas hindert ihn daran. Das Gleiten, das Gefühl, zu fliegen. Wer verdammt noch mal kann ihm auf die Schliche gekommen sein?

Die Klingel ist ein Erbstück von Frau Rossetti, ein Geläut eher, wie Kirchenglocken klingt es von der Ecke des Korridors herunter. Andy hockt noch immer vor dem Videogerät und spult sein Band vor und zurück, wieder vor und wieder zurück, irgend etwas scheint mit dem Apparat nicht in Ordnung zu sein. Sie kann ihm aber nicht helfen, weil er ihr nicht sagt, was ihn stört oder was nicht geht. Leo ist noch immer nicht da, und die ersten Gäste stehen bereits vor der Tür. Hände schütteln, Küsschen dreimal auf die Wangen, Claudine ist die erste.

»Darf ich vorstellen, das ist Martin, er interessiert sich für Kunst und ich dachte …«

»Hallo! Kommt rein!«

Es ist ihr peinlich, aber sie wird Claudine fragen müssen, ob ihr neuer Lover nicht so freundlich wäre und den Wein aus dem Keller holen würde. Alles steht parat, die Salzstangen liegen in den kleinen Weidenkörbchen, die Gläser stehen in Reihen auf dem gedeckten Barocktischchen im Korridor. Nur der Wein fehlt. Die zwei Flaschen, die im Kühlschrank stehen, reichen niemals aus, es wäre lächerlich, sie jetzt auf den Tisch zu stellen, um dann einen anderen Wein zu holen. Andy hat zum Glück noch nichts gesagt, es scheint ihn auch nicht gross zu interessieren. Leo wird etwas erleben, wenn er hier aufkreuzt und sich aufspielt wie letztes Mal.

»Aber natürlich Jeanine, wo sind die Kellerschlüssel?«

»In der Küche, du weisst doch, wo die Kisten stehen, hinten links, sie sind angeschrieben, es ist ein 95er Fendant glaube ich.«

In der Korridorecke läutet es schon wieder.

»Die sind alle so früh heute, was ist nur in die Leute gefahren? Auf der Einladung steht sieben Uhr, und jetzt ist viertel nach, meistens kommt vor acht sowieso niemand! Und wir sind noch gar nicht fertig!«

Eine ganze Kolonne stolpert zur Tür herein, fünf Leute stehen dann steif auf dem Parkett herum wie hingeworfene Bauklötze, kahlgeschorene Nacken, Lackschuhe, Nylon-T-Shirts. David ist der einzige, den sie kennt, die anderen unterhalten sich flüsternd, greifen nach den Gläsern. Würde Leo jetzt zur Tür hereinstürmen, er hätte eine Ohrfeige verdient, eine richtige, in aller Öffentlichkeit.

Irgend etwas stimmt nicht. Der Steg und das Gitter, der kleine Turm und das Ufer auf der anderen Seeseite. Er kennt diese Ecke, er kennt diese Häuserzeile, aber kann sie nicht richtig einordnen. Er weiss, dass er diesen Ort kennt, kann sich aber nicht an den Stadtteil erinnern. Hier ist er schon gewesen, es muss einen Weg geben, der nach Hause führt. Théodor geht den schmalen Steg zurück. Die Möwen fliegen tief heute. Vielleicht zieht ein Gewitter herauf, vom Jura herüber, wer weiss. Das Licht ist matt geworden, ein dunkles Grau, verwischte Strassenbeleuchtung, beleuchtete Fenster an den Fassaden. Théodor geht hinkend an der Mauer des kleinen Bades entlang. Das Bains des Pâquis war lange Zeit einer seiner Stammplätze, jetzt erkennt er es wieder. Jeden Sommer trafen sie sich hier gegen drei Uhr nachmittags zum Kartenspiel. Mit gebräunten Oberkörpern sassen sie mitten unter all den jungen Badelustigen und klopften mit den Handballen auf den weichen Spielteppich, zogen Striche über die kleine Schiefertafel, tranken Weisswein, tauschten Gewinne, klopften sich auf die Schultern und trösteten die Verlierer. Hier hat er Stunden und Tage und Wochen gesessen. Im Winter spielten sie im Café La Sportive in Plainpalais. Aber dann ist plötzlich Olivier gestorben und mit ihm auch die Kartenrunde. Eine tragische Geschichte, keiner hätte es vermutet. Der sportlichste unter ihnen, wieso gerade er? Rauchte nicht, trank am wenigsten von allen, hatte zu Hause ein Fahrrad stehen, mit dem er morgens in der

Frühe seine Herzfrequenz auf Hochtouren jagte, bevor er zum Kartenspiel erschien, frisch geduscht und putzmunter. Gerade ihn hatte es zuerst erwischt. Weiss der Teufel, was ihn soweit brachte. Er war Maschinist in der Produktionsabteilung einer Metallbaufirma. Er hat nie darüber gesprochen. Sie müssen ihn zur Weissglut getrieben und schliesslich zwei Jahre vor seinem regulären Alter pensioniert haben. Kurz nach seinem Fünfundsechzigsten war es gewesen, es hatte ihn getroffen wie ein Rückenschuss. Olivier kam nicht zum Kartenspiel. Théodor erinnert sich genau an den Nachmittag. Sie hatten hier an der Buvette gesessen, auf diesen Stühlen, die jetzt verlassen und halb verregnet dastehen. Hier waren sie gewesen und hatten sich sofort Sorgen um Olivier gemacht. Es war nicht seine Art, zu spät zu kommen. Als er nach zwei Stunden noch nicht da war, riefen sie seine Frau an und erfuhren die Schreckensnachricht. Olivier wurde drei Tage später begraben, und sie waren alle an seinem Grab. Eine traurige Geschichte. Die Buvette ist jetzt zu. Es ist bereits spät. Leute sitzen draussen auf den Pritschen, obwohl es doch ziemlich kalt ist. Diese Holzhütte ist auch neu, das gab's früher nicht. Und dort gehen einige nackt über den Steg, was ist nur mit diesem Bad los? Es ist doch bereits Oktober! Théodor spürt den leichten Druck in der Blase und geht an den Umkleideräumen vorbei Richtung Sprungturm, ans Ende des Steges. Ein grosser Herr im Anzug geht vor ihm her, eine schwarze Ledertasche an der Hand, verschwindet in der Toilette. Théodor steigt über die Holzpritsche und entschuldigt sich bei den halb nackten, nur in Bademäntel gehüllten, ineinander verschlungenen Paaren. Er geht an der Dusche vorbei, wo ihm der Herr im Anzug wieder entgegen kommt. Dieser Herr rempelt ihn leicht an, entschuldigt sich, rückt seine Sonnenbrille zurecht. Théodor betritt den kleinen Durchgang zu den Toiletten, drückt eine Türfalle und wird sofort zurückgestossen, der Riegel wird geschoben. Théodor entschuldigt sich und geht zur nächsten Tür, die offen steht. Er tritt an die Schüssel und öffnet seine Hose. Hinter dem weissen Emailstuhl liegt etwas Schwarzes. Er betrachtet es genauer, es ist die Tasche des Herrn, an dem er eben vorbeigegangen ist. Der hat seine Tasche vergessen. Théodor greift nach ihr, schiebt sie zur Seite, Hallo! Hallo, Monsieur! Er pinkelt, schliesst die Hose und packt die schwarze Ledertasche. Er tritt in den Durchgang, zögert. Warum sind hier plötzlich zwei Ausgänge? Links oder rechts, wo ist der Mann hin? Von welcher Seite ist er denn selbst gerade in diesen Durchgang getreten? Diese lästige Marotte, in entscheidenden Augenblicken sich an wichtige Dinge nicht erinnern zu können! Er muss sich beeilen. Er geht nach links und tritt aus dem Durchgang hinaus. Ein schmaler Steg führt an der Wand des Badehauses entlang zurück auf den Quai. Niemand ist zu sehen. *Hallo, Monsieur!* Théodor geht bis zur Treppe, die auf den Quai hinaufführt, schaut sich um, sucht nach dem Herrn im Anzug, ruft noch einmal, geht dann die Treppe hoch und marschiert den Quai zurück Richtung Stadt.

»Wo ist Leo?«

Jeanine zuckt nur mit den Achseln, schenkt Weisswein in die Gläser und zieht an der Zigarette.

»Der kommt gleich, du weisst ja, immer diese Geschäfte, Besorgungen, wichtige Termine, Männer eben. Ein Glas?«

Von den Salzstangen sind nur noch Krümel übrig, die

Gläser stehen gebraucht auf dem Tischchen, auf dem Parkettboden, auf den Fenstersimsen. Die Räume voller Personen, die Arme angewinkelt, Gläser in den Händen. Das Geplätscher des Small-Talks, Lacher, Gehuste, Jeanine greift sich an die feuchte Stirn, wischt sich eine Strähne aus den Augen. Bisher hat noch niemand Anstalten gemacht, etwas zu kaufen. Andy hockt noch immer vor der Kiste und spult sein Band hin und her. Wann will er es denn endlich sein lassen, so dass sich auch die Besucher einmal sein Video anschauen können! Sie ist nicht einmal sicher, ob alle verstanden haben, dass Andy der Künstler dieses Abends ist. Wie soll sie das denn anreissen? Sie kann sich doch nicht in die Mitte des Raumes stellen und offiziell mit dem Finger auf ihn zeigen. Sie kann auch nicht herumgehen und alle auf ihn aufmerksam machen. Gefragt hat bisher nur Claudine, die dann nur eine abschätzige Handbewegung machte. Was das bedeuten sollte, hat sie nicht verstanden, vielleicht, dass man ihn in Ruhe lassen solle? Wenn Leo da wäre, der könnte so etwas ein bisschen in die Hand nehmen. Sie einfach so sitzen zu lassen! Eine Schweinerei, dabei weiss er genau, dass hier Beträge schlummern, von denen sie bisher kaum zu träumen wagten. Wieso muss er auch dauernd mit Geld spekulieren, das ihm nicht gehört? Wenn die ganze Sache jetzt auffliegt, geschieht es ihm nur recht. Soll er sich doch selber aus diesem Schlamassel ziehen. Sie wird ihm nicht zu Hilfe eilen, sie ist hier beschäftigt. Die Bilder hängen gut, das hat sie von verschiedenen Seiten gehört, die rostroten Töne wirken stark, fehlt ein bisschen die Bewegung in der Masse, manchmal reicht der Verkauf einer simplen Zeichnung, um eine ganze Reihe von Folgekäufen nachzuziehen. Das Ganze gleicht einer Versteigerung, je mehr Leute sich dafür interessieren, desto mehr kann verkauft werden. Kauft aber niemand etwas, wird auch nichts weiter verkauft. Die roten Punkte liegen in der kleinen Schublade. Vielleicht sollte sie einfach einmal einen davon an eines der Bilder kleben.

Es war nicht seine Idee. Nie im Leben hätte er daran gedacht, seine eigene Bank zu betrügen, und schon gar nicht einen seiner besten Kunden. Es reicht ihm, die Betrügereien der Kunden mitanzusehen, die bei ihnen vor ausländischen Steuerbehörden in Schutz genommen werden. Aber das ist nicht seine Sache, er ist und bleibt ein ganz gewöhnlicher Bankangestellter. Und die Sache mit der Überweisung war eher eine Laune seiner Spielernatur, eine kleine Herausforderung, ein an ihn und sein manchmal etwas sprödes Berufsleben herangetragener Zufall, entstanden aus einem Gespräch mit Norbert. Es war an einem heissen Sommertag, sie hatten sich zum Mittagessen zusammen an die Rhone gesetzt, und zum Glück hatten sie einen schattigen Platz direkt am Wasser erwischt. Sie hatten es sich seit einigen Wochen angewöhnt, zusammen essen zu gehen. Manchmal kam noch jemand hinzu, aber meistens waren sie zu zweit und redeten über die laufenden Geschäfte, Geld, Frauen und Partys, ein tägliches Geplänkel, ohne wirkliche Tiefe, angenehm locker, es brauchte sich keiner von beiden zu entblössen. Sie führten Gespräche auf eine Art, wie sie sich morgens Schlipse umbanden, mit leicht in den Nacken geworfenen Köpfen, und Leo genoss dieses *in Ruhe gelassen werden.*

Sie waren gerade beim Salat, als Norbert mit der Geschichte vom Scheich anfing.

»Hast du das gelesen heute?«

»Was?«

»Einer der reichsten Männer Kuwaits ist vorgestern verunglückt. Sein Flugzeug ist kurz vor der Landung in Kuwait abgestürzt. Ursache noch ungeklärt. Es ist seltsam, noch vor ein paar Tagen, hat mir ein guter Freund von seinem Job als Chauffeur erzählt. Georg ist und bleibt ein ewiger Student, Künstler eben, aber ganz in Ordnung. Jeden Sommer macht er irgendwelche kleinen Jobs und vor drei Jahren hatte er unglaubliches Glück. Er war von eben diesem Scheich engagiert worden, der vorgestern ums Leben kam. Auto und alles gestellt, vorzüglicher Lohn und Trinkgelder, die Normalsterbliche als Bestechung ansehen würden. Jedenfalls reichte ihm dieser kleine vier-Wochen-Job, um danach ein ganzes Jahr sein Stundentenleben zu finanzieren. Dieser Scheich kommt - oder kam, muss man ja jetzt wohl sagen - jedes Jahr zum Fête de Genève, er schaute sich das Feuerwerk an, residierte im Noga Hilton, wo er sich eine Suite gegen den See hin nahm. Letztes Jahr hat die Hoteldirektion auf seinen speziellen Wunsch hin die ganze Etage neu gestrichen und mit neuen Möbeln und modernen Kunstwerken ausgestaltet. Eine Gefolgschaft von fünfzig bis sechzig Leuten traf mit ihm ein: Frauen, Kinder, Kindeskinder, Schwiegersöhne, Verwandte, Bedienstete. Alle tänzelten um ihn herum, die ganze Hotelbelegschaft war rund um die Uhr beschäftigt. Ihn in Genf herumzufahren, war ganz schön anstrengend, immer auf höchster Konzentration, um auch ja keinen Fehler zu begehen, dazu alles in diesem Kaugummi-Englisch. Georg musste den Scheich selbst nie persönlich chauffieren, sondern war für dessen Kinder bestimmt. Trotzdem war Georg nach den vier Wochen jedesmal fix und fertig und brauchte erst einmal ein paar Tage Erholung. Aber vielleicht liegt das auch daran, dass es sein einziger Job im ganzen Jahr war. Ist schon seltsam, da erzählt mir Georg diese Geschichte von seinem Job bei diesem Scheich und zwei Tage später lese ich von diesem Absturz. Dieser Scheich ist mir plötzlich so nahe, verstehst du? Obwohl ich ihn ja noch nie gesehen habe. Ich habe nur von ihm gehört. Aber Georgs Geschichte ist mir irgendwie ans Herz gegangen. Dieses Jahr musste sich Georg vor allem um die Tochter des Scheichs, oder wenigstens um eine seiner Töchter kümmern. Ein Mädchen von kaum sechzehn Jahren, stell dir das vor, eine Milliardärstochter auf dem Rücksitz eines Jaguars zu haben und sie durch die Stadt zu kutschieren. Da muss dir ja zu Mute sein, als würdest du über rohe Eier fahren. In den vier Wochen besuchte das Mädchen so ungefähr alle schicken Läden der Stadt und kaufte sich praktisch überall etwas. Zweimal pro Tag musste er anhalten, auch wenn sie sich gerade mitten in der Stadt befanden, und ihr einen kleinen Teppich an einer geeigneten Stelle ausbreiten, damit sie sich darauf knien und nach Mekka gerichtet beten konnte. Das ging drei Wochen gut. Dann passierte etwas Seltsames. Ranja, so hiess das Mädchen, sagte wie gewöhnlich den ganzen Tag nichts, ausser dass sie ihm die Richtung und den Namen des Ladens angab, den sie besuchen wollte, und gegen zwölf bat sie ihn, anzuhalten fürs Gebet. Georg parkte also auf dem Trottoir am linken Seeufer, stieg mit dem Teppich aus, wollte diesen gerade ins Gras legen, als er plötzlich ihre Hand auf seinem Arm spürte. Für eine Sekunde habe er nur dagestanden, mit dem Teppich in der Hand und versucht, zu verstehen, was das bedeuten sollte. Er wagte nicht, sich umzudrehen, er sah sie bereits, wie sie ihr Kopftuch ab- und ihre zugeschnürte schwarze Djellaba aufreissen würde. Aber es passierte einfach nichts. Ihre Hand war nicht mehr auf seinem Arm, und er stand da, gebückt mit dem Teppich in der Hand. Als er sich fragend umdrehte, schaute sie ihm lächelnd in die Augen, was sie bisher nie getan hatte. Dann nahm sie den Teppich, legte ihn ins Gras und kniete nieder. Georg setzte sich verlegen in den Jaguar und machte das Radio an. Er musste sich irgendwie zerstreuen, um sich nicht wie ein Voyeur vorzukommen. Er drehte am Radio herum, bis sie wieder einstieg und die Tür selber schloss. Normalerweise wäre das sein Job gewesen. Er liess das Radio an und wartete auf ein Zeichen. Sie sagte nichts, starrte ihn aber über den Rückspiegel an. So sassen sie einige Minuten und schauten sich in die Augen. Irgendwann drehte Georg am Zündschlüssel und fuhr los. Er hatte keine Ahnung, wo er hinfahren sollte. Er fuhr einfach drauflos, quer durch die Stadt, dann hinaus Richtung Jussy, durch Korn und Maisfelder, über Wiesen und durch Wälder. Aus dem Autoradio dröhnte der neueste Rap auf Couleur trois. Er schwitzte und fuhr sich mit der rechten Hand durchs Haar. Irgendwann nahm Ranja ihr Kopftuch ab, drehte das Fenster herunter und streckte den Kopf hinaus in den Fahrtwind. Ihr schwarzes, glänzendes Haar wirbelte wild durch die Luft. Er konnte sie durch den linken Seitenspiegel beobachten. Es war, Zitat Georg, als hätten sie gerade zusammen eine Bank überfallen und würden über die Grenze in die Freiheit fliehen. Das wortlose Einverständnis nahm ein abruptes Ende, als plötzlich das Autotelefon klingelte. Ranja muss bei diesem Klingeln ein solcher Schrecken durch die Glieder gefahren sein, dass sie innerhalb weniger Augenblicke ihr Kopftuch wieder umgebunden und das Fenster hochgekurbelt hatte. Georg gab ihr das Natel nach hinten. Ranja wechselte mit dem Anrufer ein paar arabische Worte und gab Georg den Hörer zurück. *Go home to Noga* Hilton hörte er sie noch sagen und wagte es dann nicht mehr, über den Rückspiegel mit ihr Blickkontakt aufzunehmen. Die restlichen Tage bis zum Feuerwerk wurde Georg zwei von Ranjas jüngeren Brüdern zugeteilt, die ihn ununterbrochen vollredeten und am liebsten schon morgens um zehn in Bars abgehängt wären, hätte Georg ihnen nicht mit vorsichtigen Worten davon abgeraten. Ranja bekam er nach dieser kleinen romantischen Spritzfahrt nicht mehr zu Gesicht. Und nun ist die ganze Familie tot. Ist das nicht seltsam? Georg ist ganz deprimiert, ich hab' gestern abend noch mit ihm telefoniert.«

»Kann ich mir vorstellen«, unterbrach ihn Leo in seinem Redefluss.

»Ja, kein Wunder, wie oft im Leben verliebt man sich schon in eine Milliardärstochter, die später vom Himmel fällt?«

»Und wie heisst, oder besser gesagt, wie hiess der Scheich?«

»War's Scheich Sabah as-Salem? Oder Salem as-Sabah? Ja, ich glaube Salem as-Sabah war's. Wieso, kennst du ihn?«

»Och, nur so, ich glaub', ich hab' auch darüber gelesen.«

Aber das war nur die halbe Wahrheit. Leo kannte den Scheich persönlich und noch am selben Nachmittag machte er sich auf, den Artikel im Internet aufzustöbern.

Ein Maschinendefekt hatte das Privatflugzeug des Scheichs mit der ganzen Familie in den Tod stürzen lassen. Scheich Salem as-Sabah hatte gerade Vorbereitungen getroffen, seine Tochter Ranja zu verheiraten. Das wusste Leo, denn dieser Scheich war ein wichtiger Kunde der Bank, bei der Leo damals schon angestellt war. Und zur Hochzeit sollte Ranja ein Vermögen als Mitgift erhalten. Diese Mitgift streckte sich Leo entgegen wie eine dargebotene Hand: Fünf Millionen Dollar, die der Scheich in Form einer Familienstiftung für seine Tochter hatte anlegen lassen. Der Scheich hatte das Geschäft mit Leo besprochen und ihn persönlich als Stiftungsrat eingesetzt. Leo hatte ihm zu dieser Form der Anlage geraten, weil eine solche treuhänderische Einrichtung und der Vollzug des Reglements ohne jede Publizität erfolgen. Die Existenz der Stiftung und die Identität der Organe sind für aussenstehende Dritte nicht erkennbar. Denn selbst seine Tochter als Begünstigte, so wünschte es der Scheich, sollte in keinem Fall vor der Hochzeit über die Existenz dieses Geldes informiert werden, es sollte eine Überraschung werden. Bis dahin musste absolutes Stillschweigen darüber herrschen. Ausser ihm, Leo Rollin, als Stiftungsrat und oberstem Organ der Stiftung, wusste von dem Geld also niemand etwas. Das hatte der Scheich ausdrücklich begrüsst und betont, dass er in die helvetische Verschwiegenheit von Leo höchstes Vertrauen habe.

Nachdem Leo den Zeitungsartikel gefunden hatte, gab es ein zweites kleines Gespräch mit Norbert, das Leo danach über Monate nicht mehr losliess.

»Angenommen er hat irgendwo Geld angelegt«, sagte Norbert.

»Wer, der Scheich?«

»Von wem reden wir denn die ganze Zeit? Also, angenommen irgendwo liegt Geld … nein, mit Sicherheit liegt irgendwo Geld. Bloss, wer soll es denn jetzt finden?

Irgendwo liegen ein paar Millionen und niemand weiss es. Die müsste man jetzt abheben.«

»Und was damit tun?«

»Investieren. Das Geld bleibt im Umlauf und keiner merkt's. Nur du selbst kassierst so hin und wieder ein paar Zehntausender, mal drei, vier Hunderttausender, dann lässt du's wieder ein bisschen liegen, um keinen Wind aufkommen zu lassen. Denn du arbeitest ja für einen Kunden.«

»Den es nicht mehr gibt.«

»Jedenfalls stellt er keine Ansprüche wie Gewinnbeteiligung und ähnliches. Und wenn du verlierst, ist es ihm erst recht egal.«

»So einfach ist das.«

»So einfach.«

So einfach war die Sache dann doch wieder nicht. Als Stiftungsrat war er zwar bevollmächtigt, Transaktionen auszuführen, aber wo sollte er mit dem Geld hin, ohne dass es auffiel? Er konnte ja nicht einfach für sich selbst ein Konto eröffnen und Geld plazieren. Wo sollte er auch plötzlich soviel Geld her haben? Es dauerte mehr als zwei Jahre, bis er es wagte, sich über Norbert an dessen Bank zu wenden. Denn Norbert war der einzige, von dem er keine lästigen Fragen zu erwarten hatte, und ihr Gespräch im Sommer vor zwei Jahren über den verstorbenen Scheich hatte Norbert inzwischen bestimmt längst vergessen. Alles lief glatt. Die Ausrede, dass er eine Erbschaft gemacht habe, genügte vollkommen und Norbert veranlasste die nötigen Schritte. Da für die Stiftung weder Vorlagepflicht einer Stiftungsrechnung an Behörden noch Buchführungspflicht besteht, brauchte Leo jetzt bei seiner eigenen Bank nur an die Kasse zu gehen, für seinen Klienten eine bestimmte Summe abzuheben und das Geld über die Strasse zu Norberts Bank zu tragen. Dort arbeitete das Geld unter seinem Namen weiter und warf regelmässig Gewinn ab. Heute hatte er gerade an die Kasse treten und die Abhebung beantragen wollen, als zwei Herren aus dem Orient in der Empfangshalle erschienen. Es sollte die letzte Transaktion sein, bevor er dem Spiel ein Ende setzen wollte. Aber als zu den beiden dunkelhäutigen Herren mit ihren langen Gewändern und ihrer Kufiah auf dem Kopf noch zwei weitere Herren aus dem Orient traten, zögerte er. Die nachthemdartigen weissen Baumwollgewänder und die mächtige leibliche Masse dieser Herren schienen darauf hinzudeuten, dass sie aus Kuwait stammten. Aber sie konnten gerade so gut aus dem Irak oder aus Persien sein. Wieso gerade Kuwait, und wieso sollten gerade diese vier Herren etwas mit der Stiftung zu tun haben? Schon über drei Jahre war es her, dass der Scheich und seine Familie verunglückt waren, und niemand hatte sich seither bei ihm gemeldet. Dennoch liess Leo heute die Abhebung sein und als ihn die öffentliche Fahndung im Bus überraschte, war aus der dumpfen Ahnung endgültig die Gewissheit georden, dass ihn jemand verraten hatte. Irgend jemand musste ihm auf die Spur gekommen sein. Eigentlich ist Norbert der einzige, der ihm, falls es überhaupt etwas zu retten gibt, irgendwie helfen könnte.

Schummriges Licht dringt durch die Baumwipfel von der Strasse her in das Zimmer, fällt auf die schwarzen Ledersessel, die Stereoanlage mit den grell leuchtenden Digitalanzeigen und den Lautstärkemessern, die im Takt der Hintergrundmusik hin und herhüpfen. Das Telefon klingelt, und eine Anzeige leuchtet bei jedem Signal auf. Im Flur draussen Schritte, der Puffton einer Kühlschranktür, das Klappern eines Löffels in einem Joghurtbecher. Das Klingeln bricht abrupt ab, und das Knacken des Anrufbeantworters bringt die automatische Sprechmaschine zum Laufen. Zwei drei Takte süffiger Jazz, dann eine blecherne Stimme: *Hallo, Blanc Norbert, bin im Augenblick nicht zu haben, sprechen Sie trotzdem, nach dem Pfeifton bitte, rufe umgehend zurück, danke.* Die Tür zum Wohnzimmer ist inzwischen aufgegangen, Licht fällt herein. Norbert greift nach dem Hörer.

»Hallo?«

Summton.

Leo nimmt den Finger von der Gabel und hängt frustriert den Hörer ein. Er dreht sich langsam um, tritt mit dem Fuss gegen die Glaswand der Telefonzelle, hämmert mit den Fäusten dagegen, haut auf das metallene Gehäuse des Telefonapparates, dass es klingelt und scheppert. *Dieser Hund!* Er kennt ihn doch, er kennt Norberts Macken doch in- und auswendig. Er muss zu Hause sein! Sitzt zu Hause, trinkt Bier und wartet, bis die Leute ihm auf den Apparat reden. Er muss einfach zu Hause sein, Norbert wird ihn doch heute nicht im Stich lassen!

»Norbert? Norbert! Bist du zu Hause? Hallo? ... Hallo? Ja? Hallo? Norbert? Hier spricht Jeanine. Entschuldige, dass ich dich störe, hier ist die Hölle los, ja Vernissage, du weisst schon, hast du meine Einladungskarte nicht erhalten? Ach, macht nichts. Wie geht's dir denn? Ja, Leo, ich weiss nicht, deshalb ruf ich dich ja an. Bei dir hat er sich auch nicht gemeldet? Aber du hast doch heute mit ihm zu Mittag gegessen wie gewöhnlich, nicht wahr? Eben, du hast nichts Besonderes bemerkt? Er war nervös? Das kann sein, weisst du, er spielt sich immer auf wie ein Galerist an den Vernissagen, dabei hat er überhaupt nichts zu sagen, und getan hat er sowieso nichts für diese Ausstellung. Aber er ist noch immer nicht nach Hause gekommen, ich mach' mir langsam Sorgen. Weisst du,« sie flüstert, »ich habe vorhin mit ihm telefoniert.«

Jeanine verkriecht sich mit dem Telefon in die Toilette. Sie schliesst die Tür und setzt sich auf die Schüssel.

»Er sagt, er stecke in Schwierigkeiten. Was? Ja, die Polizei sei hinter ihm her. Weisst du, er hat doch spekuliert. Was? Du weisst nichts davon? Na hör mal, ihr seid doch gute Freunde, ihr redet doch immer über eure Arbeit, du weisst doch am besten, was Leo auf seiner Bank treibt! Ich? Wieso ich? Ich versteh' doch überhaupt nichts davon. Was? Du meinst jetzt? Jetzt gleich? ... Aber ... aber, ich, ich kann doch nicht, ich kann doch hier nicht einfach so weg, versteh doch, die ganzen Leute, die Vernissage, die Bilder, ich muss hier verkaufen, hier ist die Hölle los, sag ich dir, ja! Komm doch vorbei und schau dir das an! ... Meinst du? Tatsächlich? Ist es denn so dringend? Du meinst tatsächlich, dass da was dran sein könnte? Nicht hier am Telefon, ja natürlich. ... Na dann, ...wo? Aber ich kann doch die Leute ...! O.k. Ja. Gut. Ich geh' los, sobald ich mich freimachen kann.«

Sie legt den Hörer auf. Ihr Gesicht schimmert gläsern. Eine Wange zittert leicht. Sie bemerkt, dass sie den Hörer falsch aufgelegt hat und korrigiert seine Stellung. Sie stellt das Telefon am Boden ab, zieht die Spülung und verlässt die Toilette. Greift nach dem Pelzmantel im Schrank.

»Claudine … Claudine! Kannst du dich kurz um den Wein kümmern, ich muss mal kurz raus, ich komme gleich wieder, es ist sehr dringend, sei so nett und kümmere dich um die Gäste, ja? Ich bin gleich wieder da.«

»Ja, natürlich, aber was ist denn los? Jeanine!«

Die schwere Eichentür fällt hinter ihr zu. Aus dem Wohnzimmer bricht Gelächter hervor, und ein Glas zerspringt am Boden.

Norbert ist gross, blond, stark gebaut. Er steht mitten im halogenbeleuchteten Wohnzimmer. Die Fenster wie Wandtafeln. Das Metallgestell darunter klappert leicht, wenn er auf dem Parkett herumgeht. Er hat schon oft nach dem losen Teil gesucht, es aber nicht gefunden. Und immer, wenn er nachdenken muss, ärgert ihn dieses Scheppern von neuem. Er geht hin und her, tritt nah ans Fenster, hält die Hände vor das Gesicht und haucht einmal heftig an die Scheibe. Dann reisst er sich mit einem Ruck vom Fenster weg und greift zum Telefonbuch, dann zum Telefon, blättert, wählt.

»Gendermeric, Dupasquier, Bonsoir!«

»Hallo?«

»Ja.«

»Blanc am Apparat. Ich rufe wegen der Person an, die Sie suchen …«

»Haben Sie ihn?«

»Nein.«

»Wissen Sie, wo er ist?«

»Nein.«

»Warum rufen Sie denn an?«

»Vielleicht könnte ich Ihnen irgendwie behilflich sein.

Ich bin ein Berufskollege von ihm. Ich kenne den Laden in- und auswendig.«

»Sein Pfleger meinen Sie.«

»So würde ich das nicht gerade nennen, er ist immerhin auch ein Kunde von mir, seit einem Jahr jedenfalls.«

»Haben Sie nun einen Hinweis, oder wollen Sie wissen, wie weit wir sind?«

»Ja, natürlich.«

»Dubois wurde noch nirgends gesichtet, das ist alles, was ich Ihnen im Augenblick mitteilen kann, ich habe der Oberschwester bereits gesagt, dass wir sie sofort anrufen, wenn wir ihn haben, wie gewöhnlich, langsam sollten doch bei euch alle wissen, wie das so geht, nicht wahr?«

»Wen suchen Sie denn eigentlich?«

»Jetzt sagen Sie mir aber endlich, wer Sie sind!«

»Leo Rollin?«

»Also, Herr Rollin ...«

»Wen suchen Sie denn nun wirklich?«

»Théodor Dubois, und wenn Sie dazu nichts zu sagen haben, machen Sie bitte die Leitung frei. Auf Wiederhören.«

»Auf ...«

Summton. Norbert hängt den Hörer ein. Steht da mit offenem Mund. Greift sich an die Stirn, geht ans Fenster und haucht noch einmal gegen die Scheibe, zeichnet einen Kreis in den weissen Dunstfleck, einen Punkt in die Mitte, zwei Punkte darüber, eine lächelnde Banane darunter.

Er löscht das Licht, schaltet den Anrufbeantworter auf Bereitschaft und streift sich einen dunklen Mantel über.

Der Schlüssel dreht zweimal. Dann ist es ruhig. Das schummrige Licht dringt bis in den Flur. An der Wand der Schatten der Fensterkreuze. Der Glanz der Strassenlaterne auf dem schwarzen Leder des Sofas. Ein kleiner niedriger Glastisch, Aschenbecher, Messingfeuerzeug, Motorradzeitschrift. Die Digitalanzeige der Stereoanlage leuchtet grünlich. Das Telefon klingelt. Es klingelt in regelmässigen Abständen in die Dunkelheit der Wohnung hinein. In der Küche surrt der Kühlschrank leise vor sich hin. Nach dem fünften Klingeln springt der Anrufbeantworter an: *Hallo, Blanc Norbert, bin im Augenblick nicht zu haben, sprechen Sie trotzdem, nach dem Pfeifton bitte, rufe umgehend zurück, danke.*

Norbert wohnt in der Nähe der Altstadt, mitten in der Einkaufszone, die jetzt leer ist und irgendwie finster, auch wenn überall Strassenlampen und Schaufenster ihr Licht in die Nacht werfen. Der tagsüber sehr belebte Place du Molard ist verlassen, Leo überquert ihn, ohne sich umzuschauen. Die Angst, erkannt und erwischt zu werden, hat sich gelegt. Er weiss, dass die Polizei hier regelmässig patrouilliert, aber keiner der weissen Wagen ist in Sicht. Leo schleicht an einer Schaufensterfront entlang und biegt in die Rue du Prince ab, bleibt stehen. Vorne an der nächsten Kreuzung verlässt eine hoch aufgeschossene Gestalt das Haus. Leo kennt den wehenden Lodenmantel nur zu gut. Er sieht gerade noch, wie Norbert den Gehsteig überquert und in ein Taxi steigt, das ihn mit offener Tür erwartet. Leo ruft kurz und rennt los, erreicht die nächste Parallelstrasse, winkt ein Taxi heran, lässt sich auf den Rücksitz fallen und nimmt die Verfolgung auf.

Jeanine hat hier noch nie gesessen. Sie raucht. Ihr Gesicht ist verspannt und besorgt. Von einem kleinen Tisch in der linken hinteren Ecke aus betrachtet sie die Szenerie in dem Café. Hinter der Theke trocknet der Wirt Gläser. Zwei Alkoholiker sitzen am Stammtischen neben der Tür, rauchend, mit vernebeltem, abwesendem Blick, der eine stumm, der andere in ein leises, unverständliches Selbstgespräch vertieft. Die Tür geht auf und ein kleiner rundlicher Mann tritt ein, reisst sofort die Jacke auf und ruft mit erhobener Hand *une bière* zum Wirt hinüber. Er setzt sich ans Fenster. Neben ihm liegt eine schwarze Reisetasche aus eingefallenem, abgewetztem Leder zwischen den gusseisernen Tischbeinen. Und daneben eine zweite, genau gleiche Tasche. Und erst jetzt fällt Jeanine der Araber am Nebentisch auf, dessen Füsse die zweite Tasche berühren. Schwarzes krauses Haar, dunkles Gesicht, zwei helle, funkelnde Augen. Er greift nach seinem Portemonnaie und winkt dem Wirt. Der Wirt zapft das Bier, stellt das Glas dem rundlichen Kleinen wortlos auf den Tisch und hält dem Araber die Hand hin. Der Araber zahlt und geht. Der kleine Runde greift sofort zum Glas, trinkt, wischt sich den Schaum von seinem borstigen, dunklen Schnauz, reibt sich sein rundes Gesicht, alles an ihm ist rund, die Halbglatze, der Vollbauch. Musik, eine unauffällige weil passende Hintergrundmusik, die irgendwo aus einem Radio, nein aus dem Fernseher klingt, der in der rechten oberen Saalecke läuft, dann der Nachrichtensprecher, ein Asylantenheim ist in Brand gesteckt worden, die Banken haben ungeahnte Mengen an nachrichtenlosen Konten und Vermögen gefunden, Martina hat wieder ein Spiel gewonnen und posiert für Opel, morgen Regen, Werbung. Jeanine trinkt einen Martini, klopft die Zigarette am Rand des Aschenbechers ab. Sie ist die einzige Frau in dieser verrauchten Alkoholikerkneipe. Warum hat Norbert sie gerade hierher bestellt? Jetzt zieht sie den Rauch weit in die Lunge hinunter und bläst ihn durch einen spitzen Mund wieder aus, verschwindet beinahe hinter der Rauchwolke, schaut auf den Tisch. Leo hat ihr die Vernissage versaut. Was führt er sich denn so auf, was soll die Polizei schon von ihm wollen? Leo und etwas angestellt? Nie im Leben, eine Verwechslung, ein Missverständnis. Leo ist doch die Ehrlichkeit in Person. Manchmal geht ihr dieser Zug richtig auf die Nerven. Hin und wieder hätte sie schon gerne, wenn er etwas energischer wäre, etwas mehr Pepp hätte. Er macht mit ihr den Abwasch, die Wäsche in regelmässigem Wechsel, putzt das Bad und die Toilette, setzt sich zum Pinkeln immer hin. Sie hat es ihm nur einmal sagen müssen, das hat gereicht für alle Zeiten, dabei war es nicht einmal so ernst gemeint, nur ein Vorschlag. Ein Musterknabe rundum. Sogar im Bett ist er zurückhaltend und aufmerksam, beinahe scheu manchmal, hier stört es sie am meisten, hier wünschte sie sich doch ein bisschen Perversität, nur ein bisschen, etwas mehr Mut, irgend ein letzter Rest von einer Macho-Männlichkeit würde sie sich von ihm wünschen, das täte auch ihrer Weiblichkeit gut. Sie zieht den Rauch des Zigarettenendes in die Lunge hinunter mit einem inneren, ganz privaten Genuss, den sie mit niedergeschlagenen Augen für sich behält, weil sie weiss, dass sie beobachtet wird, irgendwo aus einer Ecke heraus, sie weiss nicht, von wem, wahrscheinlich ist es der Runde mit dem Schnauz, der sie unentwegt anstarrt, aber sie will es nicht wissen. Sie fixiert den Tisch, den

Aschenbecher, in dem sie jetzt den kleinen Zigarettenstummel nervös zerdrückt, bis der Rauch versiegt.

Während Jeanine den Rauch ausbläst und die Zigarette zerstümmelt, greift der kleine Runde nach der schwarzen Ledertasche unter seinen Beinen. *Deux bières* sagt er, legt einen Fünfer auf den Ausschank *c'est bon, adieu* und verlässt die Bar, schreitet zielstrebig zur Tür hinaus, als hätte er nicht eben eine Tasche unter den Arm genommen, die vorher einem Araber gehört hatte. Er tritt zur Tür hinaus und wird von einem grossen, blonden, jungen Mann gerempelt, entschuldigt sich, weicht zur Seite und drückt sich an ihm vorbei und hinaus, die Tasche auf dem Rücken wie ein Wäschesack. Er geht über die Tramhaltestelle hinweg, Leute tummeln sich im Unterstand, rauchend, lesend, Fingernägel kauend. Der dicke Unbekannte überquert den Fussgängerstreifen, ohne sich umzublicken, ohne ein Zwinkern von sich zu geben, während man ihn vom Steg aus beobachtet, den Kopf dreht und ihm nachschaut, diesem seltsam buckligen Männlein mit seinem Sack, der einen irgendwie an den Nikolaus erinnert.

Leo schaut dem kleinen Runden nach, wie er um die Ecke verschwindet. Auf der anderen Seite der Strasse leuchtet das Café du Rond Point mit seiner langen hohen Fensterfront, die Tische flau dahinter, ein paar Gestalten sitzen zusammengefallen an den Tischen. Leo bezahlt sein Taxi. Die Ampel steht auf Rot. Ein feiner Nieselregen kitzelt ihn auf der Nase. Leo kann jetzt durch die Scheibe sehen, wie Norbert die Tür des Cafés hinter sich schliesst und den Mantel aufknöpft. Die Strasse ist seltsam leer, der helle Schein des Cafés ist das einzige, was in diese Finsternis hinausleuchtet. Und in diesem Licht, das sieht Leo jetzt, wo er Norbert in das Café folgen will, steht nicht nur Norbert, da sitzt auch Jeanine an einem Tisch und raucht. Er klemmt sich an die Seite des Fensters und sieht, wie seine eigene Frau die halb heruntergerauchte Zigarette im Aschenbecher ausdrückt und Norbert zulächelt.

Norbert fährt sich mit der Hand erleichtert durch das nasse Haar, streicht es glatt nach hinten und geht sofort auf Jeanine zu. Müde und entmutigt winkt sie ihm zu. Sie küssen sich dreimal auf die Wange, *une bière,* ruft Norbert Richtung Theke und legt den Mantel ab, setzt sich Jeanine gegenüber, reibt sich mit aufgestützten Ellbogen die kalten Hände.

»Was ist denn passiert?« versucht es Norbert vorsichtig.

Jeanine starrt auf den Aschenbecher, ihre Lippen zittern, Tränen quellen aus ihren Augen. Norbert hört auf, sich die Hände zu reiben, legt eine Hand auf den Tisch, greift mit der anderen an Jeanines Arm. Sie weicht sofort zurück, zermalmt die Zigarette im Aschenbecher.

»Ist etwas passiert?«

»Ach, nichts, es ist nur ... es sind so viele Leute gekommen, und jetzt sitze ich hier, und das alles wegen irgend so einer blöden Spekulation.«

»Und es ist wirklich kein Witz?«

»Leo und Witze, du kennst ihn doch ...«

»Hat er dir etwas gesagt?«

»Was soll ich denn schon wissen, ich versteh' davon doch überhaupt nichts.«

»Was hat er dir gesagt?«

»Eine kleine Transaktion hat er es immer genannt. Er wollte investieren, in irgendwelche Aktiengeschäfte, dann wieder verkaufen und das entliehene Geld wieder zurückgeben.«

»Wem zurückgeben?«

»Irgend so einem verstorbenen Scheich, einem Milliardär. Er hat immer gesagt, dass zehn Millionen für den nicht mehr als ein kleines Taschengeld seien, der würde das nicht einmal bemerken, selbst wenn er noch leben würde, und er wollte es ihm trotzdem zurückgeben, warum weiss ich nicht, ich versteh' doch von all dem nichts. Er hat mir auch nie richtig erklärt, was er eigentlich vorhatte, er sagte nur, dass wir demnächst aus dem Schneider seien. Und wieso er immer von wir redete, weiss ich auch nicht. Er sagte, dass wir dann machen könnten, was wir wollten, wir seien dann frei für immer und ewig. Ich glaubte ihm keine Sekunde. Kannst du dir vorstellen, dass Leo etwas angestellt hat? Leo und ein Verbrecher, kannst du dir das vorstellen?«

»Da hast du recht, Leo ist ein ganz anständiger Bursche.«

»Das ist doch alles erfunden, der hat mir doch Märchen erzählt, um mich ein bisschen zu beeindrucken. Aber ich mag ihn auch so, er muss nicht mit drei Millionen nach Hause kommen, damit er mit mir schlafen darf. Wie kann er denn nur so naiv sein, hab' ich mich denn so daneben benommen? Ich habe ihn nie um Geld gebeten, er hat es mir immer so gegeben, gut, wir hatten zwei-, dreimal Auseinandersetzungen deswegen, aber das heisst doch nicht, dass er gleich mit Millionen nach Hause kommen muss!«

»Hat er dir sonst noch was gesagt?«

»Dass es nächste Woche soweit sei, das ist alles.«

Norbert greift nach ihrer Hand und schaut sie einen Augenblick lang streng an.

»Bist du sicher, dass das Geld dem Scheich gehört?«

»Was weiss ich, ich weiss ja nicht mal, ob er überhaupt mit Geld spekuliert. Vielleicht hat er sich auch nur von der Vernissage drücken wollen.«

»Jeanine, so etwas würde Leo doch nie tun. Du weisst doch selbst, dass er ganz stolz auf dich ist, seit du diese Ausstellungen organisierst.«

»Ja, schon, aber wieso hat er mich denn heute so hängen lassen mit der Vernissage?«

»Ach, mach' Dir keine Sorgen. Ich bin sicher, dass er noch heute abend nach Hause kommt. Und falls er sich tatsächlich irgendwo versteckt hält, aus welchem Grund auch immer, dann weiss ich, wo ich ihn finden kann. Lass mich nur machen.«

Er schaut Jeanine in die traurigen Augen, drückt ihre Hand.

»Das wird schon wieder, glaube mir! Ich muss jetzt los, Jeanine. Ich versuche herauszufinden, wo er steckt, und wenn er nach Hause kommt, rufst du mich an, ja? Meine Handy-Nummer hast du ja, nicht wahr? Geh zurück zu deiner Vernissage, kümmere dich um die Gäste, verkaufe Bilder. Es handelt sich ganz bestimmt nur um ein dummes Missverständnis. Also, lass mich nur machen, ja? Du hörst von mir, bis dann, tschüss.«

Der Mantel weht, die Tür klirrt. Jeanine hebt zögernd die Hand und bestellt einen zweiten Martini.

Norbert streift durch die Altstadt und wechselt ständig die Richtung, so als überlege er etwas im Gehen, als würden sich mit der Laufrichtung seine Pläne ändern. Leo folgt ihm vorsichtig. Wie hat er es nur geschafft, sich an Jeanine heranzumachen? Norbert bleibt stehen und schaut sich um. Leo zwängt sich in die Ecke zwischen zwei Häuser, erschrickt, entdeckt einen Schatten. Für eine Sekunde, und eine Sekunde kann lang sein, schaut er in zwei funkelnde Augen. Die grosse, finstere Gestalt vor ihm trägt eine schwarze Tasche über der Schulter, verlegene Gesten, beide wollen weiter, kommen sich in die Quere, Leo rennt die Gasse hinauf. Der Schatten geht langsam zur rechten Seite weg, verschwindet die Gasse hinunter. Leo erholt sich vom Schreck. Beinahe hätte er Norbert aus den Augen verloren. Leo rennt durch die Gasse und sieht Norbert oben um die Hausecke verschwinden. Dass sich auf dem Platz hinter den Häusern ein Taxistand befindet, weiss Leo nur zu gut.

Ruhe bewahren. Er ist am richtigen Ort. Er hat noch immer nach Hause gefunden. Man soll ihm nicht immer alles vorschreiben. Wenn er zurück ist, wird er es der Krankenschwester sagen, der Stationsschwester, dem Oberarzt. Wozu ein Arzt? Braucht er einen Arzt? Er muss nur essen und irgendwo schlafen können, das ist alles. Das Essen steht bestimmt bereits parat wie immer, Gabel und Messer im Teller, der Tee kohlrabenschwarz, weil die Schwester immer den Teebeutel ins kochende Wasser legt, obwohl er ihr schon hundertmal gesagt hat, dass er das lieber selbst übernehmen will. Théodor geht den Quai entlang, in Richtung des langsam dahinfliessenden Wassers. Er kennt diesen Übergang, den Pont de la Machine und den kleinen Durchgang. Vorne ist der Place Bel-Air, wo die Busse alle halten. Er muss dort hinüber, über den Platz, die Strasse links hoch, Richtung Plainpalais, an den majestätischen Gebäuden des Place Neuve vorbei, an diesen Patrizierhäusern, die er immer ein bisschen zu protzig findet. Einzig die Synagoge hat etwas Märchenhaftes inmitten dieser Klötze, etwas Verspieltes, etwas Traumhaftes, das ihn jedesmal in andere Welten entführt, für einen kurzen Augenblick, wenn er von zu Hause Richtung Café Cristallina unterwegs ist, oder von dort zurückkommt, noch leicht benommen vom Rauch und dem starken Kaffee. Er bleibt stehen und betrachtet die Kuppel, die verschnörkelten Fenster. Er ist der einzige weit und breit. Was ist das für eine Tasche auf seiner Schulter? Wem wollte er sie denn eben gerade zurückbringen? Wo ist der Herr mit der Krawatte?

Was soll Jeanine denn tun, ausser warten? Sie hat ja keinen Anhaltspunkt, keinen Hinweis, sie weiss nicht einmal, ob ihr Norbert die Wahrheit gesagt hat, oder ob sie vielleicht nur auf einen von Leos faulen Tricks hereingefallen ist, den Norbert mitspielt. Vielleicht stürmt er in der nächsten Sekunde die Wohnung, überfällt die Vernissage wie ein Räuber, oder er steht draussen mit einem Strauss Blumen, kommt durchs Fenster, übers Dach, wer weiss, was ihm noch alles einfällt. Der Coup mit dem Telefonbeantworter letztes Jahr war allerdings misslungen, sie hatte sofort bemerkt, was los war und seine Nachricht richtig entschlüsselt, sich zurecht gemacht, geschminkt, frisiert und ihre alte Lederjacke aus dem Schrank geholt. Und sie war pünktlich im Café Léman, wo er sie hinbestellt hatte. Leo sass bereits da mit einem Bier und von dort aus stürzten sie sich in die Nacht, genossen die Stadt und fielen am Morgen ins Bett wie zwei mitten in den Genfersee geworfene Steine. Aber diesmal findet sie das alles nicht besonders lustig, geht hin und her, raucht, trinkt ein Glas Wasser, zieht den Backofen auf und schliesst ihn wieder, während im

Flur draussen die Leute noch immer heftig miteinander diskutieren, sich aber keinen Deut mehr um die Bilder kümmern. Plötzlich scheint ihr, dass die Leute gar nicht wegen der Kunst gekommen sind, sondern nur um sich hier gemütlich zu betrinken, ein bisschen an Salzgebäck herumzuknabbern, zu plaudern, zu flirten und Intrigen zu schmieden. Sie nimmt den Telefonhörer zur Hand, hält inne, hängt wieder auf, geht in die Küche zurück, macht das Fenster auf und wieder zu, schliesst es noch einmal auf und lässt es schliesslich offen stehen, geht ins Schlafzimmer, macht das Radio an, stellt lauter, Musik erklingt, dann der Radiosprecher, die Schweiz spielt gegen Argentinien, macht es wieder aus. Einmal nimmt sie ein Salatblatt aus der Schüssel im Kühlschrank, faltet es zusammen und stopft es in ihren Mund, dann bricht sie sich ein Stück Brot ab und tunkt es in die unter den Blättern liegende Salatsauce, isst auch dies, zündet die Kerze an, die auf dem Radiator steht, schenkt sich Wein ein und nimmt einen Schluck. *IDIOT*, sagt sie plötzlich ganz laut - und noch einmal: *IDIOT, IDIOT, IDIOT!*

Einige Köpfe drehen sich im Flur draussen nach ihr um, erkundigen sich nach ihrem Befinden, *jaja, ça va, ça va*, antwortet sie höflich und schliesst die Küchentür, um einen Augenblick für sich allein zu sein. Postkarten an der Wand, Grüsse aus Philadelphia, Wien, New York. Sie zündet sich eine Zigarette an, zieht den Rauch tief in die Lunge hinunter, stützt sich mit beiden Armen am Tischrand auf, reibt sich die Augen. Dann greift sie entschlossen nach der Schachtel Zigaretten, dem Feuerzeug - Griff an den Lichtschalter - dunkel. Auf dem Radiator brennt noch die Kerze.

Im Halbdunkel ist ein kleiner runder Holztisch zu erkennen, auf dem zwei Whiskygläser stehen. Eines ist bereits leer getrunken, nur ein paar Eiswürfel tummeln sich noch darin und spielen Schmelzmich, seltsames Geflüster von irgendwoher, Geschirrgeklapper hinter dem kleinen Ausschank, der gleichzeitig als Bar dient, drei mit Plüsch bezogene Hocker davor, hinter den kleinen Tischen Ledersofas, wie es sie nur im Amphitryon gibt, der Bar des Hotel des Bergues. Salzstangen in einem kleinen Gefäss auf allen Tischen. Ein leichter Jazz trällert dahin, während eine behandschuhte Damenhand nach dem noch nicht ganz leer getrunkenen Whiskyglas greift. Schwarze nach hinten gebundenen Haare, dunkle Augenringe, enges, blauschwarzes Kostüm, das viel Raum für die helle Haut lässt, die sie ungeniert der verrauchten Luft aussetzt, die tadellos geschminkten Lider schillern im Licht, dann eine Stimme: Alors! Mit dem Tonfall dieses Wortes fällt der Blick tiefer, an der Tisch- und Kanapee-Kante vorbei zwischen die ineinander verschlungenen Beine, schwarze Strümpfe, knochige Knie, schlanke Waden, Bügelfaltenhosen, Lackschuhe, Bleistiftabsätze, auf der Suche nach der schwarzen Tasche.

Hin und wieder muss er sie von einer Schulter auf die andere umladen, die Hand wechseln, sie abstellen, sich ausruhen, die Glieder lockern. Die Rue de Berne ist von allen Seiten hell beleuchtet, alle möglichen Musikstile dröhnen durch offene Türen der Bars und Spielsalons bis auf die Strasse hinaus, Leute gehen kreuz und quer, wanken gefährlich betrunken, oder stehen herum wie Salzsäulen. Frauen in aufreizender Wäsche zeigen ihre Beine, ziehen an langen Zigaretten und winken mit Handschuhen, blasen den Passanten Rauch in den

Nacken, schwenken verführerisch den Kopf, lassen ihr bauschiges Haar wehen. Théodor fasst die Tasche an den Henkeln und schreitet über die schmale Strasse, stellt sich an einen Döner-Laden und schaut dem Verkäufer bei seinen flinken Handbewegungen zu. Er hat noch nichts gegessen heute. Das Essen muss bereits in vollem Gange sein, er muss sich beeilen, wenn er noch etwas bekommen will, sonst nimmt man es ihm wieder weg wie schon einmal, als er nicht pünktlich war. Dann muss er wieder hungrig ins Bett, wie ein Kind, das eine Dummheit begangen hat. Das will er sich nicht gefallen lassen, nicht heute und nicht morgen, vielleicht übermorgen, aber wer weiss, ob er dann noch sein wird.

»Na? Wie wär's? Willst du nicht mitkommen für ein kleines Viertelstündchen? Ich hab' was Schönes für dich.«

Die Stimme ist dicht neben ihm. Er dreht den Kopf und schaut auf zwei grosse, fast blossgelegte Brüste, die, durch das enge Kleid aneinander gedrückt, in der Mitte einen finsteren Graben bilden, eine Vertiefung in die sich sein Blick verliert wie in einen Abgrund voller Ahnungen und Erinnerungen, aus denen Théodor abrupt wieder auftaucht und in zwei helle, wache Augen blickt, lange zwinkernde Wimpern, glitzernd geschminkte Augenlider, wilde schwarze Haare. Eine Hand fasst nach seinem Arm, lange Fingernägel verhaken sich an seinem Ärmel. Er stellt die Tasche ab, bevor sie ihm von der Schulter fällt, so heftig zittern seine Knie vor Schreck.

»Ich? Meinen Sie mich?«

»Ja, natürlich.«

»Das meinen Sie doch nicht etwa im Ernst!«

»Kommst du nun mit oder nicht?«

»Also sowas ist mir ja schon lange nicht mehr passiert! Wo geht's lang?«

»Da lang mein Freund, gleich hier um die Ecke erwartet dich das schönste Glück auf Erden!«

»Und wie ist Ihr werter Name, wenn ich fragen darf?«

»Für dich bin ich Jaqueline.«

»Freut mich, Dubois, Théodor.«

Das Taxi hält an der Einfahrt zum Kiesweg. Norbert steigt aus und streckt dem Fahrer einen Geldschein entgegen. Die Villa liegt am Hang von Cologny, Aussicht über den See. Ein Flugzeug landet weit in der Ferne, lautlos. Leo zahlt und bittet den Fahrer, in der Nähe zu warten, zeigt nach vorne zur Einfahrt des nächsten Hauses und gibt ihm auch dafür etwas. Er kennt das Haus nicht, weiss nicht, wen Norbert hier besuchen will und wozu. Mehrere Autos stehen vor dem Haus auf dem schummrig beleuchteten Kiesplatz. Die Tür geht auf, und Norbert verschwindet im Innern der pompösen Villa. Flüchtig kann Leo erkennen, dass drinnen die Leute dicht aneinandergedrängt herumstehen und Gläser in den Händen halten. Viele der geparkten Wagen tragen CD-Nummern, alles Leute vom diplomatischen Kader, UNO-Abgeordnete, Repräsentanten von internationalen Organisationen, eine politische Veranstaltung wahrscheinlich. Es ist kühl geworden. Leo trägt nur den dünnen Anorak, den er heute früh angezogen hat, um ins Büro zu gehen. Wie hätte er ahnen können, dass er sich an diesem Tag für eine längere Nachtwanderung hätte rüsten sollen? Vorsichtig geht er an den Autos vorbei, stellt sich hinter einen Baum, wartet, tastet sich langsam vor, bis er so nah am Haus ist, dass er zwischen den Büschen und der Hausmauer um die Villa herumgehen kann. Auf der Rückseite findet er, was er erwartet hat: eine langgezogene Fensterfront, die in einen Garten mündet. Der Garten ist mit Büschen so umzäunt, dass Leo sich bequem versteckt halten kann. Er sieht die nobel gekleideten Leute im Wohnzimmer herumstehen, an den Gläsern nippen, an Salzstangen knabbern, kleine Quiches verdrücken, gestikulieren und reden. Und da er nichts von dem Gerede hören kann, gleicht das Ganze einem ungewollt komisch wirkenden, pantomimischen Spektakel hinter einer Glasfront. Er kennt kein einziges dieser Gesichter. Keine der schicken, aber trotzdem in die Jahre gekommenen Damen ist ihm je auf der Bank begegnet. Keiner der untersetzten, schwammigen Herren hat je bei ihm eine Transaktion vorgenommen. Was zum Teufel sucht Norbert hier?

Das Amphitryon ist eine der teuersten Bars der ganzen Stadt. Die Rechnung, die auf dem niederen Tischchen in einer kleinen Schale liegt, hat mehrere Stellen. Eine neue Zweihundertfrankennote senkt sich auf den Kassenzettel nieder. Charles Ferdinand Ramuz blickt verschmitzt und verdächtig scharf von diesem Schein herauf. Ein kleiner heller Kopf in einer finsteren, verrauchten Umgebung. Es ist der kleine runde Dicke vom Café du Rond Point, der den Schein herausgeholt hat. Er klappt sein Lederportemonnaie zusammen und steckt es in die hintere Hosentasche, dabei kippt er leicht zur Seite und atmet schwer. Die Schwarzhaarige mit den kantigen Zügen hat ihr Bein ausgestreckt und der zu kurze Rock ist etwas hochgerutscht, so dass das Strumpfband zum Vorschein kommt. Der kleine Dicke streicht seine Hand am Hosenbein ab, bevor er die schweissigen Finger auf dieses Strumpfband legt und dann hochfährt unter den seidigen Stoff. Er zieht die Hand zurück. Der Kellner greift nach der Zweihundertfrankennote im Schälchen, die zerbrechliche Frauenhand klopft die Zigarettenasche in den Aschenbecher, die andere Hand zerrt an dem zu engen und zu kurzen Rock, die Hinterbacken rutschen nervös hin und her, der weissuniformierte Ärmel des Kellners von neuem, in der Schale liegt das Rückgeld, das liegenbleibt, während die beiden Körper sich mühsam aus den Ledersesseln erheben, Griff nach der schwarzen Tasche unter der Bank, sie verlassen die Bar. Ein kurzer starrer Blick auf das niedere Tischchen, die zwei leergetrunkenen Whiskygläser, das Kleingeld, der überfüllte Aschenbecher, das Bild verdoppelt im Spiegel der Rückwand, die Stühle und Tische, die Bar, die hell beleuchtete Drehtür, die wie vom Wind angetrieben mit dem Licht spielt. Draussen verschwindet die schwarze Tasche auf dem Rücken des Dicken in der Nacht.

Der Zigarettenstummel leuchtet in der Dunkelheit auf. Leo bläst den Rauch leicht hustend zur Seite aus. Er ist kein Raucher, das Päckchen Zigaretten in seiner Manteltasche gehört Jeanine. Eine alte Gewohnheit von ihr, ihm immer und überall ihre Zigaretten, ihr Feuerzeug und ihr Portemonnaie zuzustecken, weil sie am liebsten ohne Handtasche losgeht und meistens Kleider trägt, die keine Taschen haben. An der Glasfront tut sich etwas, die Schiebetür geht auf und da ist er, Norbert, vertieft in die Unterhaltung mit einem untersetzten, älteren Herrn, gegen die fünfzig, Araber, genau die Sorte Kunde, die Norbert bevorzugt. Gesehen hat Leo Norberts Gesprächspartner noch nie. Die beiden treten in den Garten hinaus. Sie sind zu weit weg, als dass er ihr Gespräch mitverfolgen könnte. Norbert hat ihn also verraten. Am liebsten würde er jetzt hingehen und Norbert zur Rede stellen, ihm einen Strich durch die Rechnung machen, aber das könnte für immer und ewig das Aus bedeuten, also warten, abwarten, geduldig bleiben. Es wird der Augenblick kommen, in dem er zuschlagen wird. Zuerst muss er herausfinden, was Norbert vorhat, was er im Schild führt, ob tatsächlich er es ist, der ihm auf die Schliche gekommen ist. Er drückt die Zigarette aus, um durch den Glimmstengel nicht aufzufallen. Die beiden Redelustigen im Garten ziehen sich ins Haus zurück. Leo ist wieder allein. Am besten, sich vor dem Haus postieren und abwarten, bis Norbert die Gesellschaft wieder verlässt. Das Taxi steht noch da.

Jaqueline angelt nach dem Slip auf dem kleinen Hocker, steckt ihre beiden Füsse durch, steht auf, zieht das kleine Teil über ihre massigen Hinterbacken, greift nach dem roten Lederrock, nach dem Büstenhalter, schüttelt mit der linken Hand ihr Haar zurecht.

»Hat's wenigstens Spass gemacht?«

Théodors Gesicht leuchtet erhitzt, sein Haar ist zerzaust, das Hemd offen. Stramm sitzt er in der Unterhose auf der Bettkante und schaut der grossen Frau beim Anziehen zu. Seine Hose liegt zerknittert am Boden, die Schuhe ordentlich nebeneinandergestellt unter dem Bett.

»Jaqueline, Sie sind eine wahre Künstlerin! Wieviel schulde ich Ihnen?«

»Geschenkt.«

»Nein, das …, mit Marie, ich mein, so was, so war das noch nie! Also, wieviel?«

Théodor fischt seine Hose vom Boden und beginnt in allen Taschen zu kramen, stülpt sie dabei um, zerrt dabei das Futter der Hosentasche heraus, findet eine Socke.

»Schon o.k., aber zieh dich jetzt an, ich erwarte Kundschaft. Und vergiss deine Tasche nicht.«

»Ach ja, meine Tasche!«

Sie reicht ihm die Tasche über das Bett.

»Die ist ja ganz schön schwer. Was schleppst du denn zu so später Stunde noch mit dir herum? Du schläfst doch nicht etwa auf der Strasse?«

»Ach, die Tasche, ja, die ... die hat jemand liegenlassen, und ich muss sie ihm zurückbringen, verstehen Sie! Wenn ich nur wüsste, wo er hin ist, aber ...«

»Du bist ja ein lustiger Kauz!«

Sie treten auf die belebte Rue de Berne hinaus, am Café Léman vorbei. Jaqueline gibt ihm einen Kuss auf die Wange.

»Tschüss, mein Lieber, komm gut nach Hause!«

Théodor winkt und bläst ihr einen Handkuss nach.

Ein heller Lichtstrahl schiesst jedesmal aus der Tür, wenn sie aufgeht. Diesmal ist es Norbert. Er wirkt aufgeregt, irgendwie hektisch, verabschiedet sich flüchtig. Mit zielstrebigen Schritten geht er über den vollgeparkten Kiesplatz, während sein Taxi bereits die Strasse heraufgefahren kommt. Leo tritt zurück, drückt seine Zigarette aus und steigt in sein Taxi, das ein paar Meter weiter weg steht.

Norbert fährt in die Stadt zurück, aber nicht zu sich nach Hause. Er durchquert die Stadt und nähert sich der Bank, bei der er seit annähernd drei Jahren Direktionsmitglied ist. Direkt vor dem Eingangsportal bleibt sein

Wagen stehen. Norbert steigt aus. Leo zögert. Was will Norbert so spät im Büro? Norbert geht um das Gebäude herum. Schaut sich um. Leo zahlt und steigt ebenfalls aus. Norbert steht nicht weit von ihm entfernt. Was will dieser Hund um diese Zeit im Büro? Er könnte ihn rufen und ansprechen, aber Leo bleibt im Schatten stehen. Er hört seinen eigenen Atem. Dort wo Norbert sich jetzt befindet, an der Seite des Gebäudes, ist der Diensteingang des Gärtners. Leo kennt diese Tür. Norbert kann von hier aus ungeniert in die Büroräume gelangen, ohne dass sein Aufenthalt registriert wird. Würde er den offiziellen Eingang nehmen, müsste er sich mit der Magnetkarte durch die Sicherungssysteme hindurch ausweisen. Jetzt hockt er hinter dem Busch und starrt zu dem kleinen Treppenabgang hinunter, ein finsteres Loch an der Fassade dieses prunkvollen Gebäudes aus der Jahrhundertwende. Die Gänge und Korridore sind so kompliziert angelegt, dass man sich darin nur schwer zurechtfindet. Das Laub raschelt, der Nieselregen hat aufgehört. Leo kratzt sich im Nacken, dann wischt er sich über die Stirn, während Norbert Richtung Treppenabgang vorprescht und darin verschwindet. Das Knarren der alten Tür ist bis in den Garten hinaus zu hören. Norbert muss mehrere Türen passieren, wenn er in die Büroräume gelangen will, das weiss Leo. Wieder das Knarren der Tür. Leo hockt hinter dem Gebüsch nieder und atmet schwer, überlegt, zögert, geht einen Schritt vor, einen zurück. Im ersten Stock sieht er ein flaues Licht am Fenster verüberhuschen. Dann ist alles wieder dunkel. Er steht auf und geht auf den Treppenabgang zu, steigt die Stufen hinunter, nähert sich der alten Metalltür, greift nach der Türfalle, die Tür geht auf, ohne sein Zutun. Leo schreckt zurück, steigt die Stufen hoch und stellt sich an die Mauer. Der Schein einer Taschenlampe huscht über die Steintreppe. Leo hört das Schlüsselklirren und ein Räuspern des Securitaswächters. Für eine Sekunde kann er ihn im Licht, das aus dem Diensteingang herausleuchtet, sogar sehen. Die Uniform sitzt eng und massgeschneidert, Schlagstock, Schlüssel und mehrere kleine Ledertaschen hängen am Gürtel. Der Wächter steckt die lange Stabtaschenlampe ins Halfter wie einen Revolver. Sein Gesicht wirkt wie aus Stein gemeisselt, nimmt den Ausdruck eines kleinen erstaunten Jungen an, verblasst leicht und verhärtet sich wieder. Dann tritt er wieder in den Diensteingang zurück und zieht die Tür hinter sich zu. Leo löst sich vorsichtig von der Wand und geht zu den Büschen zurück, hockt sich nieder und starrt zu dem Fenster hinauf, hinter dem er ein flaues, blaues Flackern beobachten kann. Die Strasse und das Trottoir hinter ihm sind leer, der nasse Asphalt schimmert metallen. Er denkt an die Klinge eines Messers.

Die Plaine de Plainpalais ist weit und leer. Sie ist Hundetoilette und Boule-Bahn, Zirkusarena und Marktplatz in einem. Théodor geht über die sumpfige Wiese, der Regen ist stärker geworden, aber er nimmt ihn nicht wahr. Er geht aufrecht in strammen Schritten, er ist auf dem Weg nach Hause, er muss zum Essen, es ist bestimmt bereits aufgetischt, man wartet auf ihn, wahrscheinlich ist er zu spät, aber er wird es schaffen, er hat es noch jedesmal geschafft, über den Platz und dann links, den Boulevard etwas hoch, dann die Rue Melly nehmen, bis man hinten auf den Boulevard Carl-Vorgt trifft. 50 Jahre wohnen sie bereits in dieser Wohnung, 50 Jahre am gleichen Ort, einmal sind sie umgezogen, vom vierten Stock ins Hochparterre. Die untere Wohnung hatte ein Zimmer mehr, und als Marie schwanger war, hatte ihnen der Hausbesitzer dieses Angebot gemacht, viel zu teuer, wenn er heute daran denkt, dieses Schwein, aber nun ist er auch schon tot und konnte sein Geld nicht mitnehmen ins Grab, aber wer hätte geglaubt, dass sie mehr als fünfzig Jahre bleiben würden und heute ist die Miete von damals ein lächerlicher Betrag, das hat den Hausbesitzer über Jahre zermürbt, aber dagegen konnte er nichts unternehmen. Und nun sind die Kinder ausgezogen, drei an der Zahl, die sie in der Zwei-Zimmerwohnung grossgezogen haben, und die Wohnung ist genau das Richtige für ihn und für Marie, mit dem kleinen Garten hinten hinaus, den Rosenstöcken und Gewürzen, Marie hat mindestens vier grüne Daumen und eine magische Hand. Unter ihren Fittichen wächst alles, da wuchern die Pflanzen und vermehren sich in Windeseile. Dieser Garten, die Rosen, der Salbeistock, der Thymian, den sie vor Jahren, nein Jahrzehnten in der Provence ausgegraben und in ihrem kleinen Garten wieder eingepflanzt haben, im Frühjahr Tulpen und Margeriten. Wenn Marie das noch hätte erleben können, wie er sich die letzten zwei Jahre um den kleinen Flecken Grün in ihrem Hof gekümmert hat. Natürlich ist ihm nicht alles so gelungen wie ihr, aber der Garten konnte sich sehen lassen. *Marie, wenn du wüsstest, ich hätte dich ganz schön zum Staunen gebracht. Du weisst doch, was für ein fauler Hund ich immer war, und nun … ja nun … nun weiss ich gar nicht … wo … aber*

Théodor reibt sich die Hände, preßt die Arme an den Körper, er friert, und er geht in völlig durchnässten Pantoffeln. Warum trägt er keine richtigen Schuhe? Dass er das bis jetzt nicht bemerkt hat! Er schaut nach rechts und nach links, redet leise mit sich selbst, seine Lippen bewegen sich aufgeregt, er zeigt mit dem rechten Arm zur linken Seite hin, dann über die Plaine, er wirft den Kopf in den Nacken, als rufe er etwas, winkt ab und steckt die Hand in die Hosentasche, geht hinkend über den Platz.

Von weitem sieht er, dass dort jemand auf der Bank sitzt, der einzige Mensch weit und breit. Den Kopf zwischen den Schultern mit starrem Blick zu Boden gerichtet geht Théodor über den Asphalt. Es ist Nacht, die Uhrzeit hat er vergessen. Ein Hund schnellt heran und bellt ihn zweimal an. Mit einer heftigen Handbewegung verscheucht er das Tier. Der Hund weicht zurück und bellt weiter. Von weit her das Rufen des Besitzers, ein Brüllen fast, dann der schrille Ton einer Pfeife und das Tier zieht den Schwanz ein, als sei es geschlagen worden, kehrt brav an die Seite seines Herrn zurück. Théodor geht unbeirrt weiter.

Die Bank und der Sitzende bilden ein Hindernis. Abrupt bleibt Théodor stehen, schaut auf, betrachtet den jungen Mann auf der Bank, macht eine kleine Geste mit der linken Hand.

»Ach, sowas.«

Der junge Mann scheint erstaunt, leicht irritiert.

»Ist hier noch frei?«

»Natürlich, machen Sie sich's bequem.«

Er setzt sich neben ihn und legt die schwere Tasche auf die Bank. Kastanien fallen und zerplatzen auf dem nassen Asphalt. Die glänzenden braunen Kugeln kullern in die Pfützen, die im Licht der Strassenlaternen glitzern.

Das Büro ist dunkel, die Metallschränke schimmern matt, die Kanten der Stuhl- und Tischbeine funkeln, Ledersessel, Dokumentenberge, Bildschirme in Reih und Glied. Das Tappen von Fussspitzen, der kleine, dünne Schein einer Taschenlampe, Scheppern, Knirschen, die Tür schliesst sich wie von selbst. Der Schatten ist kaum erkennbar, huscht an der Wand vorbei über den Boden, über Bürotische, Stellwände, Schranktüren. Der hohe Ledersessel dreht sich leicht, dann lässt sich ein Körper darauf nieder, das leise Schnaufen der Polsterung, die Drehung, das Klicken des Schalters, der Bildschirm springt an.

Das Auto rast aus dem Hintergrund heran, die braune Kugel zieht sich zusammen, bleibt platt auf dem Asphalt liegen, Blutspritzer an der Leitplanke, der rote Fleck auf dem Asphalt, die Fahrbahn leer, die hellen weissen Streifen in der Mitte leuchten im Sonnenlicht.

»Oh, Andy, what a video! It's so wonderful! Realy!«

Jeanine liegt erschöpft auf dem Kanapee. Das Telefon neben ihr schweigt. Die Leute reden und lachen, der Boden ist von Gläsern und leeren Flaschen verstellt, Salzstangen knirschen unter den Schuhen. Claudine schwenkt ein Glas.

»Wo bleibt denn Leo?«

Jeanine winkt ab.

Leo hockt im Gebüsch und starrt an der Fassade hinauf. Norbert steckt noch immer da drin. Der Securitaswächter hat ihm einen ziemlichen Schrecken eingejagt. Aber jetzt ist es ruhig. In diesem kleinen Garten kann ihn niemand sehen. Nicht einmal einen Clochard hat es zu dieser Zeit hierher verschlagen. Und plötzlich kommt er sich lächerlich vor, hier in einem Gebüsch zu sitzen und auf die Fassade einer Bank zu starren. Plötzlich spürt er die Kälte, die von diesem Boden ausgeht und über die Füsse in seinen Körper dringt. Dass Jeanine ihn verraten hat, kann er einfach nicht glauben. Wie kann er sich in ihr so getäuscht haben? Er hatte sie in der Hand, seit dem ersten Tag ihrer Liebschaft. Das war ihm als erstes aufgefallen: dass er mit ihr machen konnte, was er wollte und irgendwie störte ihn das und zog ihn doch auch gleichzeitig wieder an. Ihre schmeichelhafte Naivität, ihre Leichtgläubigkeit und ihre fast kindliche Begeisterungsfähigkeit verunmöglichten es ihm vollständig, sie auch nur ein einziges Mal anzulügen. Er hatte ihr nie etwas vorgelogen, auch wenn es seit den Abhebungen und Spekulationen mit dem Geld mehrmals klüger gewesen wäre. Dass sie jetzt aber hinter seinem Rücken ein Spiel mit Norbert treibt?

Die Schüsse klingen dumpf und wirken irgendwie fremd, als schlage jemand mit der flachen Hand auf ein schlafwarmes Kopfkissen. Das Geräusch reisst Leo aus seinen Gedanken. Er kauert tief in das dichte Gebüsch und wagt nicht, sich umzudrehen. Die Rufe und das Gezetere wirken nervöser als die Schüsse, echter. Dann das Kreischen von überdrehenden Autoreifen drüben auf der Brücke, der aufheulende Motor. Jemand flucht und stänkert, ein Auto rast an ihm vorbei und ein heftiger Schlag direkt neben ihm. Ein zweites Auto fährt weg und dann ist es ruhig. Weit in der Ferne die Sirene eines Krankenwagens, aber sonst ist es still. Langsam dreht sich Leo um und löst sich aus der Starre. Er schaut die Strasse hinunter und hinauf zur Brücke. Sie ist leer und still. Dann sieht er unter dem Gebüsch einen dunklen Haufen liegen. Vorsichtig steht er auf und nähert sich dem Ding. Es ist eine schwarze Reisetasche aus Leder. Zusammengestaucht wie ein zerquetschtes Tier liegt sie unter dem Busch. Auf der Strasse Totenstille. Der Reissverschluss ist halb offen. Er schaut sich um, schaut die Strasse hinauf und hinunter, sucht die Fassade des Gebäudes gegenüber ab, nichts. Er öffnet den Verschluss. In der Tasche befinden sich mehrere Kleidungsstücke. Eine Hose, ein Hemd und eine Jeansjacke, ein langer Rock und eine Damenstrickjacke. Leo schaut sich um.

DAS ANGEBOT

ALI & JUANITA

Es ist 15 Uhr und 30 Minuten Ortszeit, 13 Grad Celsius, sonnig. Wir wünschen Ihnen einen schönen Aufenthalt in Genf und freuen uns, Sie bald wieder als unsere Gäste an Bord begrüssen zu dürfen. Auf Wiedersehen - Au revoir.

Die Stewardess hängt das Mikrophon in das Halfter, verschwindet im Cockpit. Sicherheitsgurten klacken, die Deckel der Handgepäcksablagen springen auf, Hände greifen nach Handtaschen, Aktenkoffern, nach Mänteln und Jacketts.

Die schwarze Ledertasche liegt auf dem Nebensitz. Alis Hände arbeiten flink, räumen mehrere beschriebene Blätter, eine arabische Zeitung, Federhalter, Lesebrille mit Etui und Zigaretten weg, stecken eines nach dem andern in die schwarze Ledertasche, zerren den Verschluss zu. Er zwängt sich zwischen die hinausdrängenden Leute, schiebt sich Schritt für Schritt den engen Durchgang hinunter, an der Stewardess vorbei – *Au revoir Madame / Au revoir Monsieur* – steigt die steile Metalltreppe hinunter. Wie eine kleine Herde ziehen die Passagiere über den Platz und verschwinden im gläsernen Durchgang des Terminals.

Förderbänder führen durch die verästelten Gänge der Unterwelt, weltformatgrosse Plakate füllen die Wände aus, überdimensionierte Fratzen lächeln von den Wänden herunter, zeigen ihre blendend weissen Zähne, gebräunte Hinterbacken, schlanke Beine, glückliche Eltern umarmen glückliche Kinder, schwelgen in romantischen Gefühlen, rauchen den Geschmack nach Freiheit und Erfolg, tragen eine knalliges T-Shirt für 12 Franken 95. Die Tasche liegt auf dem Gummiband der Rollbahn,

Alis grosse schwere Hand hält sie fest, die goldene Kette am Handgelenk glänzt im Neonlicht. Gemächliche Fahrt den Gang hinunter. Er zündet eine Zigarette an und betrachtet die vorbeiziehenden Plakate, zieht den Rauch tief in die Lunge und hustet. Er kennt das Prozedere der Einreise. Die Kolonne für Schweizer ist kurz, diejenige für Ausländer lang. Hinter der Glasscheibe ein fahles Gesicht, Krawatte, Uniform, ein leichtes Zucken in den Mundwinkeln und der Griff nach dem grünen Dokument.

Ali Hassan G., geboren 1935 in Fès, Marokko, 1 Meter und 73 Zentimeter gross, Augen dunkelbraun, Haare schwarz.

Ali ist leicht untersetzt, Halbglatze, seine Haare kräuseln sich an der Seite. Er greift nach dem Pass, der ihm unter dem Schlitz der Panzerglasscheibe zurückgeschoben wird und schlendert den schmalen Gang hinunter bis zur Gepäckausgabehalle. Die Koffer werden auf dem Förderband bereits im Kreis herumgeführt, bis sie jemand vom Band nimmt. Die schwarze Ledertasche hält er fest in der rechten Hand, zwischen den Lippen raucht die Zigarette. Ali geht hin und her, sein Koffer fällt aus der Luke auf das Band, und er muss um ein paar Leute herumgehen, sich entschuldigen, die Tasche in die andere Hand wechseln, um nach dem Koffer greifen zu können. Mit einer übertriebenen Bestimmtheit geht er mit den beiden Gepäckstücken auf den roten Durchgang zu, schaut weder links noch rechts, bemerkt die Zollbeamten kaum, die ihm zwar nachschauen, aber keinen Finger rühren. Die Tasche an Alis Hand könnte alles mögliche enthalten, Zigaretten, Alkohol, Drogen, Waffen, geheime, elektronisch gespeicherte Daten, Parfüms in Hülle und Fülle ... Hinter der Tür zur Wartehalle drängen sich Empfangsdamen und Hotelboys mit Schildern und Nelken, Verwandte und Freunde mit wachen Augen. Er wird nicht erwartet. Es gibt niemanden in Genf, der ihn hier überraschenderweise abholen könnte, es müsste schon ein alter Freund aus Marokko sein, der zufällig in Genf wäre, ein Bekannter aus Indien, oder ein Unverbesserlicher aus New York, wo er vor Jahrzehnten einmal Gesandter seines Landes war und sich mit allen möglichen Leuten anlegte. Die Amerikaner liegen ihm nicht. Ihren *american way of life* bringt er mit den sozialen Ideen des Islam nicht zusammen. Wie kann man so egozentrisch sein und gleichzeitig eine Gemeinschaft von Menschen bilden wollen? Die wirtschaftliche und militärische Stärke zahlt dieses Land mit horrenden sozialen Einbussen, moralischer Verrohung, Verdummung der Elite, Dekadenz der Jugend. Ein Blick auf die Zürcher Strassen sagt alles über Amerika. Die abendländische Kultur liegt in den letzten Atemzügen, ohne wirklich zu begreifen, wie sehr sie von innen schon ausgehöhlt ist. Diese kranke Hülse wird noch lange überzeugt sein, den wahren *way of life* zu verkörpern. Vielleicht wird die Kosmetik als letztendliche kulturelle Leistung siegen, als eine Art Konservierungstechnik für die leblos gewordenen Körper, eine Art Persiflage der hohen Kunst der Mumifizierung. Er kann es nicht lassen. Jedesmal wenn er von zu Hause nach Genf zurückkommt, gibt er sich Hasstiraden gegen diese Stadt, dieses Leben, diese Kultur hin, die sich dem Orient gegenüber so arrogant verhält, als hätte sie alles besser und schneller kapiert als die ganze übrige Welt. Und nach ein paar Tagen ist er wieder ganz Europäer. Einen Europäer in der Haut eines Arabers hat er sich einmal genannt. Nur wenn er das Flugzeug verlässt und den Zoll passiert und die

Menge der wartenden Leute in der Empfangshalle sieht, fühlt er sich noch durch und durch als Araber. Seine Verwurzelung in der orientalischen Kultur scheint ihn genau bis an diesen Punkt zu begleiten, und wenn er diese Halle passiert, ist ihm, als würden ihm seine Wurzeln ausgerissen, und jedesmal fühlt er sich leer danach, er kennt dieses Gefühl nur zu gut und deshalb forciert er das Tempo, drängt sich zwischen den Menschen hindurch, wird von Blumen und feuchten Händen gestreift und ist eigentlich ganz froh, dass ihn niemand erwartet. Die Verhandlungen in Kairo waren anstrengend, der kleine Abstecher nach Hause zu seiner Familie in Fès war es nicht weniger. Er braucht Ruhe und Erholung, eine Stunde in der Sauna und dann vielleicht ein Sprung auf die Party bei den Delacroix'. Warum nicht?

»Da ist er!«

Chigo drückt die Zigarette an der weissen Zementsäule aus und hinterlässt einen runden schwarzen Fleck. Er zerrt an dem Ärmel neben sich, nickt und bedeutet dem dazugehörenden Säufergesicht, dass er zum Ausgang hinüber gehen solle. Chigo bleibt noch einen Augenblick stehen. Sein kleiner schwarzer Schnauz steht wie eine Rasierklinge unter seiner Nase. Die Augen zugekniffen, leicht verkrampft, er kratzt sich am Ohr. Vilo, das schwammige Säufergesicht, steht lässig am Eingang und schaut draussen den Steg hinunter, so, als zähle er die Taxis, die mit aufgerissenen Türen und laufenden Ventilatoren hintereinander nah am Gehsteig stehen. Er nickt wie zufällig zu einem alten verbeulten Opel hinüber, der drüben auf dem Besucherparkplatz steht. Chigo geht um die Säule herum und steckt die Hände in die Hosentasche, schaut nach links und nach rechts, macht ein paar Schritte, pfeift leicht aus dem Mundwinkel und tritt zur Seite weg. Vilo folgt ihm flink hinterher. Sie postieren sich draussen an einer Säule, spähen in der Gegend umher und huschen dann einer nach dem andern zum Opel hinüber, der bereits den Motor warmlaufen lässt.

Der Chauffeur öffnet den Kofferraum und nimmt Ali seinen Koffer ab. Ali wirft die Tasche auf den Rücksitz, steigt hinterher und lässt sich erleichtert fallen. Der Chauffeur schlägt die Tür zu.

»Avenue Peschier vier, bitte!«

Der Taxifahrer nickt und fährt los.

»Mach schon! Mach schon! Hinterher«

»Nur mit der Ruhe, Mann! Wir haben ihn ja vor uns!«

»Hol aus deiner alten verbeulten Kiste raus, was du kannst! Diesmal geht's ums Ganze, verdammt!«

Chigo greift ins Handschuhfach, wühlt in dem Durcheinander herum und findet nicht, was er sucht.

»Hast du denn keine einzige verdammte Zigarette in deiner Limousine?«

Von hinten schiesst sofort eine Hand mit einem Päckchen hervor.

»Hier, Chef!«

Chigo raucht verbissen und zerrt das Handy aus der Brusttasche, tippt wild auf die Tastatur ein, hält sich das winzige Gerät ans Ohr, kurbelt die Scheibe herunter, lehnt sich mit dem rechten Ellbogen zum Fenster hinaus.

»Hallo? Hallo! ... Ja, Chigo hier, wir haben ihn.«

Die Ampel springt auf Rot, der Taxifahrer bremst ab, bringt den Wagen zum Stehen und greift nach rechts unten an das Autoradio, drückt auf eine Taste und stellt sofort leiser.

»Haben Sie nicht was anderes? Drehen Sie mal am Sender rum.«

»Aber sicher, Monsieur.«

Der Taxifahrer drückt auf die Suchtaste, hält bei jedem Sender inne, und wartet auf ein Zeichen, bis er auf einen arabischen Sender stösst.

»Ja, gut, lassen Sie das. Machen Sie ein bisschen lauter.«

Die Ampel springt auf Grün, der Taxifahrer gibt Gas. Ali breitet beide Arme über die Lehne des Rücksitzes aus. Draussen ziehen die Fassaden der Häuser, Fabriken und Rohstoffsilos von Meyrin vorbei, während der Moderator die Nachrichten in einem schnell schnalzenden und kratzenden Arabisch heruntersagt, gefolgt von einem orientalischen Schlager.

Mit präziser Regelmässigkeit schreitet die Zeit in der Einbauküche voran. Ruhiges regelmässiges Ticken, trotz Digitalanzeige wie am Flughafen, wo sie zum ersten Mal diese laufend wechselnden roten Ziffern gesehen hat. Hier sind sie zu ihren steten Begleitern geworden, zu ihren Nachtwächtern, ein kleines schlagendes Herz, hat sie sich einmal vorgestellt, muss hinter den Leuchtziffern verborgen liegen und pulsieren, nur für sie, wie zum Schutz. Wenn Juanita abends das Klappbett vom Balkon holt und es in der engen Küche aufstellt, wirft sie immer einen ersten und danach viele folgende Blicke darauf, sieht, wie die Zeit voranschreitet, das schneidige Wechseln der Ziffern, die sie in den

Schlaf wiegen werden. Wenn sie das Licht gelöscht und sich endlich in die paar Wolldecken gehüllt hat, die ihr »Herr Vater«, wie sie ihren Vorgesetzten auf dessen eigenen Wunsch hin nennt, bereits am ersten Tag freundlicherweise zur Verfügung gestellt hat, flackern die Ziffern wie kleine wunderliche Kerzen im Dunkeln, in der Stille der Küche, die dann ihr Refugium geworden ist. Manchmal denkt sie an ihre Kinder, an Marco und Julia. Für Marco sind die ungeraden Zahlen, die geraden für Julia, so wiegen sie sich hin und her im Lauf der Zeit und ihre Gedanken folgen dem Pulsschlag der Uhr, hin und her, her und hin, von Marco zu Julia, von Julia zu Marco. Natürlich wird sie sie wiedersehen. Bald, wenn ihr »Herr Vater« erlauben wird, für ein paar Tage nach Manila zurückzufliegen. Würde er sie doch mitnehmen auf seine Reisen, und sie könnte ohne weiteres einen kleinen Abstecher riskieren. Sie hat gespart, Geld auf die Seite gelegt und an einem sicheren Ort versteckt. »Herr Vater« würde es nie im Leben entdecken. Die Küche ist ihr Reich, sie kennt jeden Winkel, jede Ritze in den Schränken. Und die Aussenfassade rund um den Balkon kennt sie so gut wie ihre Hütte, die sie damals zusammen mit Albert, ihrem Mann, in einem Hinterhof eines Armenviertels mit blossen Händen aufgebaut hatte. Es gibt immer Möglichkeiten, Geld auf die Seite zu legen, um es vor den Dummheiten der Männer in Sicherheit zu bringen. Eine Technik, die sie früh von ihrer Mutter gelernt hatte. Wie gern hätte sie dieses Können ihrer Tochter weitergegeben, *nimm dich in acht Kind, lass dir nicht alles gefallen, glaube nicht alles, was man dir sagt, hüte dein Geheimnis und gib dich niemals preis, du bist zu wertvoll für mich und für dich selbst, sei vorsichtig und behutsam, und Gott macht, dass dir eine Tochter gebo-*

ren wird, die du beschützen und vor den Greueln der Söhne behüten kannst. Glaube mir, so wie ich an dich glaube, so wahr mir diese Zahl hier leuchtet als Schein deiner Seele, pulsierend, voranschreitend und so standhaft wie die Seele deines Bruders, den wir beide lieben wie unser eigenes Herz

Das leise Pochen im Ohr. Manchmal hört sie es, wenn sie sich auf das kleine Kissen legt, manchmal spürt sie ihr Herz an der Hand, wenn sie sie unter die Brust legt, und wenn sie lange genug auf die zirkulierenden Zahlen schaut, stimmt ihr Herzrhythmus mit dem der digitalen Zeitanzeige überein. So im Einklang schliesst sie die Augen und geniesst die Ruhe, die Stille, die paar Stunden, die sie allein ist, die ihr niemand nehmen kann. Draussen braust manchmal ein Auto vorbei, oder jemand fährt auf eines der vorgezeichneten Parkfelder. Es klingt wie aus einer anderen Welt. Leute reden, schlagen die Autotüren zu, lachen, gehen davon. Dann ist es wieder ruhig im Quartier, leicht südlich der Altstadt. Champel heisst das Quartier. Ein seltsamer Name, den sie zuerst mit Champagner verwechselt hatte. Was für eine Stadt, dachte sie, in der die Quartiere heissen wie teure Getränke. Eine Freundin von ihr wohnt in Plainpalais, ein Quartier voller Paläste vielleicht, oder vielleicht auch nicht. Vielleicht wird ihr »Herr Vater« einmal erlauben, ihre Freundin zu besuchen. Aber wie soll sie dort hinkommen, ohne die Sprache zu sprechen, in welche Richtung sollte sie denn gehen? Und wie wieder zurückfinden? Natürlich wird er sie nicht gehen lassen, natürlich wird er im aller äussersten Fall ihre Freundin mit dem Auto in ihrem Palast abholen und sie herbringen, wie er es schon einmal gemacht hat. Damit sie ein bisschen reden könnten, sagte er. Wieso plötzlich so freundlich?

Warum diese Umstände, womit hatte sie das verdient? Sollte das Gutes oder Böses bedeuten? Gordola war aus Manila wie sie. Sie war ein paar Jahre vor ihr aus den Philippinen über Kuwait hierher gekommen. Sie hatte dort zuerst vier Jahre in der Familie ihres Herrn gedient, bevor sie mit dem ältesten Sohn der Familie nach Genf kam, als persönliche Bedienstete und Hausangestellte. Er sei ganz nett, Student, sie dürfe auch manchmal fernsehen. Sie sei auch schon in der Stadt gewesen. Sogar allein. Das muss toll sein.

16.12 Uhr.

Seit heute morgen geht sie zwischen Küche und Wohnzimmer hin und her und legt sich manchmal auf das Sofa, was ihr eigentlich untersagt ist, aber »Herr Vater« wird es nicht bemerken, das Leder bleibt, wie es ist und hinterlässt keine Spuren, Juanita trägt kein Parfum wie die Damen, die er manchmal mit nach Hause bringt, deren Geruch sie oft noch tagelang in den Möbeln und in der Bettwäsche riechen kann. Die Regale sind sauber, der Teppich gereinigt, das Parkett gewachst, sie hat alles gemacht, was »Herr Vater« ihr für die drei Tage seiner Abwesenheit aufgetragen hat. Den Fernseher darf sie jetzt nicht mehr anmachen, da er sonst warm ist, wenn »Herr Vater« nach Hause kommt. Er würde dann natürlich sofort bemerken, dass sie es sich erlaubt hat, die drei Tage hin und wieder englisches Fernsehen zu schauen, um ein bisschen etwas von der Welt zu erfahren. Die Zeitungen, die herumliegen, sind alle auf Arabisch geschrieben, was sie nicht lesen kann. Drei Tage allein in dieser Wohnung. Der Balkon gibt ihr zwar Aussicht über das Quartier, aber die Tage werden lang, wenn man so allein bleibt, und die Versuchung, das Telefon zu benützen, wächst mit jeder Stunde. Diesmal hat sie sich nicht zurückhalten können. Denn vor ein paar Tagen hat sie per Zufall mitbekommen, wie man das Telefon deblockiert. »Herr Vater« hat die Angewohnheit, jedesmal, wenn er die Wohnung verlässt, das Telefon zu blockieren. Anrufe können so hereinkommen, sie aber kann nicht hinaustelefonieren. Er habe mit ihrer Vorgängerin sehr schlechte Erfahrung gemacht, und er wolle nicht, dass er sie wegen einer dummen Telefonrechnung entlassen müsse, sagte er. Dann war aber ein Freund von »Herrn Vater« zu Besuch, der telefonieren wollte. »Herr Vater« gab ihm den Code. Als Juanita die Zahlen hörte, kam es ihr vor wie Verrat, obwohl es ja nicht ihr Fehler war, dass er die Zahlen so laut durch den Raum schrie. Überhaupt schreit er ständig, es ist sein normaler Umgangston. Sie stand in der Küche, bereitete gerade den Cocktail vor und konnte jede Zahl deutlich hören. Ihr fiel die Zitrone aus der Hand, und sie hätte beinahe ein Glas von der Anrichte heruntergeworfen. Was sie daraufhin tat, war eine Art Instinkthandlung, ein Reflex: Sie holte aus der hintersten Ecke der Schublade, wo sich das Silberbesteck befindet, einen kleinen Block und einen Kugelschreiber hervor, den sie dort vor Monaten einmal versteckt hatte, notierte die Zahlen mit nervöser, zittriger Hand und verstaute beides sofort wieder in der Schublade, warf sie zu und servierte den Cocktail mit eingeübtem asiatischem Lächeln. Ihre Knie zitterten noch die ganze darauf folgende Nacht.

Und diesmal konnte sie sich nicht zurückhalten. Am zweiten der drei Tage, die »Herr Vater« abwesend war, öffnete sie die Schublade des Silberbestecks, die sie tagtäglich benützt, bebend vor Aufregung und unter rasendem Herzklopfen, so als würde sie einen Diebstahl begehen, und griff nach dem kleinen Block in der hinteren Ecke. Die Zahlen standen noch auf dem Zettel, wie sie sie hingekritzelt hatte. Und nach langem Zögern ging sie damit ins Wohnzimmer, setzte sich neben das Telefon, starrte eine Weile auf diesen seltsamen Apparat mit den Tasten und Knöpfen, und plötzlich ging alles sehr schnell. Sie tippte den Code ein, hörte den Summton und wählte hastig die Zahlen, die sie sich wie eine magische Zahlenkombination eingeprägt hatte, die Telefonnummer ihres Cousins in Manila. Und als sie ihn im Hörer *Hallo?* sagen hörte, fuhr ihr ein Stich durchs Herz. Sie brachte kaum ein Wort zustande. Ihre Zunge war wie gelähmt, das Gespräch wurde ein einziges Gestammel und Geschluchze. Schliesslich gelang es ihr, dem Cousin ihren Namen zu sagen und ihre beiden Kinder und ihren Mann grüssen zu lassen. Dann knallte sie den Hörer auf den kleinen schwarzen Plastikkasten, legte ihn dorthin zurück, wo er immer steht und weinte, bis die Nacht sich über sie legte.

Jetzt steht das Telefon auf dem kleinen, niederen Tisch neben der Lampe und der chinesischen Vase und schweigt. Wenn »Herr Vater« heute kommt, wird er vielleicht bemerken, dass es nicht mehr blockiert ist, aber sie wird von nichts wissen, es gibt keinen Grund, sich zu fürchten.

Das Taxi fährt am Treppenaufgang zum Eingang vor. Der Chauffeur steigt aus, öffnet die hintere Tür und den Kofferraum. Ali verlässt den niederen Wagen und bedankt sich, zahlt mit grossem Schein, winkt ab und heisst den Chauffeur dafür den Koffer die Treppe hochtragen. Die schwarze Ledertasche nimmt Ali selbst, den Mantel legt er auf den linken Arm. Als das Taxi wieder wegfährt, parkt ein Opel auf dem Trottoir zwischen zwei anderen Autos. Drei Köpfe bewegen sich darin hektisch hin und her. An der Hausfassade bewegt sich an einem Fenster ein Vorhang leicht. Der milchige Stoff leuchtet in den letzten Sonnenstrahlen des Tages.

Der Schlüssel dreht zweimal, die schwere Mahagonitür geht nach innen auf, Ali schleppt den Koffer, die Tasche und seinen Mantel zur Tür herein, wirft alles mit einem Schwung auf das Parkett, wirft auch sein Jackett zu Boden, verkeilt die Füsse ineinander und reisst sich die Schuhe ab.

»Juanita? Juanita!«

Die Küchentür geht langsam auf. Juanita steht sauber gekämmt und in einem langen blauen Kleid in der Tür.

»Guten Abend ›Herr Vater‹.«

Dass sie Arabisch spricht, kommt ihr wie ein Wunder vor. Die Freundin, die ihr die Ausreise geregelt und die Anstellung bei Herrn Ali Hassan G. beschafft hatte, konnte ihr nur ein paar Brocken beibringen. Danach war sie ganz von »Herrn Vater« abhängig, der so lange auf Arabisch auf sie einredete, sie lobte, beschimpfte und verfluchte, bis sie verstand, was er wollte. Inzwischen versteht sie fast alles, und sie kann sich soweit ausdrücken, dass »Herr Vater« versteht, was sie sagen will.

»Juanita! Da bist du ja, sei doch so lieb und kümmere dich um meine Sachen, ja? Ist meine Wäsche sauber? Hast du das Bad gemacht?«

»Ja, 'Herr Vater'.«

»Und ist für heute Abend alles vorbereitet? Gab's Anrufe?«

Juanita starrt ihren Vorgesetzten an. Ihre Augen brennen, ihr Herz schlägt gegen die Brust. Ali zieht die Hose aus und wirft sie in der Empfangshalle aufs Parkett.

»Was ist denn mit dir? Ist Dir nicht gut?«

»Ja, Herr, nein, Herr.«

»Was, ja, nein? Ja oder nein?«

»Es ist alles vorbereitet, es gab keine Anrufe.«

»Na, dann sei doch so lieb und leg mir ein Hemd heraus, eines von den neuen, du weisst schon welches ich meine. Ich muss gleich wieder weg, verstehst du, ich bin im Bad … und, Juanita, für heute Abend, ich mein, man kann ja nie wissen. Besser ein Angebot im Kühlschrank, als ein Kühlschrank im Angebot …«

Ali lacht verlegen und knöpft sich das Hemd auf.

»Na ja, sei doch so lieb und leg alles bereit, ja?«

Er wirft auch das Hemd aufs Parkett, greift nach der Ledertasche und verschwindet damit im Badezimmer.

Juanita starrt wie hypnotisiert auf das Chaos am Boden. Es ist nichts Neues, dass »Herr Vater« sich vor ihr auszieht und alles auf den Boden wirft. Sie dreht langsam den Kopf. Das Telefon steht, wo es stehen muss und schweigt. Sie macht sich an die Arbeit.

In Schusslinie zum Eingang des Wohnblocks, an der Avenue Peschier, steht noch immer der verbeulte Opel, in dem die drei Insassen rauchen und gelangweilt in der Gegend herumspähen. Hin und wieder wird am Autoradio gedreht, weil sie sich nicht auf einen Musikstil einigen können. Chigo ist Tessiner und will Rap auf Couleur trois. Vilo ist Franzose und ist für französischen Schlager, der sowieso unterbewertet wird, ein Hohn für den Staat Frankreich, was die Deutschen an französischer Musikkultur abspielen, und das in einem vereinten Europa. Ruedi, der Chauffeur, ist Deutschschweizer und will endlich die Nachrichten auf DRS1 hören. Es ist schon schlimm genug, dass man hier in Genf DRS3 nicht empfangen kann, dann wenigstens die Nachrichten auf Deutsch. Schliesslich wird demokratisch beschlossen, das Radio auszumachen. Sie müssen sich konzentrieren, gleich wird es losgehen, lange kann der sich da drinnen nicht mehr Zeit lassen, wenn er nicht seinen Hals riskieren will.

LOUIS & LEILA

Louis hält sich an der Schlaufe fest, bückt sich leicht und betrachtet die draussen vorbeiziehende Landschaft. Der Bus kommt im Abendverkehr nur schleppend voran. Die Sitzplätze sind alle belegt, Louis ist müde. Blick auf die Armbanduhr, es ist 17 Uhr und 12 Minuten, der neunundzwanzigste. Auf der Strasse draussen haben zwei Autos einander so den Weg versperrt, dass keiner mehr weiter kann, beide hupen, keiner will einlenken, sie versperren dem Bus den Weg. Zu Fuss wäre Louis schneller gewesen, aber nun steht er hier, gefangen und hält sich an der alten Gummischlaufe fest. Die Metallstange drückt an der Seite, er spürt seinen leeren Magen knurren. Seit heute morgen hat er nichts gegessen. Er schaut durch das Fenster auf die Strasse hinaus und denkt an das helle Zimmer, das er früh morgens verlassen hat, die Fenster weit offen, fühlt noch die bauschige Daunendeckenwärme, Leilas schlafwarmen Körper, ihre weichen Glieder, die fleischigen Brüste und Hinterbacken, aus der Küche der Geruch von frischen Croissants, gekochtem Kaffee, und er erinnert sich an das Zubereiten des Schoppens für Magalie, ihre Tochter, dieses winzige Wesen, das noch in einen Kinderschlafsack gehüllt im Halbdunkel lag und plötzlich aus dem Schlaf aufschrak. Das Licht, das durch die Lamellen drang, der Vorhang nur halb zugezogen. Die wenigen seidigen Haare durcheinander, der Schnuller direkt neben den grazilen, verletzlichen Lippen, ein kleines Kinderköpfchen, eine Hand am Bauch, die andere von sich gestreckt. Das leise Atmen in regelmässigen Zügen, ein feiner Hauch, ein stilles Leben. Das Schütteln der heissen Milch weckte es sofort auf. Die Glieder bewegten sich, der Kopf drehte sich auf die andere Seite. Er nahm Magalie in die Arme und trug sie zu Leila ins Bett. *Bonjour mon amour!* Der winzige Körper war heiss und verschwitzt von der langen Nacht, der Blick verloren, leicht irritiert. Das direkte Umsetzen von Emotion in Kehllaute, der ausgebrannte Magen, die Sehnsucht nach den ersten morgendlichen Stunden an der warmen Brust der Mutter. Das Saugen wird nicht aufhören, bis die Flasche leer ist. Er suchte in den Decken nach dem Gesicht seiner Frau, deckte das Kind dabei ganz zu, küsste sie aufs Ohr, dann auf die Brustwarze, strich ihr sanft über den Rücken, sagte: *Bis heute abend! Ich komm etwas später, du weisst schon. Und schlaf nicht zu lange! Es ist schon halb acht.* Sie seufzte leise, richtete sich ein wenig auf, griff an ihren Bauch, *Salut chouchou,* strich mit der Hand über Magalies kleinen runden Kopf und liess sich wieder ins Kissen fallen. *Mach nicht zu lang, ich wart' auf dich!* sagte sie noch, als er bereits zur Tür hinaus war.

Und jetzt steht er in diesem schleppenden Bus, auf dem Weg nach Hause und kommt nicht vorwärts wie jeden Abend. Es gibt Leute, die tragen diesen ganz bestimmten Bus-Fahr-Blick, zwei verlorene Augen weit hinter den Scheiben, als wären sie hypnotisiert, abwesend, wie in ein Gebet versunken, am Morgen begleitet vom Rest des Schlafs, am Abend unterstützt durch die Müdigkeit des überstandenen Tages. Ausgenommen von diesem Blick sind Kinder, die meisten Jugendlichen und alte Leute. Die Wachheit scheint im Alter wiederzukehren. Manchmal stellt er sich vor, wie diese Innenwelten zu beschreiben wären, all die Leben, die dunklen, finsteren und hellen Abgründe in diesen Seelen, ein Sammelsurium von gelebten und ungelebten Leben in dieser fahrenden Blechkiste, auf der Fahrt von einem Ort zum anderen. Der Alte ist ihm schon vorher aufgefallen, jetzt steht Louis direkt neben ihm. Seine Lippen bewegen sich immerfort, er murmelt etwas Unverständliches vor sich hin. Seine wachen Augen huschen über die vorbeiziehenden Häuser und Menschen, er kommentiert die Bilder und Szenen, redet zu sich selbst wie zu einem Freund, klopft sich mit einer Hand in regelmässigen Abständen aufs Knie, zeigt mit dem Finger auf Passanten, auf Bäume und Autos. Louis reisst seinen Blick weg von diesem Alten. Manchmal ertappt er sich, wie er Leute anstarrt, sich in sie hineinversetzt, in ihre Innenwelt zu gelangen versucht. Er wendet seinen Kopf. Noch drei Ampeln, dann wird er zu Fuss weitergehen und schneller sein. Leila hat Magalie bestimmt bereits zur Grossmutter gebracht und sich schön gemacht. Es wird ein angenehmer Abend werden. Ein ganzer Abend und eine ganze Nacht nur für sie allein! Und das ein Jahr nach der Geburt ihrer Tochter zum ersten Mal!

Das Piepsignal reisst ihn aus seinen Gedanken. *Durchsage der Leitstelle!* Die Stimme klingt blechern aus den verborgenen Lautsprechern. *Seit heute nachmittag wird der siebenundachtzigjährige Théodor Dubois vermisst. Er leidet an Orientierungsschwierigkeiten und kann vermutlich den Weg nach Hause nicht mehr finden. Sein Signalement: Circa einszweiundachtzig gross, graumelierte, kurz geschnittene Haare, Schnurrbart, trägt einen graubeigen Anzug, weisses Hemd und Krawatte, braungrüne Augen. Wahrscheinlich hat er eine Aktentasche bei sich. Hinweise richten Sie bitte an unser Betriebspersonal oder direkt an einen der nächsten Polizeiposten. Danke für Ihre Aufmerksamkeit!* Noch einmal das Piepsignal, dann nichts mehr.

Louis schaut sich um. Der Alte sitzt nicht mehr neben ihm. Er könnte es gewesen sein, vielleicht auch nicht. Warum sollte gerade er auf den Vermissten stossen? Der Bus rollt an die Station. Louis steigt aus und geht zu Fuss die Strasse hinunter.

Die Wohnung ist geräumig aber klein, zwei Zimmer mit wenigen sauber polierten Holzmöbeln, Bilder an den Wänden, vollgestellte Bücherregale wo man hinschaut, eine kleine Waschmaschine im Badezimmer, eine helle Küche mit allem nötigen Gerät, Parkett vom Flur bis in die beiden Zimmer, ein Teppich im Wohnzimmer, ein alter, dunkelblauer, wahrscheinlich wertvoller Perser, in einer Ecke ein kleiner königsblauer Emaileofen, ein echter Salamander, daneben eine Blechwanne gefüllt mit Holz, feinem und grobem, zwei grosse weiche Fauteuills mit je einem roten und einem blauen Überzug, dazwischen ein Nierentisch, Aschenbecher an verschiedenen unauffälligen Orten, Reste von angerauchten Zigaretten, abgebrannte Zündhölzer, ein alter runder Holztisch mit zwei abklappbaren Segmenten und Schublade, ein kleiner, drahtgelöteter und zusammenklappbarer Wäscheständer mit Unterhosen und Socken.

In dieser Wohnung schälen kurz vor halb sechs lange, feine, kastanienfarbene Hände einer Orientalin eine grosse dickleibige Wassergurke. Mit jeder Bewegung legen sie die hellen, zarten Flächen des fast melonenhaft wässerigen Gurkenfleisches unter dem satten Wiesengrün mehr und mehr bloss. Diese Hände arbeiten langsam, fast andächtig. In der Schüssel liegen in einer Sauce aus Senf, Öl und Essig bereits gehackte Zwiebeln und einige feingeschnittene Kräuter, Petersilie, Koriander und Pfefferminze. Die fertig geschälte Gurke wird auf einem Gurkenhobel in fast durchsichtige Scheibchen geschnitten. Mit jedem Hin und Her fallen zwei dieser Gurkenscheibchen in die Schüssel und langsam bedecken die Rondellen die Kräuter und die Sauce, bis das rhythmische Schneiden vom Klingeln des Telefons abrupt unterbrochen wird. Leila legt die Gurke und das Schneidebrett auf den Tisch, steht auf, streift ihre dunklen Haare mit dem Handrücken zurück, die matte kaffeebraune Stirn freilegend. Ihre grazile Gestalt verschwindet durch die Tür aus der Küche, ihre feine, leicht zu hoch liegende Frauenstimme, die Hallo? sagt mit fragendem Aufwärtston.

Meistens legt sie sich aufs Bett zum Telefonieren. Aber an diesem frühen Abend, kurz vor halb sechs, bleibt sie stehen, hält den Hörer mit der Achsel ans Ohr geklemmt und lauscht, ihre Hände an der Schürze abtrocknend, nimmt dann das Telefon mit der einen und den Hörer mit der anderen Hand und marschiert damit zurück in die Küche. Sie setzt sich an den Tisch, während sie zuhört, redet, lacht, und steckt zwischendurch ein Stück Gurke in den Mund, das sie so lange kaut, bis sie wieder drauflosredet, als gäbe es etwas zu gewinnen. Schon nach kurzer Zeit legt sie wieder auf und schneidet die Gurke weiter, raspelt sie vollständig in die Schüssel, reisst dann den Kühlschrank auf, greift nach einem Salat und zerlegt ihn in seine Einzelteile. Blatt um Blatt fällt in die Anrichte und taucht schliesslich ins kalte Wasser. Und plötzlich glimmt da diese Zigarette zwischen Zeige- und Mittelfinger, ganz diskret an der linken Hand, während die rechte im kalten Wasser planscht, um die Blätter zu baden, und aus ihrem Mund kommt wie zufällig etwas Rauch geblasen. Das Telefon klingelt von neuem.

Aussen an der Wohnungstür hängt ein Schild mit den Namen *Louis CARRELET* und *Leila IBRAHJIM*. Obwohl die Tür geschlossen ist, dringt Leilas Stimme nach draussen. Sie spricht laut und schnell, zwischendurch lacht sie. Und plötzlich ist es still. Nur von der Strasse her sickern Verkehrsgeräusche durch das Treppenhaus in die oberste Etage dieses fünfstöckigen Hauses. Dann wieder Leilas Lachen und sofort danach ihre Stimme. Es ist ein altes Haus, Steintreppe mit geschwungenem Holzgeländer, vergitterter, ebenfalls aus Holz gebauter Lift mit Fenstern. Auf jedem Stockwerk zwei Türen. Aus der Wohnung nebenan jetzt plötzlich ein Radio. Der Ansager hat gerade die Wetterprognose durchgesagt und kommt zur Zeitansage: Es ist genau fünf Uhr und dreissig Minuten. Der Lift erreicht das Parterre. Louis öffnet die schmiedeeiserne Tür, die beiden Flügeltüren der Kabine, stellt sich vor den Spiegel, der an der Rückwand hängt. Die Fenster auf beiden Seiten geben Ausblick auf die Etagen, das Treppengeländer, die einzelnen Stufen, die sich beim Hinauffahren wie eine Kette von umkippenden Dominosteinen in die Höhe addieren. Bestimmt hat Leila gekocht, wartet auf ihn, hat sich schön gemacht, wie immer, wenn etwas Besonderes ansteht, und heute ist der 29. Oktober, der Tag ihrer Begegnung. Sie werden ihn feiern wie jedes Jahr. In seinem Gesicht schimmert etwas Helles, trotz des flauen Lichts in dieser Kabine, und mit jedem Stockwerk dringt mehr Licht durch die Scheiben. Die Szene vor dem ausgebauten Wohnwagen ist so etwas wie ein Märchen geworden, eine Legende ihrer Beziehung, so banal und simpel sie auch war. Es war auf dem Markt, an dem kleinen Wohnwagen, wo auch heute noch verschiedene Sorten Kaffee, Kuchen und Quiches verkauft werden, orientalischer Kaffee mit Kardamon oder Pfirsichparfüm, italienischer stark-mittel-schwach gezuckert, Cappucino oder einfach ein ganz gewöhnlicher Renversé. Es muss gegen halb elf gewesen sein, und sie waren gleichzeitig auf den Wagen zugelaufen, beide mit Einkaufstaschen, gefüllt mit Gemüse, Käse, Früchten, aus ihrer Tasche schauten sogar Blumen. *Und das im Oktober*, dachte sich Louis damals, als sie beide synchron auf den Stand zugingen und wie aus einem Mund sagt »Un café s'il vous plaît« und dann beide sofort »Du zuerst«, da mussten sie lachen, wieder synchron. Dieses Lachen genügte, um aus dem Zusammenstoss ein langes, den ganzen Nachmittag verschlingendes Gespräch werden zu lassen, ein Wiedersehen bereits am nächsten Tag, ein Essen bei ihm in der kleinen Wohnung, eine erste und dann nacheinander mehrere kleinere und grössere Reisen, eine gemeinsame Wohnung bereits vier Monaten nach der ersten Begegnung, eine Tochter zwei Jahre später, eine ganze Geschichte eben, die nun in ihr viertes Jahr geht.

Während der Lift Stockwerk um Stockwerk höherklettert, streift Louis durch die Jahre, durch all die gemeinsamen Erlebnisse, die unzähligen Nächte, schmiegt sich an die Wärme des Körpers an seiner Seite, ihr kleiner Mädchenmund am Morgen, wenn sie noch schläft und er sie insgeheim betrachtet, ihre weichen sanften Lippen, die barocken Windungen des Ohrs, das Haar, das er hinter das Ohr streicht und sie damit aufweckt, denn die Sonne scheint bereits durch den orangen Seidenvorhang ins Zimmer, daran muss er jetzt denken, an den langen wehenden Vorhang, den sie vor zwei Jahren in New York gekauft hatten und zu Hause in ihrem Schlafzimmer vor die Fenster montierten.

Nichts kann sie davon abhalten zu rauchen. Weder das Telefon, noch der Salat, den sie jetzt linkshändig in ein gelbes Plastikgefäss stopft, um ihn danach auszuwinden. Der Telefonhörer hängt zwischen ihrer Schulter und der Wange, den Kopf leicht zur Seite geneigt, der Kiefer in Bewegung, sie nagt an einem Stück Gurke, legt den Deckel auf die Salatschleuder und klemmt das Gefäss zwischen ihre Schenkel, dann beginnt sie am Knauf zu drehen und antwortet am Telefon mit kurzem »Ja« zwischen dem Kauen. Die Salatwinde gibt ein seltsames Surren von sich. Leila stellt das Gefäss zur Seite und steht auf, geht in der Küche umher, nimmt das Telefon in die Hand und verschwindet damit im Schlafzimmer.

»Ja, ... ja ... ja, natürlich. Meinst du? Tatsächlich?«

Dazwischen kaut sie an einem Stück Gurke.

»Nein, heute geht's leider nicht, stell dir vor, ich bin mit meinem Mann verabredet, ja, Magalie hab' ich gerade zu meiner Mutter gebracht. Mal sehen, was wir machen, ich lass' mich überraschen. Ja? Meinst du? Äthiopisch? Ja?«

Sie liegt bäuchlings auf dem Bett und kritzelt mit einem Stift auf der Frontseite des Fernsehprogramms herum.

»Natürlich, und weisst du, was mir gestern passiert ist? Da hat mich einer im Bus angeredet, irgend so ein wildfremder Typ, als würde er mich kennen, so auf die Art: Hey, hallo, wie geht's, was machst du denn hier, ich dachte, du seist in Kenia ... und ich: Was? Wieso? Kennen wir uns? Und er: Na, bist du nicht ... Du bist doch Karin? Und ich: tut mir leid, aber und so, und er hat sich sofort entschuldigt. Und weisst du, was der dann behauptet hat? Der meint doch tatsächlich, dass es in Genf eine Doppelgängerin von mir gäbe. Ja! Und weisst du, dass das nicht das erste Mal ist, dass mir das passiert? Seltsam ist doch aber, dass ich persönlich meiner Doppelgängerin noch nie begegnet bin. Stell dir das vor, du begegnest dir selbst, das muss doch ziemlich befremdend sein, nicht? Aber ich glaube die Leute übertreiben. Wenn die uns nebeneinander stellen würden und uns so sähen? Ich weiss nicht, glaubst du an Doppelgänger? ....«

Ihre Beine angewinkelt in die Luft gestreckt sind immer in Bewegung, als flirteten sie miteinander, ineinander verhakt, sich beschnuppernd und beschmusend bleiben sie aneinander hängen, lösen sich wieder und beginnen von neuem. Oder das linke Bein lässt sich fallen, prallt auf die weiche Matratze, schnellt wieder hoch – Leila trägt schwarze Strümpfe und darüber rote Wollsocken, die bei diesem Treiben dumpfe, sanfte Geräusche verursachen. Sie kichert und kritzelt dem femininen Hochglanzgesicht einen Schnurrbart auf die zierliche Oberlippe.

Die Türglocke klingt antiquiert, irgendwie barock, ein verspieltes Dingdong.

»Du, er ist da, ich muss gehen, tschüss!«

Leila springt auf, wirft den Hörer auf den Apparat und rennt den langen Korridor hinunter, der die Wohnung mit der grossen Eichentür verbindet, reisst sie auf.

»Louis!«

Sie fällt ihm um den Hals und reisst ihn beinahe zu Boden, küsst ihn mit weit geöffnetem Mund und verschmiert den eben aufgetragenen Lippenstift über sein ganzes Gesicht.

»Madame, Sie sind aber stürmisch!«

Leila zerrt ihn in die Wohnung und wirft die Tür hinter sich zu. Von unten dringen Stimmen das Treppenhaus herauf, der Lift setzt sich in Bewegung und verschwindet im vergitterten Schacht. Die Sonne wirft einen verschnörkelten Schatten an die Wand. Die Stimmen verstummen, eine Tür schlägt zu.

Er dreht am Hahn und stellt die Dusche ganz ab. Das Wasser ist so heiss gewesen, dass jetzt das ganze Badezimmer dampft. Ali tritt aus der Dunstwolke heraus vor den benetzten Spiegel. Er reibt seinen massigen Körper und stöhnt und schnauft und hustet. Klemmt sich das Badetuch um die Hüfte und geht an den zimmerhohen weissen Schrank neben der Badewanne. Er zerrt ein rosa Handtuch heraus, wirft es zu Boden, zerrt ein zweites heraus und greift schliesslich unter den Tücherstapel, steckt seine Hand soweit hinein wie nur möglich und zieht einen Revolver darunter hervor, steckt die andere Hand noch einmal hinein und fördert mehrere dicke Bündel Geldscheine zu Tage. Alles zusammen legt er auf das linke Lavabo. Er muss mehrmals hin und herlaufen, bis er alle Geldscheine beisammen hat und füllt schliesslich das Lavabo mit den Geldbündeln, betrachtet es eine Weile, streicht mit einem Finger über den Pistolenlauf, trommelt auf den Geldscheinen einen seltsamen Rhythmus, wischt über den angelaufenen Spiegel und schaut sich fragend in die Augen. Aus dem Stockwerk über ihm sind Stimmen zu hören. Er kennt das Paar, er ist den beiden schon zwei oder dreimal im Lift begegnet. Sie sind immer ganz nett und zuvorkommend, beide höchst anständige Menschen. Und kaum ist die Wohnungstür hinter ihnen zugegangen, fallen sie über sich her, kreischen und schreien, keifen und zanken sich was das Zeug hält. Oft eskaliert das Ganze im Badezimmer, das direkt über dem seinen liegt. Weiss der Teufel, was die beiden miteinander im Bad treiben. Aber vielleicht interpretiert er die Schreie und die hysterischen Anfälle falsch, manchmal macht man sich ein völlig verkehrtes Bild von Leuten, die man nur von zwei oder drei Begegnungen im Lift her kennt. Vielleicht ist es auch einfach eine seltene Form der erotischen Auseinandersetzung, eine ungewöhnliche Sexualpraktik, wer weiss. Eliane ist ihr Name, das hat er auf dem Briefkasten einmal gelesen und der Name ist ihm geblieben, den Namen ihres Partners hat er vergessen. Eliane, einer der wenigen französischen Namen, die ihm gefallen. Jetzt läuft das Badewasser von oben durch die Röhre herunter, vertikal durch Alis Badezimmer. Das Rauschen und Gurgeln in der Ecke neben der Toilette ist eigentlich ein Skandal für eine Wohnung dieses Standards. Er hätte es der Hausverwaltung längst mitteilen sollen. Für den Preis, den er hier bezahlt, müsste er so etwas eigentlich nicht dulden. Aber irgendwie ist dieses Geräusch zu einem Teil dieses Badezimmers geworden. Die Vorstellung, dass in dieser Röhre das warme Wasser, das gerade den Körper seiner Nachbarin umspült hat, durchläuft, dass das Badewasser dieser hysterischen schönen jungen Frau namens Eliane sein Bad, Alis Reich von Dunst und Dampf durchquert, irgendwie gehört diese Vorstellung der schönen nackten Eliane inzwischen zu seinem Badezimmer wie die keifenden Stimmen über ihm.

Er wendet sich von seinem Antlitz im Spiegel ab, mit beiden Armen auf dem Email des Lavabos aufgestützt, dreht den Kopf zur Seite, zum Revolver und den Geldscheinen im Lavabo hin, starrt sie eine Sekunde an und ruft dann plötzlich aus voller Kehle.

»Juanita! Juanita!«

Die Badezimmertür geht leise auf, öffnet sich einen

diskreten Spalt breit und eine Hand erscheint mit einem kleinen Stapel fein säuberlich zusammengefalteter Kleider. Ali greift mit beiden Händen danach, streift mit seiner Rechten die kleine zierliche Hand Juanitas, die sich sofort zurückzieht.

»Danke Juanita. Und denk an den Sekt! Stell lieber zwei Flaschen in den Kühlschrank, man kann nie wissen, vielleicht bringe ich Freunde mit, wer weiss, was bei den Delacroix' los ist.«

Er legt die Kleider auf den Hocker neben dem Lavabo, stellt sich auf die Waage, starrt auf die elektronische Anzeige hinunter und wickelt dann das Geld in die zwei rosa Badetücher ein, die am Boden liegen. Die beiden dicken Pakete stopft er in die schwarze Ledertasche, verschliesst sie fest und wirft sie unter das Lavabo vor seine Füsse. Er beginnt, sich hastig das Kinn einzuschäumen, greift zur Rasierklinge im Spiegelschrank, setzt sie an seinen Hals.

Ein Feuerwerk schiesst durch sein Rückenmark, tief durchatmen, ruhig werden, die Arme fallen lassen, den Kopf auf ihre Schulter legen. Sie sitzen ineinanderverknotet auf dem Rand der alten Badewanne, schweissnass und roterhitzt. Louis spürt seinen Penis schlaff werden, die Wärme, das Zucken in ihr drin. Ihr Atem an seinem Hals, ihr Haar, das seine Schulter kitzelt, er streicht ihr über die Stirn, über die Windungen des Ohrs, über den gespannten Rücken.

»Hast du schon eine Idee für heute abend?«

Sie sagt es mit geschlossenen Augen, wie im Halbschlaf, löst dann aber den Kopf von seiner Schulter, schaut ihm in die Augen.

»Nein. Du?«

»Wir könnten einmal äthiopisch essen, Gaby hat mir von einem Restaurant erzählt …«

»Oder thailändisch.«

»Jetzt hör mir doch zu, Gaby hat gesagt …«

»Oder mexikanisch, oder japanisch?«

»Nein, im Ernst!«

»Wie wär's mit einem Fondue?«

»Esel!«

Sie löst sich von ihm, stellt sich vor den kleinen Spiegel über dem alten Lavabo und wischt mit der rechten Hand über den Dunst, der das Glas bedeckt. Sie betrachtet sich mit einem verstohlenen Blick und dreht sich schnell um.

»Wie wär's mit einer Sauna voraus?«

»Gute Idee! Und danach lassen wir uns treiben, springen in den See, mal sehen, wohin die Strömung uns führt!«

»Ich hab' ein Zaziki gemacht als Vorspeise, wenn du willst, können wir auch schon einen kleinen Salat essen.«

»Ich hab' einen Bärenhunger!«

»Eben, das dachte ich mir, und wenn wir noch in die Sauna wollen, dann …«

Louis legt seine Arme um den zierlichen Körper, die knochigen Schultern, fasst mit beiden Händen die festen, runden Hinterbacken, küsst sie auf den Mund, zwischen die Brüste, auf den rundlichen, weichen Bauch, bis sie seinen Kopf mit beiden Händen fasst und sanft aber bestimmt von sich wegzieht.

»Also, pack die Sachen Lüstling, ich mach mich schön für Dich!«

Auf dem Fenstersims der Küche gurrt eine Taube, breitet ihre Flügel aus, als Louis sich ihr nähert. Sie lässt sich in den Hof hinunterfallen, schwirrt am Fenster vorüber, verschwindet über dem Dach gegenüber. Die rostroten Kamine türmen sich hinter- und übereinander, Bleidächer greifen ineinander über, bilden einen mosaikartigen Teppich, der sich über die Stadt legt, eine Decke über den murmelnden und flüsternden Geschichten der Räume und Gänge, der Hausflure und Hinterhöfe. Fenster reihen sich aneinander, übereinander, stumme Augen im leichten Rauschen des ununterbrochenen Verkehrs auf den Strassen.

Louis tritt vom Fenster weg, steckt seinen Finger in das Zaziki und schleckt ihn ab, geht zum Schrank im Flur und zerrt eine schwarze Ledertasche aus dem Regal. Im Bad nimmt er zwei Badetücher aus dem kleinen Wandschrank, Duschgel, Bürste, Leilas Parfum, packt alles zusammen und wirft die Tasche quer durch den Flur über das Parkett.

Ali wirft die Ledertasche in den Kofferraum, knallt den kleinen Deckel zu und geht mit kitschiger Erhabenheit um den bordeauxroten Jaguar herum. Die Krawatte sitzt, das Jackett wie massgeschneidert, sein hellgelbes Hemd leuchtet unter dem dunkelblauen, fast schwarzen Anzug. Sein grosser, massiger Körper zwängt sich in den niederen Wagen. Das Leder knautscht, wenn er sich bewegt. Die Sonnenbrille liegt noch da, wo er sie vor ein paar Tagen hingelegt hat, direkt über dem Autoradio in dem kleinen Fach. Mit der Brille sieht er gefährlicher aus, die warmen Hundeaugen verschwinden hinter dem leicht spiegelnden, dunkel getönten Glas. Der Motor heult auf, er drückt das Gaspedal dreimal durch, bevor er losfährt. Aus dem Radio dröhnt ein orientalischer Schlager. Ali fährt los.

Der verbeulte Opel folgt mit leichter Verzögerung, heult vorsichtiger und bewegt sich geschmeidiger als Alis Jaguar die Avenue Peschier hinauf, biegt in die Avenue Betrand ein, fährt mit gelassener Distanz durch die Route de Florissant dem bordeauxroten Wagen nach.

Ali dreht das Radio ab, reisst den Zündschlüssel aus dem Schloss, blockiert das Lenkrad und zieht sich mit übertriebener Eleganz an der offenen Tür aus dem Auto heraus. Sein glänzender, geschmeidiger Zweisitzer steht zwischen langweiligen Zweckmodellen. Eine Parklücke direkt vor dem Bains des Pâquis, er hatte Glück. Er langt in den Kofferraum und nimmt die schwarze Ledertasche heraus, klappt den Deckel mit sanfter Geste zu, versichert sich, dass auch alle Türen verschlossen sind, geht dann zum Steg hinüber, schlendert gemütlich an den stationierten Segelbooten vorbei und steigt über die kleine Bogenbrücke, die zum öffentlichen Seebad hinüberführt.

Der Opel hat weniger Glück, parkt in zweiter Reihe. Hupen ist die Folge und hektisches Gezanke im Wagen. Chigo will aussteigen und eine rauchen. Vilo will kein Risiko eingehen. Ruedi, dem Fahrer, ist es egal, er will nur endlich seine Ruhe haben und DRS1 hören, schliesslich ist das sein Wagen.

Die Sauna ist eine Holzhütte, die im Bains des Pâquis Anfang Oktober aufgebaut und Ende April wieder abgebaut wird. Ein kleiner hölzerner Schwitzkasten unter den Gestaden des öffentlichen Seebades. Ein idealer Ort für Transaktionen aller Art. Ali hat es sich so einrichten können, dass er die Übergabe mit einem Besuch in der Sauna verbindet. Zudem dient das zur Tarnung und macht die Sache etwas erträglicher. Temperatur 90 Grad, Luftfeuchtigkeit 30 Prozent, die Pritschen werden nass, wenn man kein Tuch unter den Hintern legt, die Schweissperlen kullern über den Körper, der Eukalyptusdampf befreit Rachen und Bronchien, die Entspannung breitet sich im ganzen Körper aus und bricht jeden Widerstand, jegliche Nervosität wird im Keim erstickt. Die Glieder fühlen sich an wie aufgeweichte, überreife Bananen, Kautschukgelenke, das Empfinden, dass alles Gift aus dem Körper herausgepresst wird, all der Müll der zivilisierten Ernährung rinnt einem plötzlich über den Hals und den Rücken hinunter, das Gefühl der Läuterung, der Reinigung und die erfrischende Konservierung dieses Zustandes danach im eiskalten Wasser.

Louis wirft sich in den See und kreischt. Leila springt ihm hinterher, klettert aber sofort wieder die Stufen hoch auf den Steg. Louis schwimmt drei vier Züge weit in den See hinaus, den Lichtern der Patrizierhäuser rund um den Hafen herum entgegen, krault dann schnell wieder zum Steg zurück, stellt sich unter die Dusche zu Leila. Gegenseitig reiben sie sich mit den Badetüchern ab, hüllen sich ein und gehen erlöst zurück zum kleinen Saunahäuschen, vor dem die sommerlichen Holzpritschen noch immer liegen. Der Blick über die Rade, die fast kreisrund wirkende Balustrade, die Lichter, der Pont du Mont-Blanc, der vierspurige Verkehr darauf, ein paar Fussgänger, die am Brückengeländer entlang gehen, die Lichterkette der Girlande, die den Hafen umfasst.

»Sieht aus wie ein zusammengeklappter Sternenhimmel.«

»Ein Ameisenhaufen mit Halogenbeleuchtung.«

»Und überall stecken Menschen drin. Hast du schon mal daran gedacht Leila? Hinter jedem Licht eine Wohnung, ein Leben, ein Schicksal, eine Familie, ein Drama, Elend, Streit, Liebe, Verrat, Hoffnung …«

»Oder einfach zwei Verliebte wie wir …«

»Drei Jahre kennen wir uns jetzt, mir ist, als würden wir uns erst seit gestern kennen.«

»Und Magalie?«

»Ja, Magalie, das ist etwas anderes, das macht uns gross, ewig, als würden wir uns seit eh und je kennen, sie ist unser Multiplikator.«

»Seltsam, jetzt sind wir seit zwei Stunden ohne sie, und schon denken wir wieder an unser kleines Chouchou.«

»Ja, sie fehlt mir schon.«

»Hoffentlich ist sie nett zu meiner Mutter. Meinst du, sie schläft bereits?«

»Es ist doch erst halb sieben.«

»Ja, Blödsinn, aber es kommt mir vor, als hätte ich sie vor Ewigkeiten zu ihr gebracht. Übrigens, weisst du, was mir heute passiert ist? Da hat mich im Bus einer so blöd angemacht und behauptet, es gäbe eine Doppelgängerin von mir in der Stadt …«

»Hast du das jetzt gesehen?«

»Was?«

»Dieser Typ dort, schau doch, der dort im Anzug mit der Sonnenbrille, der, der jetzt aus der Toilette heraus kommt, der ist doch eben mit einer schwarzen Ledertasche in die Toilette hineingegangen.«

»Na und?«

»Na schau doch genau hin, jetzt trägt er eine weisse Plastiktüte bei sich.«

»Bist du sicher?«

»Ja, ganz sicher, hundert Pro. Ich hab' noch gedacht, der hat ja genau die gleiche Tasche wie wir, und dann kommt der da mit einer weissen Plastiktüte wieder raus. Irgendwas läuft hier!«

»Vielleicht hat er sich nur verirrt.«

»Irgend etwas ist seltsam. Und was macht jetzt der Alte dort? Den hab' ich heute im Bus gesehen. Gibt es denn hier einen öffentlichen Zugang? Ich dachte, dieser Teil sei nur für Saunabesucher zugelassen?«

»Glaubst du an Doppelgänger?«

»Das ist bestimmt der, den ich heute im Bus gesehen habe!«

»Hee, du hörst mir ja gar nicht zu. Ich habe dich etwas gefragt!«

»Irgend etwas stimmt da nicht!«

»Ach, du denkst wieder zuviel. Du bildest dir immer irgendwelche Geschichten ein. Komm, lass uns wieder reingehen.«

Der Alte wäre nicht nötig gewesen, beinahe hätte er ihn umgerannt. Aber er wird ihn nicht wiedererkennen, die Sonnenbrille kann einen sehr verändern. Die Tüte mit den Badeutensilien war da, wie ausgemacht. Alles läuft nach Plan, also kein Grund zur Aufregung, das hat bis jetzt noch jedesmal geklappt, einfach ganz ruhig die Kabine aufsuchen, sich ausziehen, die Sauna geniessen und sich entspannen. Irgendwie ist es doch jedesmal eine Belastung für das Herz, er spürt genau die Frequenz ansteigen und kurz darauf wieder abflachen, das Ziehen in der Herzgegend zuerst, dann der kleine Krampf und das kurze, heftige Rasen, das in ein Herzflattern umkippt. Meistens wird ihm leicht schwindlig dabei, was ihn aber nicht mehr beängstigt, er kennt diesen Zustand, und er hat gelernt, sich dabei zu beherrschen, ruhig zu bleiben und auf keinen Fall hektisch zu werden. Eine unkontrollierte Bewegung kann ihn das Leben kosten, das weiss Ali, ein Ausrutscher, und es gibt kein Pardon. Der kleine Vorfall hat ihn vorsichtig werden lassen. Es wäre zu dumm, wegen einer handvoll verkaufter Kisten sein Leben zu lassen, und solange er sich mit denen arrangieren kann, hindert ihn eigentlich nichts daran, sich des Lebens weiterhin zu erfreuen. Er wird es zwar nie auf einen grünen Zweig bringen. Das Geld, das hier reinkommt, geht da sofort wieder raus, fliesst direkt in die Taschen seiner Erpresser. Über die Jahre ist so etwas wie eine Partnerschaft daraus geworden. Die unaufhörlichen Forderungen sind zu einem Gegengewicht zu seinem diplomatischen Dienst geworden, eine Art Gewissensglocke, die ihn vor Überheblichkeit und Weltfremdheit bewahren wird bis an sein Lebensende. Er lebt zwar wie ein Diplomat, ist aber bis über beide Ohren verschuldet. Er kann seine Tätigkeit als Diplomat nicht aufgeben, weil ihm nur damit juristische Immunität gewährt wird. Das bedeutet, dass er auf sein Einkommen keine Steuern zahlen muss, keine Bussen zahlt, und vor allem gerichtlich nicht belangt werden kann. Das erlaubt ihm ein ganz korrektes Leben ohne grosse Unannehmlichkeiten. Die einzigen, die fordern, sind seine *Partner zur Linken*, wie er sie manchmal nennt, die ihm regelmässig abknöpfen, was ihn von den Schulden befreien könnte. Dass in den Kisten Waffen waren, konnte er nicht wissen. Das würde ihm natürlich niemand glauben. Er war auf einen miesen aber gut durchdachten

Trick hereingefallen. Er wurde als Minister für Auswärtige Angelegenheiten seines Landes eingeladen, sich als Privatmann an einem Geschäft mit Textilien zu beteiligen. Die zu erzielenden Gewinne waren verdächtig hoch. Aber wenn die so blöd sind, warum nicht, dachte er sich und verkaufte zwanzig Kisten an den Irak, ohne, er kann es nur wiederholen, ohne zu wissen, dass die Kisten Waffen enthielten. Das konnte ihn den Sitz im Aussenministerium und seinen Kragen kosten. Seither zahlt er Schweigegeld und hofft auf baldiges Hinscheiden seiner Mitwisser.

Aber was ihn ins Schwitzen bringt, ist nicht mehr diese Geschichte, es ist die Temperatur und die Luftfeuchtigkeit in diesem Raum. Sein Bauch hängt ihm zwischen den Beinen hinunter und liegt auf der Holzpritsche auf. Er fährt sich mit dem Handrücken über die Stirn, streift mit beiden Händen den Schweiss von den Schläfen, nimmt das kleine zusammengerollte Handtuch vom Nacken und trocknet sich die Achselhöhlen.

»Das ist er doch.«

»Wer?«

Louis flüstert und rückt näher zu Leila hin, die sich ganz in ihr Badetuch eingewickelt und auf der Holzbank niedergelegt hat.

»Der von vorher, der mit der Brille und der Plastiktasche.«

»Kann sein.«

Sie schwitzen. Eine schmale Fensterfront gibt Aussicht auf den Hafen, die Lichter, ein Schiff fährt an den Landesteg. Zwei Männer gehen betrunken grölend und jolend am Fenster vorbei, überqueren den Steg und verschwinden in der Toilette.

»Ssst, Leila, schau doch.«

»Was ist denn schon wieder?«

Die zwei torkelnden Männer kommen sofort wieder aus der Toilette heraus, einer schwenkt eine Bierdose in der Hand, der andere zieht an einem kleinen Zigarettenstummel. Sie lallen unverständlich vor sich hin. Ein Lächeln zieht über Alis Gesicht, kaum erkennbar, versteckt unter seinem dicken Schnurrbart, er steht auf und verlässt die Sauna mit schweren, langsamen Schritten.

»Leila, hier läuft was, irgendwas stimmt nicht!«

»Ach du mit deinen Geschichten.«

»Mir reicht's, ich geh mich abkühlen.«

»Ich komm' auch gleich.«

Ali wirft sich in den eiskalten See. Er brüllt vor Schreck und erlöstem Vergnügen kurz auf. Sein schwerer, massiger Körper wälzt sich im kalten, von der hereinbrechenden Nacht bereits schwarzen Wasser. Auf den geworfenen Wellen glitzern kleine Spiegelungen wie winzige Schaumkronen, die sofort wieder abflachen und sich geglättet ausbreiten zu stillen hellen Flecken über der tiefdunklen Wassermasse.

Louis und Leila gehen auf dem Steg an dem zweifelhaften Mann vorüber. Ihre Blicke kreuzen sich in einem stillen Einvernehmen. Ali verschwindet im Durchgang der Umkleidekabinen.

»Es würde mich ja schon brennend interessieren, was hier läuft!«

»Hast du denn noch immer nicht genug? Dann schau doch mal nach, geh doch mal rein in die Toilette, vielleicht verstehst du dann mehr.«

Louis betritt den kleinen Durchgang, der zu den Toiletten führt. Leila schaut ihm nach. Sie ist nun allein. Ausser dem älteren Herrn sind alle anderen Saunabesucher gegangen. Irgendwie ist es ein befremdliches Gefühl, so ganz nackt, nur mit einem kleinen Frotteetuch über den Schultern an diesem Steg mitten in der Stadt zu stehen. Seltsam fern wirken die Häuser, die Strassen, der Verkehr, das Leben, irgendwie herausgehoben aus der Zeit fühlt sie sich in diesem Augenblick, nicht wirklich, als wäre sie gar nicht richtig hier, sondern bilde sich diese Situation, die Kulisse, den Geruch des Sees, die Geräusche nur ein. Die wohlige Wärme in den Gliedern, obwohl es bereits kalt geworden ist. Es wird früh dunkel, seit die Uhren von Sommerzeit auf Winterzeit umgestellt worden sind. Es ist jedesmal ein Schock, über Nacht wird es Winter, vom Café du Rond Point, das sich im Parterre ihres Hauses befindet, schleicht der Käsegeruch der Fondues den Hinterhof herauf, breitet sich draussen auf der Strasse aus, die Cafés räumen ihre Stühle und Tische von den Trottoirs herein, schliessen Fensterfronten, die den ganzen Sommer über offen gestanden haben, die Mouettes, die als Schiffbusse den Hafen überqueren, verkehren nicht mehr und im Bains des Pâquis wird die Sauna aufgebaut, die Buvette schliesst und zieht sich in die Rotonde zurück – irgendwie mag sie diese Augenblicke. Mit Kaffee und Kuchen an diesem Steg zu sitzen, die fahle Wintersonne auf dem Gesicht zu geniessen, sie lebt gern in Genf. Irgend etwas verbindet sie mit dieser Stadt. Vielleicht ist es Louis, vielleicht auch etwas viel Simpleres, vielleicht hat es ganz einfach mit dem Licht zu tun …

»Louis? … Louis! Wo steckst du?«

Leila geht auf die Toilette zu, lehnt sich leicht in den Durchgang hinein.

»Louis?«

Sie betritt den Durchgang zu den Toiletten und verschwindet im Dunkel.

Kaum zehn Meter nördlich, neben dem Sprungturm, blinzeln zwei Augen unter einer schwarzen Kappe, eine in der Dunkelheit kaum erkennbare Gestalt bewegt sich von dort aus Richtung Badehaus, verschwindet im Durchgang der Umkleidekabinen. Der Vermummte zieht eine Eisenstange aus der Manteltasche und bricht die Kabine Nummer 77 auf, verletzt sich dabei und verliert Blut, zerrt die schwarze Ledertasche von der Sitzbank herunter und reisst sie auf, wühlt darin herum und findet nicht, was er sucht, überlegt kurz und beginnt hektisch alles einzupacken, was ihm unter die Finger kommt: Louis' Hose und Hemd, die warme Daunenjacke, Leilas lange Robe und ihr wollenes Jackett, stopft auch Schuhe und Strümpfe hinein, schneller Griff nach Leilas Schmuck auf der kleinen Ablage unter dem Spiegel an der Seite. Ein Ohrring fällt dabei zu Boden und bleibt liegen. Der Vermummte verschliesst die Tasche, wirft sie auf seinen Rücken, rennt den Durchgang hinunter und verschwindet.

In der leeren Kabine Nummer 77 brennt noch die Glühbirne an der Decke, ein paar Nachtfalter schlagen unaufhörlich gegen das heisse Glas. Der Steg ist flau beleuchtet und menschenleer, nur zwei Rohrstühle stehen verlassen zwischen den geometrisch angelegten Säulen des Flachdachgebäudes. Und plötzlich ist da dieses Gurgeln, ein Wassersprudeln direkt hinter dem Toilettenhäuschen ganz aussen am Steg, da wo gerade ein Liebespaar verschwunden ist. Im stillen Wasser bewegt sich ein Schnorchel in den See hinaus, spritzt hin und wieder etwas Wasser oben aus und bewegt sich langsam durch die schwarzspiegelnde Fläche des ruhig daliegenden Gewässers. Der Schnorchel fährt in das Glitzern und Schimmern der darüberliegenden nächtlichen Stadt, während auf der gegenüberliegenden Seite der Kabinen ein alter Mann zwischen den zwei Bäumen, die auf dem Hauptsteg stehen, hin und her geht, wiederholt einen Arm in die Luft wirft und eine schwarze Tasche von einer Hand in die andere wechselt, so als suche er jemanden, als würde er jemandem etwas zurufen. Aber niemand ist da, der ihn hören könnte. Die Saunabesucher haben sich längst geduscht, sich angezogen und sich irgendwo in ein Restaurant verzogen.

Der grosse dicke Bademeister in der Rotonde schaut auf die Uhr und tritt auf den Steg hinaus, geht bis zum Pisshäuschen hinaus, nimmt Besen und Wasserschlauch aus einer Ecke und beginnt, den Steg abzuspritzen. Er nähert sich mit dem Wasserstrahl der Toilette, verschwindet darin. Das Rauschen des Wasserstrahls mit Aussicht auf die Lichter der Stadt. Der See liegt wie eine Abgrund dazwischen, dunkel, reglos, geheimnisvoll. Dann spritzt es wieder, und langsam tritt auch der grosse dicke Bademeister wieder aus der Toilette heraus, wie jeden Abend gegen viertel nach sieben. An der Wand leuchtet matt eine Lampe. Sie erlischt.

Ein Stein fällt in den dunklen See und verzerrt die Spiegelung der Stadt auf der Wasseroberfläche wie von einem leichten Beben.

Ali wirft die weisse Plastiktüte mit dem nassen Badetuch auf den Nebensitz und dreht den Zündschlüssel, lässt den Motor zweimal aufheulen, nimmt die Pistole aus dem Gürtel, legt sie ins Handschuhfach und dreht das Radio an. Dann kippt er den Rückspiegel leicht herunter und dreht seinen Schnurrbart zurecht, fährt sich mit beiden Händen über die Schläfen und über die Glatze bis hinten an den Nacken, atmet tief durch. Danach justiert er den Spiegel und gibt Gas. Die Villa der Delacroix' liegt auf der anderen Seeseite. Er muss den ganzen Bogen rund um den Hafen herumfahren, um auf den Villenhügel von Cologny zu gelangen. Der Abend kann beginnen.

Der Opel steht da und die drei Köpfe schauen dem bordeauxroten Jaguar nach, der über die zweispurige Fahrbahn den Quai hinunterjagt, nach und nach von anderen Autos verdeckt wird, verschwindet. Der Opel rührt sich nicht. Chigo kurbelt die Scheibe runter und streckt seinen wirren Haarschopf in die kalte Luft hinaus. Am Steg bleibt es ruhig. Ein Paar mit Kinderwagen spaziert gemütlich über den kleinen Platz vor dem Eingang des Bains des Pâquis, ein Skater flitzt in die andere Richtung. Chigo raucht zum Fenster hinaus, blickt nervös zum Steg hinüber, zieht den Kopf wieder zurück ins Wageninnere, um ihn dann gleich wieder hinauszustrecken.

»Endlich! Er kommt! Mach den Motor an, aber vorsichtig, nicht auffallen.«

Der Vermummte mit der schwarzen Tasche hetzt über den Steg, hält plötzlich inne und geht dann in ganz normalen Schritten den Quai de Mont-Blanc hinunter Richtung Stadt. Er reisst sich die Kappe vom Kopf und steckt sie in die Manteltasche.

»Los hinterher, aber nicht zu hektisch, wir brauchen ihn noch.«

Der Dunkle mit der Ledertasche entfernt sich langsam. Ein kleiner dunkler Haarschopf zwischen zwei mageren Schultern. Die Tasche liegt quer auf seinem Rücken.

»Wer sagt's denn!«

»Und ich dachte schon, es habe uns wieder jemand den Coup vermasselt.«

Der Opel schleicht im Schrittempo den Quai hinunter.

Nur ein paar Meter hinter dem Opel, auf der anderen Strassenseite, am Eingang zum Bains des Pâquis steht ein alter verwirrter Mann, hält eine Tasche in die Luft, schaut suchend um sich, ruft etwas. Sein Rufen ist im Lärm des vorbeirauschenden Verkehrs nicht zu hören. Ein Motorrad fährt in der ins Stocken geratene Kolonne Slalom. Aus einem Sportwagen dröhnen stampfende Technorhythmen, eine blausilbrig gestreifte Krawatte wippt im Rhythmus dazu.

Blick auf die Uhr: es ist neunzehn Uhr, siebenundvierzig Minuten und sechzehn Sekunden. Ein uniformierter Arm mit Streifen am Ärmel, eine falsche Rolex, jetzt auch die Schulter mit Streifen, ein blauschwarzer Pullover, ein Büro, ein Telefon, zwei weitere kahlgeschorene Herren in der gleichen Uniform, Füsse auf dem Pult, übereinandergeschlagen, hin und her wippend. Ein Fernseher läuft in einer Ecke, einer geht ans Fenster, das mit breitrandigen Lamellen verhängt ist, schiebt sie zur Seite und wirft einen schnellen Blick hinaus, lässt die Lamellen wieder los, die in ihre senkrechte Stellung zurückfallen.

Ein anderer glotzt in die Röhre. Der winzige Fernseher steht auf dem Pult seines Kollegen, ein miniaturhaftes Gerät, ein kaum postkartengrosser Bildschirm. Ein schnell redender Reporter kommentiert Flanken, Pässe, Fouls. Bis jetzt kein Tor, aber beinahe. Der dritte brüllt, reisst die Füsse vom Tisch herunter, lehnt sich vor und dreht an den Reglern, der Reporter jetzt lauter, das Brüllen der Zuschauer im Fussballstadion, das Bild wird schlechter, Rauschen, er dreht an der kleinen Stielantenne, dazu muss er sich noch mehr vorbeugen, weil er den Bürostuhl etwas zurückgestellt hat, sein Bauch hängt über den Gürtel und drückt auf den Oberschenkel, dann wieder der Reporter. Was auffällt, ist der Schnauz, ein kleiner schnittiger Rasierklingenschnauz, knapp über der Oberlippenkante. Aus der Kiste das Gerede des Reporters, das Gejohle der Zuschauer, Sprechchor, Pfiff des Schiedsrichters, der Ball wieder im Spiel, Beine wirbeln, Leute schreien, wieder der Pfiff des Schiedsrichters, alles in Zeitlupe noch einmal: wie der schwarze Nappenschuh sich in das Fleisch der Wade bohrt, wie der weisse Spieler fällt, wie der Stürzende sich im Fallen an die Wade greift, dann aufprallt und liegenbleibt mit angezogenen Beinen – das Telefon klingelt, im Fernseher Flimmern, Rauschen. Ein altes, graues, rasselndes Beamtentelefon. Das Klingeln übertönt den Sportreporter.

»So nimm schon einer ab verdammt!«

Der Glatzkopf dreht an den Reglern, Rauschen, Schnee, dann Schwarz, dann wieder der Reporter. Foul!

»Das darf doch nicht wahr sein! Die spielen ja wie die Wildschweine!«

Der Dritte, der lässig am Schrank lehnt, geht ans Fenster, schiebt die Lamellen zurück, wirft einen schnellen

Blick auf die Strasse hinaus, schiebt die Lamellen wieder vor.

Die kleine Kiste ist plötzlich stumm, der Bildschirm schwarz. Eine Faust schlägt auf das Gehäuse.

»Was ist denn das jetzt? Was soll das!«

»So nimm doch einer das Telefon ab, verdammt!«

»Da spielt die Schweiz gegen Argentinien, und wir verpassen das Spiel!«

Der Glatzkopf hämmert auf die Kiste ein, und plötzlich erscheint wieder das Bild, die rasende Reporterstimme, der flitzende Ball, das Pfeifen und Grölen der Zuschauer, ein Schuss – das Telefon klingelt noch immer.

»Verdammt, verdammt!«

»Tor!!!!«

Das Telefon rasselt wie eine Alarmanlage.

»Nicht schon wieder! Alex geh doch ran! Verdammt, verdammt! Schaut euch das an! Schau! Hast du das jetzt gesehen, dieser Haken, und da die Flanke! Crème de la crème, wenn wir nur immer so spielen würden!«

»Gendarmerie. Hallo? Ja?«

»Heiliger!«

»So ein Schwein!«

»Hallo? Ich versteh' Sie nicht, reden Sie doch ein bisschen lauter!«

Zwischen den Bäumen hockt die Dunkelheit wie ein lauerndes Tier. Ein leichter Wind weht vom See her Richtung Stadt. Die Fenster der Rotonde des Bains des Pâquis leuchten grell. Das kleine Kontrollhäuschen des Seebades wirkt in der Nacht wie eine einsame Hütte in der Wildnis. Der grosse, massige Körper des Bademeisters, der Draht führt zum Hörer an seinem Ohr. Die digitale Zähleinheit tickt im Rhythmus, während er spricht.

»Hallo, Polizei?«

»Am Apparat, was ist los?«

»Hier ist jemand ermordet worden.«

»Wo, wann, haben Sie etwas gesehen?«

»Hier in einer Kabine.«

»Langsam, langsam. Wo sind Sie?«

»Bains des Pâquis, eben wollte ich die Kabinen abschliessen, da …«

»Und wer sind Sie?«

»Der Bademeister!«

»Was haben Sie wo gesehen?«

»Eine Kabinentür ist aufgebrochen worden, Blut liegt am Boden, das war ein junges Paar, die sind verschwunden!«

»Wo, habe ich gefragt, geben Sie klare Angaben bitte!«

»Kabine 77, Bains des Pâquis, das habe ich bereits gesagt, verdammt, kommen Sie schnell!«

»Von wo rufen Sie an?«

»Na von hier!«

»Und wo sind die Leichen?«

»Leichen? Welche Leichen?«

»Sie haben gesagt, es sei jemand umgebracht worden!«

»Ja, da bin ich ganz sicher!«

»Also, Sie haben keine Tote gefunden?«

»Nein, aber Blut am Boden, die Tür aufgebrochen, jetzt kommen Sie doch endlich!«

»Wer sind Sie?«

Der Bademeister knallt den Hörer auf den Apparat, bewegt sich im hell erleuchteten Büro nervös hin und her, greift sich an die Stirn, wirft die Arme in die Luft, schliesst die Tür mit dem Schlüssel ab. Der Wind ist stärker geworden und kräuselt die Wasseroberfläche zu kleinen glitzernden Muscheln. Die Stadt liegt unbeteiligt in der Ferne und in der Kabine Nummer 77 brennt eine spinnennetzverhangene 75 Wattbirne.

Leichter Wind ist aufgekommen, eine kühle Brise. Louis legt beide Arme um Leilas Schultern und küsst sie auf die Stirn. Hinter ihnen leuchtet die Stadt.

»Louis, du bist völlig übergeschnappt!«

»Wieso denn?«

»Wir haben jemandem die Mäntel gestohlen!«

»Jemand hat uns unsere Sachen gestohlen!«

»Ja, aber das gibt uns doch nicht das Recht, einfach zwei Mäntel aus der Saunagarderobe zu klauen! Irgendwo frieren nun zwei andere.«

»Die sind doch bestimmt längst wieder in ihren Kleidern!«

Louis lässt Leila loss und geht auf der kleinen Mauer den Steg in den Hafen hinaus. Dann wendet er sich abrupt um.

»Schau mal, in meiner Manteltasche ist eine Quittung des Hotels Beau Rivage. Hier steht auch eine Nummer drauf. Komm, lass uns nachsehen, wem die Mäntel gehören! Vielleicht können die uns ja helfen. Wir geben ihnen die Mäntel zurück und sie geben uns dafür Kleider, ist das nicht ein Deal?«

»Louis! Komm da runter, du fällst noch ins Wasser! Mir ist kalt!«

»Die Nummer auf dem Zettel ist bestimmt die Zimmernummer. Sollen wir nicht mal schauen, wen wir dort antreffen?«

Er nimmt Leila an der Hand und rennt mit ihr den Steg zurück auf die Strasse. Von weitem leuchtet die Tafel des Beau Rivage in die Nacht hinaus. Mehrere Fenster sind hell beleuchtet.

LUCIE & IHRE FREUNDE

Das Badezimmer ist länglich, nicht ganz rechtwinklig. Wenn sie in der Badewanne liegt, hat sie oft das Gefühl, im Freien zu schweben, hier im sechsten Stock dieses Hauses. Die sanitären Anlagen sind renoviert, ebenso die Kücheneinrichtungen und die elektrischen Installationen, sonst hat alles den alten, herrschaftlichen Charme des vergangenen Jahrhunderts bewahrt. Alles ist weiss gestrichen, die Nischen und Stukkaturen wirken dadurch um so klassischer im dezenten Licht, das Olivier installiert hat. Sie wäre nie auf die Idee des indirekten Lichtes gekommen. Manchmal ist es eben doch von Vorteil, gute Freunde zu haben, um so mehr, wenn sie über praktische Fähigkeiten verfügen. Sie hätte sich wahrscheinlich einen Stromschlag geholt, hätte sie diese ganzen Einrichtungen und Kabel legen müssen. Sogar hier am Badezimmerspiegel wirkt der Spot sanft, fast zärtlich und verleiht der Haut einen samtenen Schimmer. Was gibt es Hässlicheres, als am Morgen früh in sein eigenes von Neonlicht verunstaltetes Käsegesicht zu blicken, um kurz danach in aller Freundlichkeit und mit bester Laune durch die Büroräume zu marschieren. Den kleinen Selbstbetrug mit dem Licht und dem getönten Spiegel gönnt sie sich. Dieser Blick am Morgen ist wie das Zähneputzen, eine kleine Erfrischung, die die dunklen Facetten der Nacht wegwischt. Alles andere folgt darauf wie von selbst. Seit sie in diese Wohnung eingezogen ist, fällt es ihr leichter, jeden Morgen zur Arbeit zu fahren. Der Umstand, dass sie nun endlich allein wohnt, hat ihr Leben grundlegend verändert. Jahrelang, die ganze Studienzeit in Zürich und in London hat sie in Wohngemeinschaften und Studentenwohnheimen verbracht, auch später, als sie die Stelle am Institut für Umweltplanung antreten konnte, ist es ihr nicht sofort eingefallen, eine eigene Wohnung zu suchen, obwohl sie sich das hätte leisten können. Schliesslich blieb sie ganze zwei Jahre in der heruntergekommenen Sieben-Zimmerwohnung, die eine Freundin von ihr zusammen mit drei anderen Frauen seit mehreren Jahren gemietet hatte. Dazu kamen drei kleine Kinder und unzählige sich ablösende, austauschbare Männer, von denen einer blöder und dümmer als der andere war. Die Hölle, wenn sie jetzt zurückdenkt. Wie konnte sie es mehr als drei Jahre inmitten dieser Sippe von Neandertalern aushalten! Sie war dort so deplaziert wie eine kandierte Kirsche in einer Tofuwurst. Was sie seither nicht mehr riechen kann sind Getreidepuddings und Sojamilch. Sie hat zwar immer brav mitgegessen, aber am Tag ihres Umzugs ist ihr dieses ganze Healthfood plötzlich aufgestossen wie ranzige Butter. Das erste, was sie tat in ihrer »eigenen« Wohnung: sie ass ein dreihundert Gramm schweres, fast zwei Zentimeter dickes Rumpsteak, das sie einige wenigen Minuten in die glühend heisse Pfanne warf und es danach mit ein bisschen Salat und Brot fast roh vertilgte. Dazu schaute sie sich eine Folge Frauenarzt Dr. Markus Merthin an und spürte plötzlich eine schmelzende Wärme im Unterleib, als wäre sie nach einer langen Reise endlich wieder zu Hause angekommen. Seither fühlt sie sich wohl in dieser Wohnung, die nun durch und durch die ihre geworden ist. Die anfängliche Leere ist inzwischen abgelöst worden durch alle möglichen Mitbringsel aus verschiedenen Ländern: Afrika, Brasilien, Indochina und – darauf ist sie besonders stolz – Tibet. Das Gemälde des Tempels Jokhang in Lhasa hat in ihrem Bekanntenkreis viel Aufsehen erregt. Es hängt im

Wohnzimmer über dem Kanapee, von wo aus man über die Jonction blicken kann, das Zusammenfliessen der beiden Flüsse Rhone und Arve. Das gefällt ihr, auch wenn es vielleicht ein bisschen kitschig wirken mag, es versetzt sie jedesmal in einen meditativen Zustand, wenn sie vom Kanapee aus auf das Zusammenfliessen der beiden grossen Flüsse, die diese Stadt durchqueren, hinunterblickt. Deshalb auch der Tempel in ihrem Rücken, er stärkt sie sozusagen, um nicht zu sehr der Sentimentalität zu verfallen. Asiatische Spiritualität wird nur zu oft mit europäischer Sentimentalität verwechselt, daher der ganze New Age Kitsch, die ganze esoterische Kommerzialisierung des urmenschlichen Bedürfnisses nach innerer Versenkung und Selbstfindung. Was in Europa mit dem meditativen Potential des Menschen veranstaltet wird, ist blanker Hohn gegenüber der gesamten asiatischen Kultur und im Grunde auch gegenüber unserer eigenen, der europäischen, die aber, im Gegensatz zur asiatischen, bereits seit Jahrhunderten tot ist. Das ist ihre Meinung und davon wird sie niemand abbringen, obwohl das schon etliche versucht haben, und dies alles, weil sie ein Bild des Jokhang-Tempels über ihrem Kanapee hängen hat und manchmal die Aussicht aus ihrem Fenster geniesst.

Der Schwarzstift ist ihr entglitten und hat am linken Augenwinkel einen dunklen Strich hinterlassen. Sie wischt sich mit einem Tuch die Farbe aus dem Gesicht und beginnt von neuem. Sie geht näher an den Spiegel ran, setzt den Stift am anderen Auge an, zieht ihn langsam über das Lid, knapp an den Wimpern vorbei, diesmal sitzt der Strich wie ein Schatten. Sie greift zum Lippenstift, fährt einmal rund um die Lippen, presst sie aufeinander und wippt sie mehrere Male hin und her. Ihr seidener Unterrock schimmert im Halogenlicht milchig, rahmig beinahe, die Füsse nackt, die Zehennägel leuchten purpur. Ein flaumiger Plüschteppich bettet diese beiden Füsse wohlig ein, ein weisser Keramikplattenboden führt bis zur Tür, die leicht offen steht, ein starkes Licht dringt, reflektiert von der Flurdecke, durch den schmalen Spalt, leiser Jazz trällert vom Wohnzimmer her. Das Musikstück ist zu Ende und die rauchige Stimme des Moderators folgt beinah dem Rhythmus der ausklingenden Musik. *Il est vingt heures et trente-neuf minutes.*

Das Dach ist noch straff und fest, sie schaut in den Himmel. Die Sonne ist bereits untergegangen, aber es ist noch nicht zu kalt, um mit offenem Dach zu fahren. Sie dreht den Schlüssel, betätigt Hebel, drückt auf Knöpfe, das Dach fährt zurück und verschwindet im Kragen der hinteren Sitzreihe, die eigentlich gar keine ist. Der Zweiplätzer gehörte ursprünglich ihrem Vater, aber wenn sie am Steuer sitzt, fühlt sie, dass es nun ganz und gar ihr Auto ist. Die Delacroix' wohnen in Cologny, eine Route, die sie nicht oft gefahren ist. Den Weg zur Arbeit könnte sie inzwischen mit geschlossenen Augen fahren. Sie kennt jedes Lichtsignal, die Intervalle, die nicht überall stimmen und einen ständig zum Anhalten und Warten zwingen. Dass Genf als Beispielstadt der weltweit schlechtesten Urbanität in den Statistiken aufgeführt wird, mit denen sie am Institut zu tun hat, verwundert sie keine Sekunde, im Gegenteil, die Bestätigung erlebt sie tagtäglich am eigenen Leib. Zum Glück gibt es Autoradios, CD-Players, Musik, die ihr gefällt. Sie hat eine CD pro Woche. Die hört sie sich bei der Hinfahrt am Morgen und bei der Rückfahrt am Abend an, und wenn sie die Stücke auswendig kennt, wenn sie am Ende eines Stücks bereits das nächste im Ohr hat und es schon fast vorsingen kann, dann kauft sie sich eine neue CD. Klassischer Jazz ist ihre Lieblingsmusik. Chet Baker, die alten Aufnahmen von Miles Davis, Ella Fitzgerald, Thelonious Monk, Nina Simon, Louis Armstrong, aber inzwischen hat sie auf andere Stilrichtungen umsteigen müssen, weil sie nichts Vergleichbares mehr hat finden können. Ihre Sammlung ist riesig. Eine ganze Wand hat sie sich in ihrer kleinen Attika-Wohnung in St. Jean eingerichtet, speziell nur für die CD's. Vielleicht sollte sie jemanden anstellen, um diese Sammlung einmal zu organisieren und zu kategorisieren. Sie selbst hat es sich schon oft vorgenommen, aber dann ist sie doch immer zu faul dazu. Warum nicht? Ein Student wäre um so einen leichten, gutbezahlten Job mehr als froh, Arbeit gibt's ja doch zu wenig. Sie kann sich eine Haushälterin leisten, warum nicht auch jemanden anstellen, um die Musik einmal von Grund auf zu organisieren und obendrein einen Beitrag zum Bruttosozialprodukt des Landes zu leisten? Und irgendwann wird sie die Sammlung verkaufen, versteigern am besten. Man müsste sich mal erkundigen, wo und wie so etwas möglich wäre. Und sie müsste wissen, über wieviel seltene Aufnahmen sie verfügt, was von Wert ist, wie das alles präsentiert werden sollte.

Hinten hupt jemand, die Ampel steht auf Grün, sie gibt Gas. Sie hat in der ganzen Stadt noch keinen Platz entdeckt, der so majestätisch wirkt wie der Place des Nations, jedesmal, wenn sie am Morgen vom Bahnhof her die grosse Strasse hochfährt und an den gewaltigen Hochhäusern vorbeirauscht, fährt ihr ein leichter Kitzel über den Rücken. Dass sie es geschafft hat, in diese Gebäude zu gelangen, nicht nur als Touristin zur Besichtigung durch die Räumlichkeiten geführt zu werden, nein, abgeschirmt durch verschlossene Zäunen, und Hochsicherheitsmassnahmen in einem Büro zu sitzen, an Diskussionen und Verhandlungen teilzunehmen, mitzureden. Sie macht eine Untersuchung zur Städtebauentwicklung in unterentwickelten Ländern. Siedlungspolitik, Umweltverträglichkeit, Bevölkerungsdichte, Geburtenkontrolle, sanitäre und medizinische Versorgung, Hygiene, kulturelle Verschiedenheit, ökologische Kommunikation, selbstreferenzielle Systeme; das sind die Begriffe, mit denen sie sich täglich auseinandersetzt, und mittels derer sie, ihr grosses Ziel, irgendwann einmal eine Idee durchsetzen wird. Der Pförtner kennt sie. *Bonjour Madame.* – Salut Marco. Es ist ihr nicht gelungen, ihn zum Du zu überreden. Er trägt einen schmalen Schnurrbart, wie es sich für einen Sizilianer gehört. Trotz Uniform sieht man ihm seinen muskulösen Körper an. Manchmal wünscht sie sich in seine Reichweite, an die Kasse der Migros zum Beispiel, oder in die Garde des Putzpersonal ihres Büros. Da, wo sie jetzt hinfährt, sind ja wieder keine Männer wie Marco anzutreffen. Manchmal gehen ihr alle diese Diplomatenheinis auf die Nerven. Sie gibt Gas und ist so pünktlich, als würde sie zur Arbeit fahren.

Chigo macht das Autoradio aus.

»Fahr hier an den Rand! Aber langsam und nicht zu auffällig, und lass das Licht an.«

Er raucht nervös. Vilo kurbelt das Fenster hinunter.

»Wir lassen ihn jetzt erst da reingehen, dann holen wir ihn uns.«

Moheb geht über die Tramhaltestelle, über den Platz auf das Café du Rond Point zu. Zwei Taxis stehen vor dem Café am Stand und warten auf Kundschaft, ein Opel fährt hinter die beiden Autos. Moheb zieht den Kragen seines Mantels zusammen, atmet durch. Bis hierher hat er es geschafft, ohne dass jemand etwas bemerkt hat. Die Tasche ist vielleicht etwas zu leicht, aber zu schwer dürfte sie auch wieder nicht sein. Eigentlich ist es halsbrecherisch, was er gerade tut. Er hat in der Toilette gewartet wie jedesmal, der Lieferant war da, das konnte er hören, und dass ihm dann jemand dazwischen gekommen ist, daran hatte er schon oft gedacht, und nun war es tatsächlich geschehen. Vielleicht war die Begegnung am Eingang zum Bad bereits ein schlechtes Omen gewesen. Ein junges Paar hatte vor ihm den Steg betreten und war gemütlich zum Bad hinaus geschlendert. Als Moheb die schwarze Ledertasche auf dem Rücken des jungen Mannes sah, schrak er kurz zurück. Dieser kaum erwachsene Student konnte nicht der Lieferant sein. Es stimmte auch zeitlich nicht, weil Moheb sowieso zu früh war. Leicht verunsichert folgte er dem Paar und beobachtete vorsichtshalber, wo sie sich einquartierten. Es war einfach nicht normal, dass die Tasche auf diese Weise hierher gelangte und zuerst in der Kabine 77 zwischengelagert wurde. Der Lieferant war da, das hatte er eindeutig gehört. Er sass in der ersten Toilette auf der linken Seite in dem kleinen Durchgang wie immer. Jedesmal, wenn er in dieser Toilette wartete, hörte er die Schritte, diesen sicheren, bestimmten Gang, das kratzende Geräusch der Lederschuhe auf dem Betonboden, die Spülung nebenan und die darauf folgende Stille. Er hätte ihm gerne einmal in die Augen geschaut. Monat für Monat begegnen sie sich hier in diesen kleinen Kabinen, wo es nach Urin und Scheisse stinkt, und wissen beide nichts voneinander. Wer ist dieser Mann?

Was muss er verbrochen haben, um sich so unter Druck setzen zu lassen? Nur, dass er Araber ist, weiss Moheb, und das stört ihn ein wenig. Aber auch unter ihresgleichen gibt es Verbrecher, und einer, der jeden Monat soviel Geld abliefern kann, kann nur ein Verbrecher sein. Kaum waren die Schritte des Lieferanten verklungen, trat jemand an die Tür und hebelte an der Klinke herum. Moheb erschrak zu Tode und hörte, wie die Person hinüber ging und in die andere Toilette pinkelte. Als Moheb sich dann endlich raustraute, war die weisse Plastiktüte, die er jeweils zum Tausch hinlegte, nicht mehr da, aber die Ledertasche auch nicht. Was dies bedeutete, wurde ihm schlagartig klar und die einzige Möglichkeit, sich irgendwie aus der Schlinge zu ziehen, sah er in der Kabine Nummer 77, in der er vielleicht auf eine Erklärung stossen würde. Dort fand er zwar die Tasche, aber nicht das Geld. Alles, was er finden konnte, waren ein paar Kleidungsstücke und Schuhe. Es blieb ihm nichts anderes, als die Sachen in die Tasche zu packen, in der Hoffnung, dass ihm die schwarze Ledertasche als Attrappe diente. Vielleicht konnte er damit zwei oder drei Stunden gewinnen. Die Übergabe ist inzwischen so zur Routine geworden, dass kaum jemand mehr den Inhalt kontrolliert, ausser es passiert etwas Unvorhergesehenes.

Und jetzt liegt diese falsche Tasche quer auf seinem Rücken. Er knöpft den Mantel leicht auf, überquert die Strasse, ohne sich umzublicken, denn er weiss, dass er beobachtet wird, dass er den ganzen Weg vom Bad bis zu diesem Café unter permanenter Kontrolle steht. Die lange und hohe Fensterfront des Cafés leuchtet bis weit in den Platz hinaus. Er zögert. Diesen Augenblick hat er sich wieder und wieder vorgestellt, und jetzt kann er es gar nicht glauben, dass seine Befürchtung wahr geworden ist. Es ist seltsam, irgendwie unterscheidet sich dieser Augenblick nicht von den unzähligen anderen Malen, während derer er sich nur vorgestellt hatte, dass er eine Attrappe in dieses Café trage, dass er das Geld für sich entwendet habe, oder dass es bei der Übergabe ein Problem gegeben habe. Und nun steht er, da vor dem Café, mit einer Tasche voller Kleider auf dem Rücken statt dem ausgemachten Geld. Er schwitzt, die Stirn ist feucht, und er fährt sich mit dem Handrücken von der Schläfe über die Augen, die Tasche ist schwer, vielleicht zu schwer, schwerer als die anderen Male. Vielleicht ist das alles ein Trick, um ihn auf die Probe zu stellen, vielleicht erwartet ihn diesmal ein Pistolenlauf unter dem Tisch, ein Messer, ein Gift im Bier, wer weiss. Es ist wie ein Tunnel, Einbahn, aber der einzige Ausweg geht durch dieses Café hindurch, er könnte versuchen zu fliehen, aber er würde keine Chance haben, er könnte sich stellen, doch das würde bedeuten, nach Algier zurückzukehren, zurück in den Terror der Herrscher im Namen Allahs.

Moheb ist gläubig, aber noch nicht bereit zu sterben. Er stösst die verrauchte Glastür auf und tritt in den hellen Schein.

Gläser stehen in langen Reihen auf dem Tisch, Zitronen liegen in Sternenform über dem Lachs, mundgerechte Käsehappen sind zusammen mit kleinen Tomaten und Oliven aufgetürmt, Saucen aller Art stehen in kleinen Schalen herum, Gemüsestreifen sauber angerichtet auf den Tabletts, Hände greifen danach, zierliche Frauenhände mit glitzernden Diamantringen, klobige, behaarte Männerhände unter schneeweissen Hemdsmanschetten, Eheringe, Armreifen, Champagnergläser und über allem das Geraune und Gemurmel der steif herumstehenden Menschenmenge. Hälse bilden unter eng geschnürten Krawatten kleine Wülste, Brüste quellen aus Hartgummidekolletés, vom Rauchen gelb gewordene Zähne zeigen sich in aufgerissenen Mündern, blendend weisse Kunstgebisse, Parfums der besten Preisklasse mischen sich mit Gerüchen von Kaviar, Schinken, warmen Käseschnitten und wehen vom Buffet herüber. Köpfe drehen sich, Ellbogen fahren aus. Hände klopfen auf fremde Schultern.

Lucie kennt viele, aber bei weitem nicht alle. Einige Gesichter hat sie in den Gängen ihres Sektors schon ein oder zweimal gesehen, andere sind ihr völlig fremd. Sie lehnt an der Wand, ein Bein angezogen, den Fuss auf dem schneeweissen Verputz, das Glas in der rechten Hand. Sie küsst François, Marjam, Valentin, Herbert, ihre Bürokollegen und Kolleginnen. Sie sind so etwas wie eine kleine Familie geworden, essen oft zusammen und begegnen sich auf allen Einladungen, die an ihrem Institut zirkulieren. Das Internationale an dieser Truppe gefällt ihr, François ist Franzose, Marjam Iranerin, Valentin Deutschschweizer wie sie und Herbert kommt aus Dortmund, eine Stadt, die ihr auch nach nächtelangen Schilderungen und Beschwörungen Herberts so fremd bleibt wie Diepoldsau oder Würenlos. Lucie macht der Sprachmix unter ihnen nichts aus, im Gegenteil, sie geniesst es, von einer Sprache in die andere überzugleiten, sich auszudrücken, gerade wie es ihr in den Sinn kommt. Manchmal helfen französische Ausdrücke im Englischen, englische Wörter im Französischen und Deutschen. Nur ihren Zürcher Dialekt versucht sie so wenig wie möglich zu benützen. Es ist ihre ganz private

Sprache geworden. Wenn sie mit jemandem Dialekt spricht, hat sie das Gefühl, als würde sie jemanden in ihre Wohnung lassen, als würde sie ihre persönlichsten Dinge zur Schau stellen. Die Augenblicke im Zug, wenn sie zu ihren Eltern nach Schwammendingen fährt, wenn zwischen Fribourg und Bern mehr und mehr Leute die unterschiedlichsten Dialekte reden, wird ihr jedesmal seltsam zu Mut, als hole sie die Vergangenheit innerhalb einiger weniger Kilometer plötzlich wieder ein. Manchmal würde sie in Bern am liebsten wieder aussteigen und den nächsten Zug zurück nach Genf nehmen, nur um diesem öffentlichen Singsang zu entkommen, der in Genf ihr ganz privater geworden ist.

Küssen immer dreimal auf die Wangen, eine Eigenart der Westschweizer, obwohl kaum jemand von ihnen gebürtig aus der Westschweiz stammt. Aber an der Anzahl der Begrüssungsküsse sind die neu Dazugekommenen erkennbar, alle müssen den Dreierrhythmus lernen. Veronique ist eine Alteingesessene.

»Hast du ein Glas?«

Sie wird sofort bedient, Herbert strebt zum Buffet und holt sich eine Flasche und ein zweites Glas, er ist immer der erste, wenn es um Essen und Trinken geht.

»Was für ein Haus!«

»Ein Tempel würd' ich sagen.«

»Mir wär's zu protzig, irgendwie an der Grenze zur Dekadenz.«

»Wieso? Wie man sich bettet, so schläft man!«

»Wenn du dich jeden Tag mit Statistiken über weltweite Umweltprobleme, Bevölkerungswachstum und Hungersnot beschäftigst und dann nach Hause in diesen Tempel kommst? Ich weiss nicht.«

»Der Moralapostel wieder! Lebst du etwa auf der Strasse?«

»Ach, hör doch auf, nicht schon wieder! Diese Diskussion hatten wir doch schon tausendmal!«

»Hast du den Lachs probiert?«

»Schmeckt ausgezeichnet!«

»Wir sollten uns mal in den anderen Räumen umschauen.«

»Kennst du den Gastgeber.«

»Nein, du?«

»Ich hab' gehört, dass er einen neuen Posten bei einer Ölfirma erhalten hat. Europagegner!«

»Dreiundfünfzig, ledig, Italiener. Von den Schweizern verhätschelt und gefördert. Mischt sich auch in kommunale Angelegenheiten ein.«

»Er war einer der grossen Förderer des Geneva-Bridge-Projektes, die achtspurige Überquerung des Sees auf zehn Meter Höhe. Im Ernst, die wollen New York Konkurrenz machen.«

»Der da hinten, der grosse im roten Hemd.«

Lucie stellt sich auf die Zehenspitzen.

Ali macht den Motor aus. Im Kies vor der Villa steht schon eine lange Reihe grosser, schwerer Autos. Er ist also nicht der erste. Er hasst es, einer der ersten zu sein. Er mag es lieber, wenn die andern den Kopf verdrehen, wenn er zur Tür hereinkommt. Er nimmt den Strauss Blumen vom Nebensitz und zwängt sich aus dem Jaguar, wirft die Tür sanft zu und schliesst ab. Der Kies knirscht bei jedem Schritt. Es ist feucht geworden, von den Bäumen tropft es auf seine Glatze herunter und kitzelt ihn im Nacken. Er drückt auf die Klingel unter dem goldenen Leopardenkopf.

Die Tür springt auf, das rote Hemd leuchtet.

»Ali! Endlich!«

Eine Hand fasst an seine Schulter und zieht ihn ins helle Licht der Empfangshalle. Die Anwesenden drehen sich nach ihm um. Die schwere Panzertür fällt zurück ins Schloss.

Lucie muss sich leicht zur Seite neigen, damit sie den Gastgeber, der gerade einen älteren, dunkelhäutigen Mann begrüsst, richtig zu Gesicht bekommt. Die beiden Männern ähneln sich irgendwie, beide leicht untersetzt, nachlassender Haarwuchs, behäbige, kumpelhafte Gesten, das schwammige, aufgesetzte Lächeln, dieser immerzu flirtende Gestus, die konstante Fixiertheit auf Frauen, die sich um diese beiden Männer scharen, als ständen sie gerade zufällig in deren Nähe. Er wirft ihr einen Blick zu, dann noch einen und starrt sie schliesslich an, als wäre Lucie eine dieser Damen, die sich ihm am liebsten um den Hals werfen würden, es aber nicht dürfen, weil ihr Ehemann daneben steht und freundlich Hände schüttelt. Was will dieser Angeber von ihr?

»Lucie!«

Vor Schreck fällt ihr das Glas aus der Hand. Ein flinker Griff und Herbert hat es gefangen, bevor es auf dem Boden zerspringt.

»Komm wieder zu dir.«

»Wieso, was ist denn? Hast du mich erschreckt!«

Sie greift nach dem dargebotenen Glas.

»Den Inhalt konnte ich leider nicht auch noch retten.«

»Vielen Dank, das war knapp! Bist du immer so flink?«

»Wenn es um essentielle Dinge geht … Hier schau, da

ist noch ein Tropfen drin in der Flasche. Les amours für dich. Gib her dein Glas!«

»Cheers!«

»To your health, Madame!«

»Santé, Monsieur Hassan! I'm very happy to see you, you know, my husband and I, you know, we are so …«

Ali nickt und starrt an den Köpfen vorbei, quer durch die Menschenmenge in dieses helle, funkelnde Augenpaar, dieses gletscherhafte Blau in den Augen, die harte Fixiertheit, die sanfte Wölbung der Nase dazwischen, eine Haut aus Elfenbein, der perfekte Lippenwurf, die strohblonden Haare hinter dem roten, erhitzten Ohr, die Goldringe am Ohrläppchen. Es ist nicht möglich, dass sie ihn meint. Ihr Blick wirkt zu verloren, zu abwesend, irgendwie kalt, was nicht bedeutet, dass diese Augen sich nicht erwärmen liessen, bis sie aufgehen wie Blumen. Hat er das wirklich gesagt? Oder war sie es? Vor mehr als zwanzig Jahren, oder sind es bereits dreissig? Die Erinnerung ist keine Freundin der Wahrheit. Die Frau an seiner Seite redet noch immer in diesem unsäglichen Englisch auf ihn ein, er nickt, es geht ihn nichts an, andere kommen hinzu, schütteln ihm die Hand, lächeln, gehen wieder, kennt er sie? Erst jetzt, mit mehreren Minuten Verzögerung wird ihm klar, was ihm gerade die Sprache verschlagen hat, während er höflich lächelt, dem britischen UNO-Delegierten für Wirtschaftsfragen auf die Schulter klopft, *Ça va, James?* anschliessend die grosse weiche Hand dieses Nordländers schüttelt. Es sind diese beiden Augen da drüben, dieses Gesicht, der Haarschnitt vielleicht, aber vor allem die Augen, der wässrige Gletscherblick, den er seit damals nie wieder an jemandem gesehen hat, ein Blick, der ihn stocken und leicht husten lässt, er hat sich verschluckt.

James geht es gut, das sieht man ihm an, obwohl Ali weiss, was im Stillen läuft. Er zwinkert ihm zu und vertröstet ihn auf später. Nicht hier, das ist klar, sie können ihre freundschaftliche Dienste, so bekannt sie inoffiziell auch sein mögen, nicht einfach in aller Öffentlichkeit austragen, Takt gehört zum Milieu.

Sie steht hinten an der Wand umzingelt von Freunden, schwenkt das Champagnerglas, raucht. Es ist, als wäre die Zeit stehen geblieben. Dass der Stil der Sechziger Jahre wieder in ist, hat vielleicht damit zu tun, dass die tonangebenden Modemacher in die Jahre gekommen sind und nostalgisch werden, plötzlich an alte Geschichten denken, eine alte Liebe wieder aufwärmen wollen. Voilà, das Resultat ist Cécile, die da drüben steht und raucht und trinkt und so unbeteiligt herüberschaut. Er war damals seit zwei Jahren in Zürich, Student, unbeholfen, ein staunendes orientalisches Kind in der weiten Welt des europäischen Westens. Wenn ihn etwas um den Verstand bringen konnte, dann waren es blonde Haare.

Die Tasche liegt unter dem Tisch. Moheb greift nach dem Glas und trinkt. Das kalte Bier kühlt den Rachen, beruhigt ihn. Er sitzt am Tisch neben der Tür und wartet. Wie immer ist der Spanier noch nicht da. Er kennt ihn nicht, weiss nur dass er Spanier ist, weil ihn alle »den Spanier« nennen. Sie haben noch nie miteinander gesprochen. Sie kommen in dieses Café und tauschen die Taschen, das ist alles. Sie wissen beide nicht genau, wofür, wahrscheinlich weiss der Spanier so wenig wie er, wo das Geld herkommt und wo es hingeht. Sie sind

Übermittler, Geldboten, Werkzeuge. Die Bezahlung ist karg, aber immerhin, wovon soll er sonst leben. Wenn's ihn erwischt, dann erwischt's ihn. Er ist verpflichtet, so lange dazubleiben, bis der Spanier erscheint, dann darf er sein Bier bezahlen und gehen. Es ist strengstens verboten, die Tasche unbeaufsichtigt unter dem Tisch liegen zu lassen. Sie liegt da, wo er sie hingelegt hat. Auf keinen Fall darf er gehen, bevor der Spanier da ist. Der Kellner zapft Bier wie jeden Abend. Am Stammtisch zwei Alkoholiker, die Arme auf dem Tisch ausgebreitet, leere Weingläser, volle Aschenbecher, Gebrummel hinter einem Schnurrbart, kullernde Augen, eine Hand, die in die Luft zeigt und wieder auf die Tischplatte knallt, Fluchen, Räuspern, Husten, die Gläser werden gefüllt. Die Tasche liegt, wo sie liegen soll. Der Spanier ist pünktlich und setzt sich an den Tisch nebenan, wie üblich, *une bière,* zerrt ein Päckchen Zigaretten aus der Jackentasche, steckt sich eine an, schlägt die Arme auf dem Tisch übereinander, zieht an der Zigarette und bläst den Rauch durch die Nase aus. Er greift mit der einen Hand nach dem Bier, mit der anderen nach der Zigarette im Mund und trinkt stoisch, ohne Unterbrechung, das ganze Glas leer.

Kein Messer, keine Pistole, kein verstohlener Blick, nicht einmal ein Zwinkern. Der Spanier schiebt die Tasche, die er für den Tausch mitgebracht hat, mit dem rechten Fuss herüber, dasselbe Modell, gefüllt, das weiss Moheb, mit Zeitungen und einem kleinen Haufen Dreck, manchmal auch Scheisse. Nichts ist ihnen zuwider. Nichts ist dunkler als die Nacht der Wüste.

Das Sirenengeheul dröhnt von den Fassaden wider, Blaulicht streift über die Strasse, über Autodächer und kommt vor dem Eingang zum Bains des Pâquis zum Stehen, das Heulen verstummt. Zwei Polizisten steigen aus dem Patrouillenfahrzeug. Der Bademeister wartet schon. Zusammen streben sie in mächtigen Schritten über den Steg Richtung Umkleidekabine Nummer 77, an der fensterlosen Wand entlang bis zum Eingang, die kleine Treppe hinunter. Der Lichtkegel der Taschenlampe tänzelt wild hin und her, fährt die Konturen der Umgebung ab und verschwindet zwischen den Mauern.

Der Bademeister schreit beinahe.

»Hier!«

Er zeigt auf den Boden. Zwei kleine Blutflecken schimmern bereits halb eingetrocknet auf dem Betonboden. Der Lichtkegel der Taschenlampe schwirrt darum herum und darüber hinweg wie ein Nachtfalter, flitzt quer durch die Umkleidekabine, leuchtet alle Ecken aus, fährt über das Sitzbord, über den kleinen Holzrost am Boden, endet auf dem zerbrochenen Schloss der dünnen Holztür.

»Mindestens ein Toter, das sag ich Ihnen. Irgendwo muss eine Leiche liegen, eigentlich zwei. Diese Kabine hat ein Paar bezahlt, den Schlüssel haben sie noch nicht zurückgebracht, irgendwo müssen sie ja sein, ich habe bereits alles abgesucht, nichts, alles leer wie immer um diese Zeit, Herr Inspektor, ehrlich.«

»Ich bin nicht der Inspektor, wir sind nur die Patrouille. Also, der Reihe nach, was haben Sie gesehen?«

Der Bademeister stottert, verheddert sich, zittert, er geht kreuz und quer, zeigt auf die Blutflecken.

»Mindestens zwei Tote!«

»Ganz mit der Ruhe, ja? Diese beiden Blutflecken können alles mögliche bedeuten. Also, was ist passiert?«

Antonio bleibt ruhig, obwohl er die Frau, die eben eingetreten ist, noch nie gesehen hat. Ein Fernseher dröhnt aus einer Ecke des Raumes, das Schnarchen des Alkoholikers ist trotz des Lärms zu hören. Die Tasche liegt unter der Bank, er kann sie an seinen Waden spüren. Der Araber sitzt stumm und steif am Tisch nebenan wie jedesmal. Gleich wird er unter die Bank nach der vertauschten Tasche greifen und gehen. Aber noch sitzt er da und starrt an die Wand. Die Frau beobachtet ihn, als stünden die beiden in einem stillen Einverständnis. Aber vielleicht ist sie auch nur ein zufälliger Gast. Jedenfalls ist sie sehr nervös, hat einen Martini vor sich statt Bier, raucht ununterbrochen, zerstümmelt ihre Zigaretten im Aschenbecher, als stünde sie kurz vor einer Prüfung. Sie beobachtet ihn, hat einmal kurz herübergestarrt und ihn mit zugekniffenen Augen durchbohrt, so als überlege sie, was es mit ihm auf sich habe, als wüsste sie nicht, was sie als nächstes tun soll. Aber vielleicht bildet er sich das alles nur ein. Sie legt ihr Gesicht in die Hände, gähnt. Der Araber steht endlich auf, nimmt die Tasche unter der Bank hervor und geht. Die Tasche, die er mitgebracht und unter der Bank zu ihm herübergeschoben hat, liegt, wo sie immer liegt. Diesen Augenblick geniesst er jedesmal. Hier zu sitzen, als ob nichts wäre, mit einer Tasche voller Geld. Er könnte versuchen, damit auszureissen, irgendwie über die Grenze zu kommen Richtung Barcelona, nach Hause. Nach Hause, was für ein Wort. Er war für drei Monate nach Genf gekommen, um in einem Bauunternehmen auszuhelfen, wie Alfonso, der ihm den Tip gegeben hatte. Und jetzt sitzt er seit neun Jahren in Genf fest. Auszureissen hätte keinen Sinn, er würde nicht weit kommen, das weiss er nur zu gut. Das Netz dieser Gauner ist international und sehr eng gestrickt. Alfonso hatte es vor zwei Jahren dabei erwischt, als er mit Transportgut über einen kleinen Grenzübergang abhauen wollte. Er kam gerade bis nach Annemasse. Dort wurde er von einem Aussenposten erst zusammengeschlagen und hinterher erstochen. Wenn Antonio keine Scherereien will, dann muss er jetzt los, der Wagen wartet zwei Strassen weiter. Die Frau sitzt noch immer dort drüben und schaut verstohlen herüber. Was riskiert er, wenn er jetzt einfach aufsteht und geht, die beiden Biere bezahlt, als ob nichts wäre? Es gibt Zeugen, der Ort ist zu öffentlich, sitzenbleiben bis zur letzten Sekunde, er hat keine Anweisungen erhalten, aus der TV-Kiste dröhnt der Show-Master und lobpreist den *King of Pop*, der sich von blondgelockten Damen zuwinken lässt und Kindern die Wange täschelt. Er muss jetzt sofort los, sonst werden die draussen unruhig. Er kann eigentlich nichts riskieren, sie ist zufällig da und hat keine Ahnung, was er vorhat. Er greift nach der Tasche und zwängt sich hinter dem Tisch hervor, geht auf den Ausschank zu, legt einen Fünfer auf die Theke. *Deux bières, c'est bon, merci!* Er reisst die Glastür auf und rennt geradewegs in die Schulter eines jungen Herrn in Anorak.

»Pardon.«

»Pardon.«

Sie zwängen sich im Eigang aneinander vorbei. Antonio verschwindet im Dunkel der Nacht, wo ihm zwei Augen folgen, zwei überraschte, angestrengt forschende Bankiersaugen, die vor Aufregung weit offenstehen und beinah katzenhaft leuchten, aber nicht bemerken, dass sich in diesem Augenblick vor dem Café ein alter Opel in Bewegung setzt und dem Spanier im Schritttempo in die Dunkelheit folgt.

Moheb lebt. Das Café war der Tunnel, er hat ihn durchschritten. Das Licht ist günstig. Der Parc des Bastions mit seinen Bäumen, Hecken und Büschen ist ein ideales Versteck für Flüchtige. Aber die Nacht wird zu kalt werden, er muss weiter. Die Altstadt durchqueren und unten am See entlang durch den Jardin Anglais, die Dealer-Szene, Gefahrenzone. Diese Tasche wiegt schwerer als die andere. Sie drückt auf seinen Rücken. Der Spanier hat keine Miene verzogen, als er vorhin die andere Tasche zu ihm hinübergeschoben und das Café du Rond Point verlassen hat. Auch draussen hat ihn niemand erwartet. Er war auf alles gefasst gewesen, und es ist nichts passiert, wie durch ein Wunder. Wenn er Glück hat, schafft er es bis zu Ahmed, seinem einzigen Freund in dieser Stadt. Ahmed ist schon länger in Genf. Er ist verheiratet und hat zwei Kinder. Er kann ihm vielleicht helfen. Es gibt mehrere Wege zu Ahmed. Seit er das Café verlassen hat, kann er wieder denken, wieder überlegen, planen. Seine Beine sind müde, die Knie gummiartig, er rennt beinahe. Am Aufgang zum Place de Bourg de Four bleibt er stehen, atmet durch, schultert die Tasche neu, betritt dann kurz entschlossen die öffentliche Toilette, die unter dem Platz ins Erdinnere hineinführt. Ein kleine Grotte zur körperlichen Entlastung. Er pinkelt und hastet weiter, überquert den belebten Platz und klemmt sich in den Durchgang zwischen zwei Häusern. Schritte kommen näher, von unten, die Altstadt herauf, Schnaufen, ein verzerrtes Gesicht, Schweiss auf der Stirn. Moheb fällt leicht in die Knie, seine Tasche rutscht zu Seite ab und er muss sie hochziehen. Warum hat er das Messer abgelehnt, das ihm Ahmed angeboten hat. Ein marokkanisches Klappmesser, eine todsichere Waffe. Der Gehetzte vor ihm schnaubt wie ein Pferd, reisst die Augen auf. Der Schreck sitzt so tief in diesen Augen, dass Moheb die Angst verliert. Sie ertrinkt in diesen erschreckten Augen. Dann reisst der hochrote Kopf sich zur Seite weg, die geplagte Gestalt rennt die Gasse hoch. Die Tasche ist jetzt so schwer wie ein toter Hund. Ein Hund, dem das Fell über die Ohren gezogen wurde. Der Reissverschluss wirkt kalt, wenn er mit den Fingern darüber fährt. Moheb rennt die Gasse hinunter.

Ihre Zähne blitzen, wenn sie lacht. Das Haar wirft sie in regelmässigen Abständen über die Schulter, klemmt eine Strähne hinter dem Ohr fest. Das Glas ist noch zur Hälfte voll, Herbert giesst wieder und wieder nach, grinst mit seinem unwiderstehlichen Schweinchengesicht in die Welt hinaus, holt kleine Käsehappen, Schinkenröllchen, hat den neuesten Klatsch auf Lager. Der Raum wird enger, immer mehr Leute kommen zur Tür herein, drängen sich ans Buffet, verziehen sich mit Gläsern und Flaschen ins Wohnzimmer, in die Bibliothek, verschwinden im ersten Stock. Der Alte mit der Glatze hört nicht auf, zu ihr herüberzuschauen, glotzt sie an, als wäre sie ein Bildschirm, eine Anzeigentafel, eine Gipsstatue. Vielleicht sollte sie einfach mal kurz rübergehen und ihn ansprechen, ihn zu einem Glas einladen, ihn nach der Meinung zum Wetter und den Prognosen fragen, vielleicht sollte sie sich ein bisschen in seine Nähe stellen, ihn erschrecken, ihm plötzlich ins Gesicht pusten, damit er bemerkt, was er gerade tut. Riskieren kann sie nicht viel, es ist keiner von ihrem Institut, gesehen hat sie ihn jedenfalls noch nie.

Lucie nimmt ihren Fuss von der Wand, macht einen

Dreischritt und tut so, als suche sie eine Ablage für ihr Glas. Herbert steht immer noch neben ihr.

»Hast du mal eine?«

Herbert zückt sofort sein Zigarettenpäckchen, klopft mit dem Mittelfinger geschickt an die Unterseite, so dass drei Zigaretten ein Stück aus der Öffnung hüpfen wie in einem Kinowerbefilm.

»Herbert, du Witzbold! Hast du auch Feuer?«

»Der glotzt aber ganz schön!«

»Halt du dich da raus, ja!«

»Oh! Pardon, Madame.«

Die Ähnlichkeit mit Cécile ist einfach umwerfend, sie wirkt auf ihn wie ein Magnet und verwirrt ihn ein wenig. Er hat Schwierigkeiten, sich auf andere Gespräche einzulassen, hört nicht, was die Leute sagen, die auf ihn einreden, spricht wirres Zeug, es ist ihm egal.

»Ali, mein Freund! Wie geht es Dir?«

Der grosse Mann drängt sich durch die eng beieinander stehenden Körper, zwängt seine klobige Hand zwischen ein männliches und ein weibliches Schulterblatt, schiebt sich durch und haut seine Pranke auf Alis Schulter. Ali zuckt zusammen und dreht sich um.

»Couillo, was für eine Freude.«

»Wie laufen die Geschäfte?«

Couillo ist ein Meister der versteckten Ironie. Es war zu erwarten, ihn hier anzutreffen. Sein Ziehen im linken Mundwinkel verrät ihn den Eingeweihten, zu denen auch der Gastgeber dieses Abends gehört. Ali kennt das Zeichen nur all zu gut und spielt mit.

»Ich kann mich nicht beklagen. Der Winter ist im Anmarsch, die Schafe wandern ins Tal.«

Couillo lacht. Der Code stimmt. Ali ist noch immer

daran, seine Schulden abzutragen. Couillo legt ihm tröstend den Arm über die Schulter.

»Um so besser mein Freund, das freut mich. Komm, ich muss Dir einen meiner engsten Freunde vorstellen. Er ist eben eingetroffen. Und er hat eine Überraschung für dich!«

»Eine Überraschung?«

»Ali, das ist Norbert. Norbert, das ist Ali.«

»Freut mich.«

»Freut mich.«

»Ich glaub', ich lass' euch jetzt mal kurz allein.«

Couillo verzieht sich, drängt sich entschuldigend an den blossgelegten Rücken der Damen und den gepolsterten Jacketts der Herren vorbei, verschwindet im Wohnzimmer. Ali steht im Wintergarten, Rohrsessel stehen um einen niederen Glastisch herum, Pflanzen wuchern tropisch in überdimensionierten Töpfen und beugen sich über antike Marmorstatuen, die Glastür an der Seite steht offen. Es ist bereits dunkel geworden, und vom Garten ist kaum etwas zu sehen, vage zeichnet der Busch im Hintergrund eine Linie in den etwas helleren Nachthimmel. Norbert hat er seit Jahren nicht mehr gesehen. Er ist älter geworden, irgendwie grauer, vielleicht auch einfach nur fetter. Er wird jetzt knapp über vierzig sein, sieht aber schon aus wie sechzig, auf jeden Fall wirkt er krank. Dass er zu Couillos Clan gehört, ist ihm neu, diese Verbindung kennt er nicht, sie überrascht ihn, weil Norbert aus einer ganz anderen Ecke kommt. Norbert ist Bankier. Couillo hingegen stammt aus dem Textilhandel, der sich als Waffenhandel entpuppt und Ali schliesslich die lebenslängliche Ratenzahlung eingebrockt hatte. Couillo hatte damals seinen Kopf knapp aus der Schlinge ziehen können, ihm konnte man nichts nachweisen. Er blieb sauber wie ein Schweizer Bergbach, und jetzt, wo Norbert so vor ihm steht und er in dieses traurige Gesicht schaut, überrascht ihn die Verbindung von Couillo zu Norbert eigentlich doch nicht so besonders. Es ärgert ihn nur, dass er nicht früher auf die Idee gekommen war, dass Norbert Blanc ein Scharnier in dieser Geschichte werden könnte. Er hat die besten Voraussetzungen dazu. Diesen leichten Hang zur Unterwelt, wie Couillo sich einmal ausdrückte. Was immer sich Norbert Blanc unter Unterwelt auch vorstellen mochte, es war auf jeden Fall etwas Verträumtes in ihm, das nach mehr trachtete als nach dem bürokratisch organisierten Alltag eines Bankiers. Zahlen mussten in ihm eine magische Vorstellungskraft entfachen, eine Art Vision der pekuniären Subversion. Das macht es so einfach, mit ihm zu arbeiten. Erklärungen sind nicht nötig, sein Vorstellungsvermögen nimmt einem alles aus der Hand und regelt alles mit helvetischer Gewissenhaftigkeit. Der ideale Mann für Leute wie Couillo. Norbert Blanc war Ali damals sofort aufgefallen, als er für den Reingewinn des Textiltransfers eine geeignete Plazierung suchte. Er hatte den Tip aus einer anderen Ecke bekommen. In seiner Studienzeit hatte er per Zufall mit dem Sohn eines damals sehr einflussreichen Schweizer Nationalrates Bekanntschaft gemacht. Ein Freund, den er über Jahre hinweg in regelmässigen Abständen wiedersah, ihn besuchte, oder ihn nach Genf oder ins nahe Burgund zu einem kleinen Gourmet-Abstecher einlud. Von ihm hatte er Monsieur Norbert Blanc als Finanzberater empfohlen bekommen, damals ein fast sündhaft junger Bankier. Und, das muss er zugeben, er wurde von den Beteuerungen und Versprechungen bezüglich Monsieur Blancs Kooperationsfähigkeit in keiner Weise enttäuscht. Bis auf den einen Tag, an dem Monsieur Blanc schweigend vor ihm sass, den kleinen Taschenrechner vor sich, den vollen Aschenbecher daneben, mit zittriger Hand und flatternder Stimme. Sein Konto war seit Monaten so weit überzogen, dass Monsieur Blanc sich genötigt sah, Ali den Zugang zu seinem Konto bis auf weiteres zu sperren. Das war nach den ersten Zahlungen an die Erpresser des ominösen Textilgeschäfts zusammen mit Couillo gewesen. Die Betreibung, die Norbert Blanc damals über die Bank einleitete, ist bis heute im Gang, aber, solange er in diplomatischem Dienst steht, ohne Belang. Und jetzt, wo er daran denkt, ist es eigentlich logisch, dass zwischen Couillos geglücktem Rückzug aus dem Waffengeschäft, Norbert Blancs Betreibungsverfahren, respektive demjenigen seiner Bank und womöglich sogar den Erpressern selbst eine Verbindung besteht, seit langer Zeit, denn es sind mindestens zehn Jahre vergangen seither. Auch wenn ihm diese Erkenntnis plötzlich ins Bewusstsein schiesst, dieser kleine Bankier und Betrüger beeindruckt ihn nicht besonders. Er hat noch immer dieselbe Art, auch wenn er älter und kränker geworden ist, darüber täuschen auch seine kräftige Postur und sein strohblondes Haar nicht hinweg: seine verhaltene, leicht kratzende Stimme, seine verlegenen Gesten, die leicht verkommene Art seines Benehmens und seiner Kleidung, wie ein sich als Weltmann gebender Clochard steht er jetzt mit wässrigen Augen vor ihm.

»Vielleicht sollten wir uns nicht hier unterhalten.«

»Wieso? Es sind ja doch ein paar Jahre vergangen, seit wir uns das letzte Mal begegnet sind, nicht wahr, Monsieur Blanc? Aber wenn Sie frische Luft brauchen, bitte.«

Die Luft ist kühler geworden, und erst jetzt, hier draussen im Garten, spürt Ali, wie verraucht und vernebelt es drinnen war.

»Sie fragen sich wahrscheinlich, was mein Erscheinen hier bedeuten soll.«

»So kann man es auch ausdrücken.«

»Um es kurz zu machen, wir stecken in Schwierigkeiten.«

»Wer ist wir?«

»Couillo braucht einen Mittelsmann.«

»Tja, Sie sagen es! Warum bin ich bloss nicht früher auf diese Idee gekommen!«

»Welche Idee?«

»Dass Sie für Couillo arbeiten.«

»Vielleicht ist es interessant für Sie zu wissen, dass Couillo Ihre Zahlung heute hat umleiten lassen. Ich denke, dass das Ihnen einige Unannehmlichkeiten bereiten könnte.«

Norbert versucht, das Gesagte wirken zu lassen. Aber Ali reagiert sofort.

»Was geht Sie das an?«

»Ich mache Ihnen ein Angebot.«

»Ein Angebot? Wozu ein Angebot?«

»Hören Sie, die Sache ist komplizierter, als Sie sich das vorstellen.«

»Halten Sie mich nur nicht für dumm, auch wenn Sie mir mein Geld abgeknöpft haben!«

»Zwischen mir und Couillo, ich meine, zwischen Couillo und der Bank, gibt es ein Problem.«

»Ach! So läuft der Hase!«

»Couillo will, dass ich Sie dazu bringe, mir Informationen über die Operation *TOAST* zu liefern.«

»Die Operation *TOAST*?«

»Sie wissen genau, wovon ich rede! Gleichzeitig brauche ich aber auch eine Information über Couillo ... Sie verstehen ...«

»Eine Information? Das bedeutet, Sie wollen zwei Informationen von mir?«

»Genau.«

»Und wie haben Sie sich das vorgestellt?«

»Hören Sie, Couillos Tage sind gezählt. Es gibt einen politisch engagierten Genfer Sozialwissenschafter, der sich nicht an unsere ungeschriebenen Gesetze hält. Der wird hier in nächster Zeit viel Lärm verursachen, und Couillo und ein paar anderen ganz gehörig an den Karren fahren. Wenn Sie kooperieren, könnte Ihr Leben eine grundlegende Richtungsänderung nehmen. Sie verstehen doch, was ich meine.«

»Noch nicht ganz.«

»Es gibt eine Gruppe von sehr einflussreichen Bankiers und Politikern, denen dieser Sozialwissenschafter ein Dorn im Auge ist.«

»Was habe ich damit zu tun?«

»Es gibt einen Weg, den Publikationen dieses Wahnsinnigen zuvorzukommen und ihn schlaguntüchtig zu machen.«

»Und was habe ich davon?«

»Wie gesagt, Ihr Leben könnte eine grundlegende Richtungsänderung in Bezug auf monatliche Zahlungen nehmen.«

»Aber wenn Couillo sowieso bald unter den Teppich fällt ...«

»Sie unterschätzen die unternehmerische Beziehung zwischen ihm und unserer Bank.«

»Das heisst, dieser Sozialfritze ist nicht nur für Couillo gefährlich.«

»Ich glaube, Sie sind Ihrem Glück gerade einen Schritt näher gekommen.«

»In welcher Grössenordnung haben Sie sich das denn vorgestellt?«

»Ich kann Ihnen 10.000 jetzt gleich geben.«

»In bar?«

»In bar.«

»Wo ist das Geld?«

»In meiner Manteltasche.«

»Und was brauchen Sie?«

»Das Code-Wort der Operation *TOAST* und die Handelsregisternummer von Couillos Lieferanten im Textilhandel von damals, plus einer ausführlichen Liste aller damals gelieferten Waffen.«

»Wie soll ich das alles zusammenbekommen? Ich habe damals für Gebrauchtkleider unterschrieben! Mit Waffen habe ich nichts zu tun!«

»Die 10.000 für das Code-Wort und den Rest für die übrigen Informationen.«

»Was heisst: der Rest.«

»Sie können Ihr Vermögen von damals wieder zurückgewinnen.«

»Das Code-Wort ... das Code-Wort ... Wie soll ich Ihnen vertrauen?«

»Sie stehen auf der Abschussliste.«

»Ich habe bezahlt!«

»Aber nicht an uns! Und überhaupt, Ihre Zahlungen interessieren uns nicht. Sie wissen zu viel. Das kann sich ändern, wenn Couillo aus dem Weg geräumt ist. Ausserdem weiss ich, dass Sie unbedingt Geld brauchen. Also, das Code-Wort?«

»Tabak.«

»Tabak?«

»Ja, Tabak.«

»Die Registernummer und die Listen brauchen wir spätestens in zwei Tagen. Dann wird sich alles andere von selbst ergeben. Kennen Sie eigentlich Herrn Wilbig?«

»Wer ist Herr Wilbig?«

»Ein sehr netter Mensch, Umweltbeauftragter in Brüssel und ein hervorragender Geschäftspartner. Kommen Sie, ich stelle Sie ihm vor. Ein Glas Champagner haben wir uns doch verdient, nicht wahr? Darf ich bitten ...«

Sie treten in den hellen Schein des Wintergartens, eine Rauch- und Lärmschwade ergiesst sich aus der offenstehenden Tür. Hinter dem Glas der Fensterfront bewegen sich die lachenden und gestikulierenden Fratzen der Partygesellschaft.

Auf der anderen Seite des Hauses steht Leo hinter einer Hecke, starrt auf die grosse Eingangstür und zündet sich eine neue Zigarette an. Sein Taxi steht in der Nähe bereit und wartet.

»Rani feur'han bezef téchoufek.«

Lucie dreht den Kopf. Ja, sie ist gemeint, die warmen Hundeaugen schauen listig. Der Araber hat sie tatsächlich angesprochen.

»Pardon?«

»Ach entschuldigen Sie, das passiert mir manchmal, wissen Sie, so viele Leute, so viele Sprachen ... Sie sprechen kein Arabisch?«

»Zugegeben, nein. Kein einziges Wort.«

»Das ist ein Fehler junge Frau, Sie sollten sich für die wichtigen Dinge dieser Welt interessieren.«

»Und was haben Sie zu mir gesagt?«

Ali greift zur Champagnerflasche.

»Ach nichts Besonderes.«

»Etwas Unanständiges?«

»Wo denken Sie hin, Mademoiselle! Nie im Leben würde ich es wagen, zu einer so schönen, bezaubernden jungen Frau, wie Sie eine sind, etwas Unanständiges zu sagen. Darf ich Sie zu einem Glas einladen?«

»Wenn Sie möchten.«

Er schenkt ihr ein, dann füllt er sein Glas.

»Sie sind ein Freund des Hauses?«

Lucie nippt an ihrem Glas und antwortet verzögert.

»Wenn man so will.«

Ali prostet ihr zu.

»Oh, entschuldigen Sie, santé!«

»Darf ich mich vorstellen, Ali Hassan.«

»Lucie.«

Ali legt ihr den Arm auf den Rücken.

»Kommen Sie, ich zeige Ihnen das Haus. Der Architekt ist ein Freund von mir. Eines seiner Meisterwerke. Haben Sie das Portal von draussen betrachtet? Und jetzt schauen Sie sich den Deckenabschluss hier an.«

Er führt sie zur Treppe.

»Kommen Sie, wir machen einen Rundgang, beginnen wir im ersten Stock.«

Ali legt ihr die Hand auf die linke Schulter und schiebt sie vor sich her die Treppe hinauf, aus der herumstehenden Masse heraus, aus dem Gewisper und Geschnatter, als löse er sie aus einem Knoten.

Der Steg ist voller Stiefel, uniformierte Beine traben über den Beton des Bains des Pâquis, Lichtkegel tänzeln über die Mauern, die Türen der Kabinen, leuchten in Ecken und Schlitze, Schlüssel rasseln, Funkgeräte knistern, verzerrte Stimmen knattern in kleinen Lautsprechern, ernste Mienen starren in die Nacht hinaus, suchen den See ab.

»Hier, ich hab' was!«

Er ist der jüngste von allen, streckt den Kopf zur aufgebrochenen Kabine heraus und winkt wie wild.

»Hier schau, ein Ohrring!«

Er zielt mit seiner Stablampe auf das winzige Objekt, das jetzt unter der kleinen Fusspritsche funkelt.

»Nicht anrühren! Komm mal weg da! Los weg!«

Der Glatzkopf zerrt den Jüngling aus der Kabine und zwängt sich selbst hinein, kniet nieder, zündet mit seiner Stablampe nervös zwischen den Holzlatten hin und her, sieht das Funkeln jetzt von ganz nah. Eine Perle, eingefasst von einem kleinen Goldkelch, eindeutig, der Stift steht wie ein Stachel zur Seite ab, das kleine Verschlussteil fehlt.

»Eine Frau also, und sonst? Sonst noch was?«

»Nichts.«

»Und drüben?«

»Auch nichts«

»Wir brauchen Taucher. He, Alain, übernimm das!«

»Taucher?«

»Ja, Taucher, sofort!«

»Lucie ... ein schöner Name.«

»Als Kind habe ich ihn nie gemocht.«

»Und Sie sind Schweizerin?«

»Was denken Sie?«

»Aber keine Genferin. Lassen Sie mich raten ... Kanton Zürich?«

»Wie kommen Sie darauf?«

»Sie haben einen leichten Akzent. Ich habe in Zürich

studiert. Ich hatte auch ein Mädchen dort, wir sind zusammen viel in der Gegend herumgereist. Und jetzt arbeiten Sie in Genf?«

»Bei einer Internationalen Organisation, wie die meisten hier. Ich denke, es ist niemand auf der Party, der nicht irgendwie etwas mit der UNO zu tun hat. Was ist Ihre Funktion?«

»Geht Ihnen dieser ganze Haufen nicht auch manchmal auf die Nerven?«

»Ich besuche solche Partys nur selten.«

Die beiden stehen im Schlafzimmer vor dem breiten Doppelbett. Der Faltenwurf zieht sich über das ganze Bett hinweg wie Flugspuren am Himmel. Lucie schaut sich besorgt um.

»Vielleicht sollten wir, ich meine, wir sind hier in einem fremden Schlafzimmer, lassen Sie uns wieder hinuntergehen.«

»Lucie ...«

Ali legt seine Hand auf Lucies Arm, dreht sich leicht zu ihr um und hindert sie am Gehen. Hinter ihnen verdoppelt ein wandgrosser Spiegel das Zimmer, Lucie und Ali seitenverkehrt vor dem langen, giftgelben Bett. Das Rosa der Tapete flimmert an den Wänden.

»Lucie, haben Sie schon einmal etwas Verrücktes getan?«

»Wie, was ...«

Sie nimmt ihren Arm unter seiner Hand weg.

»Was meinen Sie mit ‘etwas Verrücktes’?«

»Etwas wirklich Verrücktes. Was würden Sie sagen, wenn ich Ihnen ein Angebot machen würde?«

»Das hängt vom Angebot ab.«

»10.000 Schweizer Franken.«

»10.000?«

»Für eine Nacht.«

»Sind Sie verrückt?«

»Das meine ich ja, etwas Verrücktes.«

Lucie steht auf und geht zur Tür.

»Ich habe schon viele verrückte Dinge getan, aber das … ich mein', das ist doch nicht möglich, was fällt Ihnen denn ein!«

Sie verlässt das Zimmer. Ali folgt ihr sofort in den Flur hinaus.

»Lucie, warten Sie, ich habe Sie etwas gefragt, antworten Sie mir!«

»Danke für das Glas Champagner.«

»Ich erwarte eine Antwort von Ihnen!«

Lucie eilt die Treppe hinunter, mässigt aber sofort ihren Gang, versucht ihre Aufregung zu dämpfen, greift an das Treppengeländer und schaut über die Köpfe der noch immer schnatternden Gäste hinweg, sucht nach einem bekannten Gesicht, winkt Herbert erleichtert zu und lässt sich in die Masse fallen wie in offene Arme.

Ali weicht eine Sekunde zurück, macht im Zimmer das Licht aus, um nicht zu auffällig hinter Lucie die Treppe hinunter zu kommen. Er weiss, dass er gewonnen hat. So reagiert nur eine Frau, die sich bereits entschieden hat. Würde sie nicht auf das Angebot eingehen, hätte sie es als Witz genommen und gelacht. Stolz muss mit Geduld und Fingerspitzengefühl behandelt werden. Wer beides beherrscht, bricht ihn wie einen dürren Zweig.

Antonio wirft sich auf den Bauch, beinahe hätte es ihn erwischt. Der weisse Wagen fährt um die Hausecke. Er kennt diese weissen Patrouillenfahrzeuge ohne Aufschrift, die Spezialeinheit der Drogenfahndung, gefährlich wie ausgehungerte Tiger. Und einer der nachts um halb elf im Jardin Anglais mit einer Tasche hinter einem Gebüsch steht, wirkt auf diese Typen wie ein frisches Fünfkilosteak. Die Übergabe soll im Amphitryon stattfinden, der Bar des Hotel des Bergues. Noch ein paar hundert Meter und er hat es für heute geschafft, kann getrost ein Bier trinken gehen. Was für ein Leben, zwischen Tuhjahecke und Klappmesser, Drogengeld und Sozialrente. Wäre er damals mit Fernandez mitgegangen, er wäre jetzt Chef in Madrid, oder Boss in Barcelona und nicht nur eine Ratte in der winzigsten Grossstadt der Welt. Der Quai ist leer, die Unterführung, die unter dem Pont du Mont-Blanc hindurchführt, frei. Er springt auf und rennt den Quai hinunter. Die Tasche wippt an seiner Seite wie ein verrückt gewordener Hase. Antonio verschwindet im Dunkel.

Moheb geht am Geländer des Quais entlang. Auf der anderen Hafenseite liegt das Bains des Pâquis. Und jetzt, als er mit dieser anderen Tasche unterwegs ist Richtung Pont du Mont-Blanc, überrascht ihn dieser Blick auf den Ort, wo er eben einem jungen Saunabesucherpaar die Kleider gestohlen hat. Irgendwo frieren die beiden jetzt, und ihre Kleider sind unterwegs an einen Ort, den er selbst nicht kennt. Erst jetzt, in diesem Augenblick, in dem er an das nackte Paar denkt, wird ihm bewusst, dass die Tasche jedesmal weitergereicht wird, dass sie in einen Kreislauf gebunden ist, von dem er so überhaupt keine Ahnung hat, dass es ihm nicht einmal in den Sinn gekommen ist, ihn sich je vorzustellen. Natürlich weiss er, dass er für jemanden arbeitet, aber er wird absichtlich im Unwissen gehalten. Für wen er tätig ist, weiss er nicht. Für ihn existierte die Tasche bisher immer nur in dem Augenblick, in dem er sie aus der Toilette holte. Und kaum hatte er sie im Café du Rond Point dem Spanier übergeben, vergass er sie sofort und dachte auch nicht an das nächste Mal. Die Vorstellung, dass sich jedesmal unvorstellbare Geldbeträge in der Tasche befanden, ist so abstrakt wie die Vorstellung, dass seine zwei Brüder nicht mehr leben sollen. Er hat zuerst in der Zeitung von dem Massaker gelesen, dann hat sein Onkel bei Ahmed angerufen und es ihm gesagt. Er hat nicht gesagt, wie sie es gemacht haben, aber er hat zur Genüge durch Freunde und Verwandte von den aufgeschlitzten Kehlen gehört, ganz zu schweigen von allen anderen Greueltaten. Er versucht, sich vorzustellen, wie er ein Messer nimmt und die Kehle einer Frau durchschneidet, oder diejenige eines Kindes, wie er die Klinge in diese weiche, warme Körperstelle hineinstösst, sie aufreisst, dabei das warme Blut auf den Händen zu spüren, den erstickenden Schrei in den Ohren, ein Orkan, Disteln in den Augen, ein Gewitter im Gehirn.

»Alles tat weh, sag ich Ihnen, vom Scheitel bis zur kleinen Zehe, eine Grippe, wie ich sie noch nie erlebt hatte, drei ganze Wochen lag ich im Bett, sogar die Haare schmerzten! Können Sie sich das vorstellen? Nein? Sehen Sie, das sind die wirklichen Erfahrungen des Lebens, da lernt man sich erst so richtig kennen!«

Ali redet so laut, dass eine ganze Gruppe sich nach ihm umdreht und ihm zuhört. Einige lächeln, andere verziehen demonstrativ verärgert ihr Gesicht. Sie steht drüben und spricht mit Freunden, alles junge Leute, unwichtig für das, was er vorhat. Das Reden überbrückt Zeit, die Zeit, die er benötigt, um den dürren Zweig in die richtige Lage zu bringen. Cécile war genauso. Es hatte mehrere Wochen gedauert, bis er sie soweit hatte, dass sie aufgab. Inzwischen ist er geübter, hat dazugelernt, seine orientalische Unsicherheit dem Westen gegenüber und gegenüber blondem Haar verloren. Er muss nicht mehr prahlen, er kann es gelassener nehmen, weil er sicherer ist. Er weiss in welcher Situation sein Charme am besten wirkt. Mit Cécile damals hatte er sich mehrmals vertan, war zu impulsiv, oder dann wieder zu ignorant, so als würde er sich überhaupt nichts aus ihr machen. Er musste erst das Mittelmass finden, das die europäischen Frauen brauchen, um sich vorzuwagen. Sie sind wie hartschalige Meerestiere, die sich nur öffnen, wenn sie sich in Sicherheit wiegen. Wer sich zu schnell und zu impulsiv nähert, dem verschliessen sie sich. Aber Lucie ist schon viel zu weit heraus, als dass sie sich noch zurückziehen könnte. Ihr hellblauer Gletscherblick ist bereits ein wenig wässeriger geworden, sie schaut nicht mehr so unbeteiligt herüber, ihrem Blick hängt ein Zögern an, das sie schon sehr bald fallen lassen wird.

Moheb schaut sich um, drückt sich am Geländer des Quais entlang und geht dann über den Pont du Mont-Blanc. Er bewegt sich hastig und spürt die Luft in seinem Rachen, in seiner Kehle, greift mit einer Hand an den Kehlkopf, der schmerzt, er hustet, spuckt Schleim in die Rhonemündung hinunter, spürt das Wippen der Betonplatten unter seinen Füssen, die durch das schnelle Gehen in Schwingung geraten sind, sie wippen in verzögertem Rhythmus und schlagen gegen seine Füsse. Der Geschmack nach Blut in seinem Rachen, Metall auf seiner Zunge, er spuckt, schaut sich nicht um, zieht den Mantelkragen hoch, hält ihn mit der rechten Hand fest umklammert, bleibt stehen, spuckt in die Rhone hinunter und krümmt sich über das Geländer, spuckt und möchte kotzen, möchte Blut kotzen und es kommt nichts als ein kleiner Spritzer seiner Spucke, Spucke auf die zwei tiefdunkel dahinfliessenden Seelen seiner Brüder. Allah wird sie erlösen.

Herbert ist wieder sehr witzig heute. Kaum hat er zwei Gläser getrunken, redet er wie ein Endlosband. Sie hat noch immer nicht herausgefunden, was ihn in seinem Redefluss stoppen könnte. Frauen jedenfalls stimulieren ihn nur noch mehr. Normalerweise geht ihr diese Witzelei auf die Nerven, und es böten sich hier genug Möglichkeiten, dem Redeschwall zu entkommen. Aber diesmal, wo sie ihm entkommen könnte, stellt sie sich unter diesen schützenden Redeschwall wie unter einen Regenschirm. Ali Hassan steht drüben, umzingelt von älteren Damen und Herren und blickt unentwegt herüber. Sie sieht ihn nicht, spürt aber seine Blicke auf ihrer Schulter. Diese verwegene Art, sich ihr aufzudrängen. Das respektlose Frauenbild dieser Macho-Männlichkeit hängt ihr so zum Hals heraus, dass sie am liebsten gehen würde. Eigentlich wusste sie es ja, sie wusste genau, was sie da oben im ersten Stock erwartete, das Schlafzimmer und ein Übergriff. Wäre sie einige Augenblicke länger geblieben, hätte sie nur einen Augenblick lang gezögert, wäre er bestimmt handgreiflich geworden. Der Schlüssel hat innen an der Tür gesteckt, das hat sie gesehen, als sie hinausging. Es wäre ein Leichtes für ihn gewesen, die Schlafzimmertür schnell zu verschliessen und sie zu vergewaltigen, ohne dass sie sich hätte wehren können, wie auch, gegen so eine Masse. Eigentlich müsste man ihm eine auswischen, ihn wirklich in die Klemme bringen, ihn so demütigen, dass er die Frauen für sein Leben fürchtet. Was glaubt der denn eigentlich, wer er ist?

»Sie sind mir noch eine Antwort schuldig.«

Er flüstert beinahe, nah an ihrem Ohr, sie hat ihn nicht herankommen sehen, er steht dicht hinter ihr und schaut in die entgegengesetzte Richtung. Zum ersten Mal, seit er zu Beginn des Abends zur Tür hereingekommen ist mit den Blumen, starrt er sie nicht an, er prostet sogar jemandem zu, lehnt mit seinem schweren Rücken gegen sie, drängt sich beinahe zwischen sie und die Wand, eine Wärme geht von diesem Körper aus, eine Art Strahlung, ein wandelnder Radiator, ein Komet. Dann dreht er sich doch zu ihr um und schaut sie fragend an, hält das Glas hoch und legt den Kopf schräg zur Seite, ein Grinsen geht über sein fleischiges, sonnenverbranntes Gesicht, sein Schnurrbart wirkt irgendwie lustig – wieso lustig? Lucie knickt leicht im Knie ein, und stellt sich mit beiden Beinen auf den Boden, dreht sich schroff um und prostet Ali zu.

»Einverstanden.«

»Grossartig!«

»Wann?«

»Darauf müssen wir anstossen! Kommen Sie, Lucie, ich kenne da ein vorzügliches Getränk.«

Er nimmt sie am Arm und zieht sie quer durch den überfüllten Raum, drängt sich an erstaunten und brüskierten Damen und Herren vorbei, stösst den amerikanischen Botschafter in den Rücken, den Genfer Regierungsrat in die Lende und kippt dem jungen Schweizer Offizier das Rotweinglas über die Bügelfaltenhose.

»Gianni! Gianni, Du hast doch nichts dagegen, wenn ich mal kurz telefoniere, ja? Entschuldigen Sie mich einen Augenblick, Lucie, bin gleich wieder da. Auf Ihr, auf unser Wohl!«

Es erwischt ihm am Kinn, dann an der Schläfe und es ist, als falle er in ein Federbett, der Klang wie von Watte, Knäuel in den Ohren, irgendwie und irgendwoher warm, heiss sogar, eine unerträgliche Hitze, ein Brennen zwischen den Augen, im ganzen Gesicht, Zahnschmerzen, Kiesgeschmack, erdig, feucht, Migräne, der Magen kehrt sich, stülpt sich hinaus, als stülpe sich sein ganzer Körper um wie ein Handschuh, das Gefühl, nach innen gekehrt zu sein, die Unmöglichkeit zu entfliehen, Schläge auf den Kopf wie durch einen Kartoffelsack, Schläge von Stiefeln, von Schlagstöcken, er weiss es nicht. Sein Name: Moheb, geboren am 11. Mai 1963 in Algier, ledig, zwei tote Brüder, die selbstgebaute Gitarre liegt bei Ahmed im Schrank, er müsste sie holen und in Sicherheit bringen, was wird Mutter dazu sagen, wenn er so nach Hause kommt, mit Sand zwischen den Zähnen, europäischem Dreck, die Schläge haben aufgehört. Drei Gestalten stehen über ihm, er sieht sie unscharf, leicht verschwommen, hört sie etwas rufen, brüllen, kann nichts verstehen, versteht diese Sprache nicht, er weiss nicht, wer es ist. Die Taschenattrappe hat genau bis auf die andere Seite der Brücke ihr Geheimnis gehalten. Hier hat sie ihn eingeholt, und erst jetzt spürt er den harten Griff an seinem Bauch, das kalte Eisen am Ende, das feuchte Hemd, die warme Flüssigkeit, die durch den Stoff dringt und an seinen Händen kleben bleibt, der Geschmack nach Blut, seinem Blut, seinem eigenen, das durch die Öffnung, die das Messer in seinen Bauch geschnitten hat, herausläuft, als würde es ihn verlassen wie ein untreuer Freund. Das Blut fliesst über den Asphalt, an seiner Wange vorbei, sein eigenes Blut, das ihn an der Schläfe kitzelt, er greift mit der linken Hand in seine Haare, die in seinem Gesicht kleben, greift an seine Kehle und sucht nach dem Schnitt, warum nicht die Kehle, sie haben die Kehle vergessen, greift den Kehlkopf ab und presst seine Finger darauf, greift den harten Knorpel und quetscht ihn mit ganzer Kraft, zerquetscht den Kehlkopf zwischen seinen Fingern, das feine knirschende Knacken, als öffne er eine Auster, das Zucken des noch lebenden Fleisches, der hellglänzende Schein der Perlmutter darunter, die Finsternis in der Tiefe des Meeres, die plötzliche Stille -

Der Körper klatscht auf das Wasser, Wellen breiten sich kreisförmig aus bis zum Ufer, der tote Körper ist im nachtschwarzen Fluss abgesunken. Schritte verschwinden hastig über den Pont du Mont-Blanc in der Nacht. Blut rinnt noch langsam über den Asphalt, tropft in langen Abständen in die Rhone hinunter und hinterlässt auf dem Wasser, wie zur Erinnerung, kleine, sich ausbreitende Kreise, die der Fluss mit sich fortträgt.

Schweizer Radio, Nachrichten.

Der Moderator spricht mit schwerem Akzent Hochdeutsch, gibt sich Mühe, die Nachrichten in korrektem Deutsch wiederzugeben.

»Jetz mach doch endlich diä Chiste uus!«

Der Beifahrer dreht das Autoradio aus, sieht durch die Windschutzscheibe eines Porsches über den Platz vor dem Hotel des Bergues.

Die schwarze Tasche verlässt das Amphitryon. Ein kleiner dicker Runder trägt sie zum Porsche hinüber, die Waden der Begleitdame tänzeln darum herum, Autotüren springen auf, sie steigt ein und der niedere Wagen rast zwischen den Häusern davon.

Ein verbeulter Opel folgt dem Porsche die enge Rue de Winkelried hinauf, um Ecken und über Kreuzungen herum. Chigo hält die schwarze Ledertasche vor sich auf den Knien.

»Bleib dran, verdammt!«

Der Opel fährt dicht hinter dem Porsche auf die vierspurige Brücke Pont de la Coulouvrenière und bleibt in leichter Entfernung stehen.

Von der anderen Seite fährt ein Jaguar auf die Brücke, sehr langsam, macht das Licht aus. Am Porsche geht ebenfalls das Licht aus.

»Jetz!«

»Was jetz?«

»Gang scho!«

»Wieso iiich?«

»Ich mues fahre, du Schoofschopf! Was meinsch denn eigentlich, du wirsch zallt fürs Umehocke, los, gang scho!«

Der Beifahrer steigt widerwillig aus dem Porsche. Er hat die Tasche vergessen. Der Fahrer klopft an die Scheibe, nimmt die Tasche vom Rücksitz und reicht sie ihm hinaus.

»Und kä Faxe, vestande!«

»Heb Tschnorre!«

Der Beifahrer knallt die Tür zu.

Der Fahrer macht das Radio wieder an. Aus dem Radio dröhnt Appenzeller Handorgelmusik. Durch die Windschutzscheibe beobachtet er die Szene. Aus dem Auto gegenüber ist ebenfalls jemand ausgestiegen. Die beiden gehen langsam aufeinander zu. Von hinten nähert sich Chigo, schiesst.

»Gopferdelli! Diä händ us versecklet, die Seckelsiechä, die händ üs versecklet!!«

Der Fahrer tritt aufs Gas und fährt mit vollem Tempo rückwärts davon. Der Jaguar und sein Komplize sind bereits weg.

Chigo steht vor dem Beifahrer, der tot am Boden liegt. Er packt die schwarze Tasche, wirft die seine hin und rennt zum Opel zurück. Sie rasen davon. Chigo durchsucht sofort den Inhalt der Tasche und findet nichts als Kleider.

»C'est pas vrais! C'est pas vrais! MERDE!!!!!!!«

Verärgert zieht er den Verschluss der Tasche wieder zu, reisst die Tür auf und wirft die Tasche hinaus.

Leo kauert starr vor Schreck nah an der Wand des Bankgebäudes. Ein Gebüsch gibt ihm Deckung. Vor ihm liegt ein dunkles Paket. Die Schüsse und das Aufheulen der Motoren haben ihn aus seinen Gedanken gerissen, aber sehen kann er ausser dem dunklen Haufen noch immer nichts. Das Heulen des davonrasenden Autos verklingt in der Ferne. Dann Grabesstille. Er zittert und wartet. Als eine ganze Weile nichts mehr passiert, löst er sich zögernd von der Wand des Gebäudes, kriecht durch das Gebüsch und sieht die schwarze Tasche am Strassenrand liegen. Er schaut sich um, die Strasse ist leer. Oben auf der Brücke niemand. Die Ballustrade versperrt ihm zwar die Sicht auf die Fahrbahn, aber es tut sich nichts mehr. Vorsichtig greift er nach der Tasche, zieht am Reissverschluss, findet Kleider. Er überlegt eine Sekunde, dann beginnt er hastig, die Kleider zu wechseln, zieht die Hose und das Hemd an, das er darin findet, schlüpft in die Daunenjacke und stopft seinen Anzug, das Hemd und die Krawatte in die Tasche. Wirft das

Bündel in das Gebüsch und hockt sich wieder an seinen Platz. Oben am Fenster flackert noch immer dieses blaue Licht.

»Ja ›Herr Vater‹, natürlich, aber sicher, es wird alles bereit sein.«

Sie legt den Hörer auf. Ihr Haar ist durcheinander, die Augen schmerzen im Licht, es ist zwei Uhr nachts. Sie legt das Telefon auf das Tischchen neben dem Kanapee und geht in die Küche zurück. Ihr Bett steht zerwühlt mitten im Raum, die Decken sind noch warm. Sie faltet sie sorgfältig zusammen und stopft sie in den schwarzen Plastiksack, der normalerweise für Abfall benützt wird, klappt das dünne Bett zusammen und trägt alles auf den Balkon hinaus. Die kühle, frische Luft schneidet ihr eine Sekunde lang den Atem ab, sie friert und reibt sich die Arme. Auf dem Parkplatz ist es still, eine Laterne leuchtet über den Autodächern, die Regentropfen glitzern auf dem Lack. In der Dunkelheit sind die Konturen der Bäume des Parc Bertrand zu sehen. Juanita mag die Aussicht von diesem Balkon aus. Fünfter Stock. Unter, über und neben ihr wachsen zierliche Zimmerpflanzen, einfach so in Töpfen, keine Kräuter, kein Gemüse, Blumen zur Verschönerung der Hausfassade. Das fahle Licht der Strassenlaterne lässt die Pflanzen leicht gräulich erscheinen, kränklich, unwirklich, wie aus Plastik. Sie stopft den schwarzen Sack mit ihrer Bettwäsche zwischen das Klappbett und die Betonbalustrade des Balkons. Eine Sekunde lang schaut sie auf ihr Hab und Gut – ein Koffer liegt unter dem Bettgestell, darin Kleider, einige wenige persönliche Dinge, zwei Fotos, eines von Albert mit ihren beiden Kindern Marco und Julia, eines von ihrer Mutter, eine silberne Halskette, die Albert ihr geschenkt hat, das war vor zwei Jahren, als sie zum ersten Mal ihre Familie in Manila für ein paar Tage besuchen durfte –

sie wirft einen letzten Blick über den Parkplatz, auf dem sich immer noch nichts tut, nächtliche, laternenbeschienene Stille, sie verschwindet in der Küche.

Die Küche ist so gross wie ihre gesamte Wohnung in Manila, in der sie und Albert mit ihren beiden Kindern wohnten. Aber dieser Raum ist von einem riesigen Tisch und vier Stühlen so verstellt, dass ihr kaum genug Platz für das Klappbett bleibt. Das ist auch der Grund, weshalb sie es zum Arbeiten jeden Morgen auf den Balkon hinausstellen muss. Sie reisst die Schublade auf und legt Besteck bereit, ein grosses Tablett, öffnet den Kühlschrank, legt Trockenfleisch und verschiedene Käsesorten auf ein Brett, schmückt die Platte mit eingelegten Maiskölbchen, kleinen Champignons und winzigen Tomaten. Schneidet Brot auf. Richtet den Eiskessel für den Champagner. Das Eis knackt im Wasser, das sie darübergiesst. Alles mit routinierten, flinken Bewegungen. Die Müdigkeit begleitet sie dabei wie ein einfühlsamer Freund. Alberts warme starke Brust, seine rauhen, von den verschiedenen Gelegenheitsjobs rissig gewordenen Hände, sein kratzendes Kinn an ihrer Wange. Dass der »Herr Vater« eine Dame mitbringen wird, ist so sicher wie der Sonnenaufgang in wenigen Stunden.

Chigo haut die Faust auf das Armaturenbrett und fingert dann nach einer Zigarette.

»Scheisse! Verdammte Scheisse!«

Vilo kaut an seinen Fingernägeln und rutscht auf dem Rücksitz hin und her.

»Dieses Arschloch hat uns geleimt!«

Ruedi klammert sich am Steuerrad seines Opel fest.

»Ein richtiges Arschloch!«

»Jetzt sind wir die Angeschmierten! Wenn wir das Geld nicht bringen, können wir was erleben!«

»Wieso haben wir nicht früher eingegriffen!«

»Das kann nur er selbst gewesen sein!«

»Avenue Peschier.«

»Das ist die einzige Lösung!«

»Wenn schon kein Rubel rollt, dann wenigstens sein Kopf!«

»Couillo wird seine helle Freunde haben!«

»Los, gib Gas!«

Der verbeulte Opel jagt durch die stille Nacht, über den Pont du Mont-Blanc, über Markierungsstreifen und Rotlichter hinweg.

Der Schlüssel dreht zweimal, das Holz der Mahagonitür schimmert leicht im Licht, das von der Küche bis in die Eingangshalle dringt. Die Messingtürfalle bewegt sich, das grelle Neonlicht überflutet den Raum, zwei schemenhafte Körper, Lacher, der Griff an den Schalter, der Glasperlenleuchter glitzert und funkelt an der Decke, die Tür fällt ins Schloss.

»Darf ich?«

Juanita stellt zwei Champagnergläser auf einem kleinen Tablett bereit und wartet, bis sie gerufen wird.

»Juanita!«

Sie eilt in den Vorraum und verneigt sich höflich, nimmt »Herrn Vater« sein Jackett und den Mantel der Dame ab und verschwindet damit in der Garderobe.

»Bitte, Lucie, gehen Sie nur voraus, fühlen Sie sich wie zu Hause.«

Das Parfum kennt sie, es scheint Mode zu sein unter den Damen dieser Stadt. Bestimmt eines der teuersten. Sie hängt den Mantel an die Stange und fährt mit der rechten Hand leicht über den Pelz am Kragen, geht dann sofort zurück in die Küche und hört »Herrn Vater« deutlich sagen, was er in diesem Augenblick jedesmal sagt:

»Darf ich Ihnen etwas anbieten?«

Die Stimme der Dame ist zaghaft, kaum hörbar, und Juanita weiss nicht recht, ob sie jetzt das Tablett nehmen und mit den Gläsern hinauseilen soll, oder ob die Dame etwas anderes wünscht.

»Juanita!«

»Herr Vater« steht bereits im Türrahmen der Küche und schaut sie böse an. Das Tablett mit den Gläsern bebt in ihren Händen, Juanita steht da wie versteinert.

»Juanita, was ist los? Wo bleiben die Gläser? Und wo ist der Champagner? Und was ist mit diesem Kissen da?«

Am Boden liegt tatsächlich ihr Kopfkissen. Wie hat sie es vergessen können! Er wird es ihr wegnehmen. Sie stellt das Tablett auf die Anrichte und reisst es an sich.

»Wie oft habe ich Dir gesagt, du sollst Deine Sachen wegräumen, wenn wir Gäste haben. Und was ist mit dem Imbiss? Gibt es auch Spargel? Warum hast Du keine Spargel dazugelegt? Wir haben doch sonst immer Spargel auf dem Tablett, hast du das vergessen? Lass jetzt das Kissen. Sei so lieb und bring uns den Champagner, ja? Danach den Imbiss und wenn du fertig bist, mach das Licht aus, verstanden?«

»Herr Vater« greift nach dem Tablett mit den Gläsern und verschwindet im Wohnzimmer.

»Voooooilàààààà!«

Seine Stimme ist so durchdringend, dass sein Ausruf bis in die umliegenden Wohnungen zu hören sein muss. Und jetzt ist da auch die Stimme der Dame.

»Ooooh! Was für eine gute Idee!«

Juanita greift nach dem Eiskessel mit der Champagnerflasche und folgt »Herrn Vater« ins Wohnzimmer. Sanftes Licht vom Boden her, eine leise, leichte Musik swingt in der Luft, die Dame sitzt mit übergeschlagenem Bein im Polstersessel, ihre Knie glänzen nackt vor dem knappen Minirock, die Fingernägel leuchten rot und spitz in den ineinander gefalteten Händen. Sie stellt den Kessel auf den Salontisch und verneigt sich höflich, geht zwei Schritte rückwärts und huscht flink in die Küche zurück. Die Tür bleibt einen Spalt breit offen, und während sie im Kühlschrank nach einer Büchse Spargel sucht, sie findet und hastig öffnet, knallt draussen der Korken, erheben sich die beiden Stimmen, das Geräusch der schäumenden Flüssigkeit, die Gläser klingen.

»Santé!«

»Santé Monsieur Hassan!«

»Nennen Sie mich Ali.«

»Also, santé Monsieur Ali!«

Die Büchse ist offen und in ungeheurer Geschwindigkeit sind die weichen, gelben Stengel rund um das Fleisch und den Käse verteilt. Sie greift nach dem Tablett, nach dem Brot und tritt damit ins Wohnzimmer. Die Dame steht jetzt am Fenster, Ali sitzt eingefallen auf dem Kanapee, nippt an seinem Glas wie er das immer tut, wenn sie das Tablett bringt. Sie sind ein eingespieltes Paar, eine erprobte Dramaturgie. Sie legt das Tablett auf den Tisch, das Brot daneben, verneigt sich höflich, macht zwei Schritte rückwärts und eilt lautlos in die Küche zurück.

»Die Aussicht muss wunderbar sein.«

»Und wie, besser können Sie in Genf gar nicht wohnen, wenn Sie von der Stadt etwas sehen wollen.«

»Sieht man tagsüber den See?«

»Den See?«

»Das muss schön sein, von seiner Wohnung aus über den See schauen zu können, die Segelschiffe sonntags und so …«

»Aber natürlich, sehen Sie die Lichter da unten, das ist der Hafen und dort drüben, das sind die Gebäude der UNO und der internationalen Organisationen. Ihr Büro, sehen Sie es? Aber essen Sie, bedienen Sie sich!«

»Ich habe bei den Delacroix' soviel gegessen, danke.«

»Aber Lucie, keine Hemmungen, greifen Sie zu!«

Dass es Pausen gibt, kommt vor. Juanita macht das Licht aus, wie »Herr Vater« es wünscht, kauert sich neben der Tür nieder, obwohl sie weiss, dass es gefährlich ist, sich an dieser Stelle aufzuhalten. Er kann jederzeit in die Küche treten und sie beim Lauschen überraschen. Vorgekommen ist es noch nie. Im aller äussersten Fall ruft er sie, aber normalerweise ist ihre Arbeit für diesen Abend getan, bis das formelle Vorspiel vorüber ist und die beiden im Schlafzimmer verschwinden. Das Schliessen der Schlafzimmertür ist das Zeichen für sie, das Wohnzimmer wieder in Ordnung zu bringen. Dass er es mit einer Dame im Wohnzimmer treibt, ist noch nie vorgekommen, das ist nicht sein Stil, er mag die, wenn auch private, Öffentlichkeit dieses Raumes nicht, und irgendwie amüsiert sie diese Biederkeit ein wenig, die sie an ihrem Vorgesetzten entdeckt hat. Sie gibt ihr in gewisser Weise ein Gefühl der Überlegenheit.

Die Ruhe ist verdächtig, Juanita geht näher an die nur angelehnte Tür und sieht einen kleinen Ausschnitt des Wohnzimmers. »Herr Vater« sitzt auf einem Stuhl am

Fenster, die Dame geht zweimal hin und her, »Herr Vater« verfolgt sie mit finsteren Blicken, dann wird die Musik lauter, Omme Kalsoum singt. Juanita kennt die CD, diese betörende Stimme, das orgiastische Orchester und die fast orgasmischen Begeisterungsstürme des Publikums dieser Live-Aufnahme, die Lieblings-CD von »Herrn Vater«, tausendfach gespielt, tausendfach betanzt in diesem Wohnzimmer von jungen bezaubernden Damen. »Herr Vater« nippt an seinem Champagnerglas, die Dame tanzt barfuss auf dem niederen Salontisch, sie wiegt sich zur Musik, versucht eine Bauchtänzerin nachzuahmen, zieht wie unbemerkt an einer Seite ihrer Bluse, zieht sie ganz über die Schulter und streift sie über die Arme weg, lässt sie auf den Boden fallen, verschwindet aus Juanitas Blickfeld, »Herr Vater« sitzt starr und schweigsam, das Glas in der Hand. Juanita knickt der Arm ein, auf den sie sich gestützt hat und ihre Schulter berührt die Tür, die Tür stösst kurz aber lautlos gegen den isolierten Rahmen und öffnet sich sofort wieder. Der Spalt ist jetzt weiter, und Juanita kann die Dame auf dem Salontisch sehen. Sie streift ihren Rock ab und bewegt ihren Bauch in angestrengter Künstlichkeit. Von draussen hört sie das Geräusch eines parkenden Autos, die Küchentür zum Balkon steht offen, das sieht sie jetzt, sie hat vergessen, sie zu schliessen. Ihre Glieder sind wie gelähmt, und ihr Blick klebt an der inzwischen beinahe nackten Dame auf dem Tisch, den wellenartigen Bewegungen, die sie durch den ganzen Körper fliessen lässt, den langen, schlanken Gliedern. Das blonde Haar wirft sie mehrere Male um ihre Schulter und lässt es über ihrem Gesicht herunterhängen, greift mit der Zunge nach einer Strähne, fährt sich jetzt mit der linken Hand den Oberschenkel hoch zwischen die Beine, »Herr Vater« rührt sich nicht, draussen knallen Autotüren, Schritte bewegen sich über den Platz, *Um diese Zeit!* die junge Dame bemerkt nicht, dass sie einen Fehler begeht, dass sie sich täuscht, dass sie »Herrn Vater« vor den Kopf stösst, ihre Hände greifen an der Seite an den Slip und ziehen ihn provozierend in die Höhe, dann an den Schenkeln hinunter, ihre Hände fassen die bleichen Brüste und reiben die hellroten Brustwarzen, ihre Finger streichen über die Zunge und benetzen die Brüste, die Oberschenkel, Juanita zieht ihren Kopf zurück, kriecht rückwärts von der Tür weg, als müsste sie in Deckung gehen und bewegt sich dann vorsichtig bis zur Balkontür. Etwas frische Luft tut gut. Am liebsten würde sie die Nacht auf dem Balkon verbringen, was geht es sie an, was die beiden miteinander treiben, sie will es auch gar nicht wissen. Die Dunkelheit macht sie müde, sie darf nicht schlafen, wenn »Herr Vater« sie ruft, darf sie nicht schlafen, sie muss wachen, bis alles vorüber ist.

»Zieh Dich sofort an!«

»Herrn Vaters« Stimme schreckt sie auf. Sie kennt diesen Ton und dass er es auf Arabisch gesagt hat, bedeutet nur, dass er es sehr ernst und böse meint. Juanita huscht an die Tür. Die Dame kniet vor ihm, greift sich verwirrt ins Haar, dann schmiegt sie ihren Kopf an seine Schenkel, »Herr Vater« fährt hoch und brüllt noch einmal, diesmal auf Englisch:

»Zieh dich sofort an! Bedeck dich, schnell, hast du verstanden!«

Die junge Dame ist so irritiert, dass sie wie erstarrt vor dem leeren Stuhl knien bleibt und sich nur die Arme über die Brüste legt, so als wäre ihr plötzlich kalt geworden. »Herr Vater« geht nervös im Wohnzimmer hin und her, stellt das Glas auf den Tisch und sammelt ihre Kleider ein, die über den Boden verstreut sind, wirft sie der Dame über den Kopf.

»Zieh dich an, habe ich gesagt!«

Wahrscheinlich bemerkt er nicht, dass er Arabisch redet. Die Dame versteht nicht, was er eben gesagt hat, aber sie weiss, was sie tun soll. Sie steht langsam auf. »Herr Vater« greift in die Hosentasche und zieht ein Bündel Geldscheine heraus, wirft es auf den Boden und stellt sich ans Fenster, wieder spricht er Arabisch.

»Geh! Geh!«

Die Dame langt nach ihren Kleidern. »Herr Vater« verschwindet im Schlafzimmer. Die Dame ist plötzlich ganz flink im Anziehen, streift sich die Stöckelschuhe über und greift nach ihrer Handtasche. Vor dem Bündel Geldscheine bleibt sie einen Augenblick stehen. Sie zögert, schaut sich das Bündel an, schaut sich um und starrt dann wieder auf das Geld, schliesslich packt sie es, steckt es in ihre Handtasche und rennt zur Tür, reisst sie auf und verschwindet. Das Knallen der Mahagonitür hallt durch das ganze Haus. Die plötzliche Stille paralysiert Juanita vollständig, wie hypnotisiert starrt sie durch den Spalt ins Wohnzimmer hinaus. Das Klirren hört sie gar nicht richtig, als wäre das Geräusch weit weg, als klirre es in einem Tagtraum, ein Geräusch, das nicht zu dieser Wirklichkeit gehört.

Die grossen, dunklen Männer trampeln wie Nilpferde durch das Wohnzimmer und werfen über den Haufen, was ihnen in die Quere kommt.

»Wo isch die Chole, du Arschloch!«

»Wo steckst du, Araber!«

Drei der Männer beginnen Schränke und Schubladen aufzureissen, zwei andere stürmen die Türen, Juanita springt mit einem Satz durch die Küche auf den Balkon hinaus und vergräbt sich hinter ihrer Bettwäsche, legt sich ganz flach unter den schwarzen Sack und spürt den kalten Beton an ihrem Bauch, ganz dumpf hört sie den Lärm, das Brüllen und Toben, das Krachen der Möbel, das Klirren der Scheiben, sie drückt die Hände auf die Ohren und schliesst die Augen, *Gott möge mir beistehen, Gott vergib mir und meinen Kindern, Gott erlöse uns von den Bösen und mache mich unsichtbar*

Die Welt ist ein wassergefüllter Ballon, der jeden Augenblick platzen kann. Sein Kopf schmerzt, seine Nase blutet und versaut ihm sein Hemd, er stützt sich mit der rechten Hand am Bettrand auf, dann helfen ihm zwei Arme von hinten, eine Faust trifft ihn mitten in den Bauch, er sackt zusammen und krümmt sich vor Schmerz, dann ein Hieb zwischen die Beine, was alle andern Schmerzen mit einem einzigen Stich auslöscht, eine Explosion zerreisst ihm den Unterleib, jagt bis in den Nacken hinauf, die Männer brüllen etwas, schreien ihn an, aber der Schmerz übertönt ihre Stimmen, der Schmerz in seinem Unterleib ist unendlich viel stärker als die Stimmen an seinem Ohr. Sie reissen Möbel um. Die Arme unter seinen Achseln schleifen ihn ins Wohnzimmer hinaus, die Polstersessel sind aufgeschlitzt, alle Schränke ausgeräumt, Geschirr zerschlagen, das Brüllen an seinem Ohr hört nicht auf, wird lauter. Die Arme sind nach hinten gebunden, er sitzt auf einem Stuhl, das ist alles, was er versteht, die Welt ist ein wassergefüllter Ballon, jede Sekunde kann er platzen …

Was tut er sich an? Dieser Lärm und dann sind da die Stimmen. Lucie steht vor dem Lift und dreht sich vorsichtig um. Die Geräusche kommen eindeutig aus Alis Wohnung. Die Lifttür geht auf, sie betrachtet sich im Spiegel an der Rückwand des Liftes. Sie hat das Geld genommen. Es lag auf dem Boden. Er hat es ihr hingeworfen. Dass er so schnell kapitulieren würde, damit hat sie nicht gerechnet. Eigentlich war es richtig enttäuschend. Mehr Spannung, mehr Risiko hatte sie sich schon vorgestellt. Eigentlich suchte sie die Gefahr, sie wollte das Abenteuer, sie wollte die Bedrohung der Vergewaltigung einmal aus nächster Nähe spüren, um ihn dann in letzter Sekunde selbst zu überwältigen. Statt dessen nichts als Peinlichkeiten und Beschämung. Einen Mann in seiner innersten Scham zu sehen, hat etwas Unangenehmes, beinahe etwas Hässliches. Noch kaum ist ihr ein Mann so hässlich erschienen wie dieser in die Jahre gekommene Angeber. Je mehr sie sich vor ihm entblösste, desto nackter wirkte er in seiner Verlegenheit, um so hässlicher wirkte er in seiner Nacktheit. Und jetzt tobt er in seiner Wut. Aber da sind auch Stimmen, fremde Stimmen, Männerstimmen, die in diesem Lärm brüllen und schreien.

Lucie geht zur Wohnungstür zurück. Es sind vier Türen auf jedem Stockwerk, Alis Tür ist ganz hinten an der Ecke. Sie steht nah am Eingang zur Wohnung und hört den Lärm, das Krachen und Scheppern. Sie drückt die Türklinke hinunter ohne zu überlegen. Es ist wie ein Instinkt, so wie sie eben gerade nach dem Geld gelangt hat, drückt sie jetzt die Klinke hinunter und versetzt der Tür einen Stoss. Eine Hand packt sie am Arm und reisst sie in die Wohnung. Mehrere Hände greifen nach ihr, jemand drückt ihren Kopf nach hinten, ihr Genick kracht, sie will schreien, aber ihr Schrei wird erstickt von einem dicken, stinkenden Tuch, das ihr jemand auf den Mund presst. Ihre Arme schmerzen verdreht auf dem Rücken, ein Schmerz im Genick. *Das Geld, das Geld, sie wollte es gar nicht nehmen, er kann es wiederhaben, es ist in ihrer Handtasche, er kann es wiederhaben, es gehört ihr nicht!*

Juanita kriecht hinter das Klappbett, drückt sich an die Balustrade des Balkons und hört das Scheppern der Pfannen und Töpfe, das Klirren des zerspringenden Geschirrs, die Rufe, die von der Küche her herausdringen, lauter werden, das wilde Brüllen, fremde Stimmen, sie legt sich wieder flach auf den Boden, drückt die Ohren zu, hält die Luft an, spürt die Decke auf ihren Rücken fallen, die Stimme schimpft vor sich hin, dann wird es still auf dem Balkon. Juanita bleibt liegen wo sie ist, sie hört noch ein paar Worte der fremden Stimmen, dann geht die Tür, das leichte dumpfe Einschnappen des Schlosses, das sie kennt. Sie bleibt starr liegen, ihre Knochen schmerzen, es ist kalt, aber der Schreck sitzt wie gefrorenes Eis in ihren Gliedern. Sie lebt, sie liegt auf dem Beton des Balkons und lebt, atmet. Erst jetzt bemerkt sie, wie heftig sie atmet, als wäre sie eben um ihr Leben gerannt, ihr Herz rast, sie spürt, wie das Blut durch ihre Venen jagt, die Fingerspitzen brennen, sie kann sie bewegen, sie kann die ganze Hand bewegen und die andere auch. Die Stimmen erschrecken sie noch einmal. Diesmal kommen sie von unten, vom Parkplatz her. Sie schiebt die Decke von ihrem Gesicht weg und kann durch die Luke an der Betonbalustrade auf den Parkplatz hinunterschauen. Drei Männer gehen über den Platz. In der Mitte zerren sie die Dame mit sich fort. Sie wirkt erschöpft, lässt den Kopf hängen. Zwei der drei Männer stützen sie unter den Achseln, die Dame macht gar keine Schritte, die zwei Männer schleifen sie über den Platz und laden sie auf den Rücksitz eines Autos. Dann steigen alle ein, der Motor heult auf und das Auto rast über den Platz davon. Juanita bleibt liegen, bis das Auto nicht mehr zu hören ist. Die Stille der Nacht senkt sich über die Stadt wie eine Daunendecke. Als ob nichts gewesen wäre. Juanita kriecht zur Balkontür, kauert an der Schwelle nieder. Ihre Sachen liegen verstreut durcheinander, der ganze Koffer wurde auseinandergerissen. Sie wühlt darin und findet das Foto von Albert mit ihren beiden Kindern, steckt es in den Halsausschnitt ihrer Bluse und geht dann durch die Küche. Der Boden ist eine Wüste von Glas und Keramiksplittern. Vorsichtig setzt sie einen Fuss vor den andern. Jeder Schritt verursacht ein Knirschen und Klirren, sie hält inne, geht dann weiter. Die Tür steht offen, in der Eingangshalle sitzt »Herr Vater« mit hängendem Kopf auf einem Stuhl. Blut fliesst über den Boden, von seinen Beinen tropft es herunter. Sie geht schnell zu ihm hin, will ihn ansprechen, zögert aber und geht um ihn herum. Das Blut fliesst von seinem Hals herunter. Juanita schreit, wirft sich aber sofort die Hand auf den Mund und erstickt den Schrei. Sie weicht rückwärts über das herumliegende Gerümpel aus. Die Wohnung gleicht dem Smoky-Mountain in Manila, die verwüstete Wohnung verfliesst mit dem Bild, als Albert auf dem Smoky-Mountain zu arbeiten anfing, als sie ihn von dort wegholen wollte, vom Müllberg, auf den Lastwagen Tonnen von Schutt, Dreck und Abfälle der Reichen auskippen. Wie Hyänen machen sich dann junge und alte Männer über den Müll her und stöbern nach Dingen, die sie wiederverwerten oder verkaufen können. Jetzt wo sie in dieser verwüsteten Wohnung vor ihrem toten Herrn steht, schiesst ihr dieses Bild wieder durch den Kopf. Es war das Ende und sie wusste, dass es nur noch eine Lösung gab, um ihren Kindern ein einigermassen erträgliches Leben zu garantieren. Jetzt wo sie vor diesem Chaos steht, ist ihr, als würde sich ihr Leben wiederholen, als würde die Mühle dasselbe Korn noch einmal mahlen, als würde sie ein zweites Mal sterben.

Das kraftlose Bündel, das gerade eben noch ihr Herr war, sieht traurig aus, bemitleidenswert, das Hemd ist besudelt, sie würde es waschen und wieder in Ordnung bringen, aber sie kann sich jetzt nicht darum kümmern, sie muss sich beeilen, wer sonst ausser ihr wird für den Tod ihres Herrn und für dieses Chaos zur Verantwortung gezogen werden? Wie leicht sich die Tür öffnen lässt, ganz ohne Mühe.

Dann reisst sie ihren Blick weg und rennt. Der Lift steht bereit wie gerufen. Sie stellt sich in den kleinen engen Raum und drückt auf *0*. Die Schiebetür schneidet sie aus diesem Albtraum heraus.

Im Parterre springt die grosse, gläserne Eingangstür auf. Ein junger, aufgeregter Mann stürmt in die hell beleuchtete Halle. Er keucht und hustet, er hat gegeben, was er konnte, schneller war nicht möglich. Er geht zum Lift und drückt nervös auf den Knopf, geht hin und her, drückt noch mal und noch mal, rennt zum Treppenaufgang und nimmt mehrere Tritte gleichzeitig.

Ein Schrei geht durch das Treppenhaus, ein kurzer, rasierklingenscharfer Schrei einer Frau, der im Liftschacht hallt und in den Mauern verklingt.

Der Mann bleibt stehen, der Schweiss rinnt ihm von der Stirn über die Schläfe und über die Nase, er atmet heftig und keucht dabei. Er horcht, es ist still. Das Licht geht aus und er geht weiter Tritt um Tritt die Treppe hoch.

Juanita tritt mit ruhigen Schritten aus dem Lift und nähert sich dem Ausgang. Sie legt eine Hand auf den runden Knauf und zögert eine Sekunde. Dann dreht sie das Schloss um und tritt ins Freie hinaus. Ihre Lungen füllen sich mit der kühlen, frischen Luft. Ihr ist, als hätte sie eben zum ersten Mal richtig eingeatmet. Sie geht schnell zur Seite weg und verschwindet hinter einem Gebüsch.

Verwirrt steht der junge Mann vor der halb offenen Tür. Vielleicht ist er zu spät. Er stösst die Tür leicht auf und lässt den Schock des Anblicks auf sich wirken. Es ist schlimmer, als alles, was er sich vorgestellt hat. Das grelle Licht blendet ihn, dann geht er Schritt für Schritt in die Wohnung hinein, ruft erst vorsichtig, dann lauter *Eliane?* Keine Reaktion. Vor ihm sitzt ein in sich zusammengefallener, gefesselter Mann. Eine grosse Blutlache rund um ihn herum. Er geht auf den gefesselten Mann zu, bleibt stehen, lässt seinen Blick über die schweigende Verwüstung gleiten. Dann geht er an dem Toten vorbei und betritt die anderen Räume. Ruft noch einmal *Eliane!*, dann *Fred!*, findet niemanden. Entsetzt stolpert er über die Verwüstung und greift sich an die Schläfe, reibt sich das Genick. Auf einem Tischchen steht, wie durch ein Wunder unberührt, das Telefon. Schliesslich greift er nach dem Hörer, wählt.

DER ANRUF

GEORG

Das elektronische Surren des Telefons klingt wie ein Warnsignal. Der Pinsel huscht über die Leinwand, hinterlässt faserige Striemen von Königsblau, verschwindet aus dem Bild, kommt mit neuer Farbe zurück, das Blau wird mit nervösen Bewegungen über die Fläche verteilt, der Pinsel verschwindet wieder, fährt von neuem mit einer Ladung Farbe über das Strichgewirr, macht daraus eine farbige Fläche, während das Telefon weiter klingelt. Der Pinsel wedelt so lange hin und her, bis die Striche verschwinden. Die blaue Fläche bekommt Tiefe, wird transparent, leuchtet im Strahl der Spot-Lampe auf. Der Pinsel löst sich von der kleinen Fläche auf der Staffelei. Georg putzt sich mit dem Ärmel den Schweiss von der Oberlippe, steht auf und tritt zwei Schritte zurück. An den Wänden des Raumes stehen andere Monochrome, in allen Farben leuchten Leinwände hinter und übereinander – Wiesengrün, Zitronengelb, Blutrot ... Der Boden ist verkleckert, Farbkübel stehen kreuz und quer im Raum herum, dazwischen Bierdosen, zerknüllte Chips-Hüllen, ein Teller mit alten, eingetrockneten Essensresten, mehrere zerlesene Bücher, aufgetürmt zu einem kleinen Stapel, eine Plastikplane liegt zerfranst auf dem Parkett, die Wände farbbespritzt. Neben dem Türrahmen klingelt das Telefon auf einem Haufen alter Zeitungen. Georg starrt gedankenversunken auf sein taschentuchgrosses Königsblaumonochrom. Das Klingeln schaltet den Anrufbeantworter ein: *Hallo, erschrecken Sie nicht, das ist nur die hochkomplexe, elektronische Telefonansagestimme von Georg Gut dem Bösen, und die Nummer, die Sie gewählt haben, ist vier, zwei, acht, neun, sieben, null, zwei. Sollten Sie das dazugehörige*

Subjekt am Apparat wünschen, so bitte ich um eine Nachricht, nach dem Pfeifton bitte –

Georg kämpft sich zum Anrufbeantworter durch, hämmert nervös auf den Knöpfen herum und redet in den eigenen Ansagetext hinein.

»Hallo? ... Hallo! Bleiben Sie dran! Bleiben Sie dran!«

Der Apparat piepst und schaltet die Aufnahmekassette ein, Georg kann den Apparat nun endlich ausschalten.

»Ja?«

»Georg? Hey, do isch de Fred! Hoi!«

»Hey, Fred! Hoi! Was git's?«

»Hesch's doch nöd öppe vegessä wege hüt obig, oder?«

»Wa?«

»D'Eliane wöt unbedingt, dass du hüt mitchunsch. Träffe mer üs gegä di halbi achti im Remor, o.k.? Du, muesch entschuldige, aber ich han en huere Stress, ich mues no schnell tuschä, also bis denn, gell, tschau!«

»Hey Fred, was isch los? Wärum so ghetzt?«

»Bis nochher, tschau!«

»Ja, denn bis denn, tschau.«

Georg hängt auf und legt den Apparat wieder zwischen Farbkübel und Bierflaschen in den Flur hinaus. Fred ist unverbesserlich und Eliane unausstehlich. Er wird den Abend mit den beiden verbringen müssen, naja, jedenfalls besser, als den ganzen Abend hier in der Wohnung rumzuhocken. Er nimmt einen Schluck aus der Dose und betrachtet sein Gemälde. Plötzlich macht er eine schräg zur Seite hinziehende Kopfbewegung, stellt das Bier auf eine Lautsprecherbox und greift nach dem kleinen Ölbild, hält es eine Sekunde in beiden Händen und schmettert es zu Boden. Dann tritt er mit dem rechten Fuss mehrmals darauf herum, bevor er wieder zur Bierdose greift.

Das Surren kommt aus der Küche. Es geht aus von einem kleinen, schwarzen Motor hinter einem altmodischen Teil aus den Sechzigern. Ein Kühlschranktür wie die Kühlerhaube eines Cadillacs. Das Klicken des Metallgriffs, ein Geruch nach altem Käse, verschimmelter Wurst, ranziger Butter. Das Küchenfenster steht offen, von draussen dringt der Lärm der verkehrsreichsten Stadt der Welt herein, ein fernes Rauschen, ein Geräuschteppich, dem er lauscht, meditativ, hingebungsvoll. Er öffnet den Kühlschrank, gähnt und streicht sich mit der Hand durch die zerfledderten, leicht fettigen Haare. Er wird Einkäufe machen müssen, den Kühlschrank aufstocken, ausser Servelats einmal etwas anderes essen. Salat vielleicht, oder Gemüse. Vielleicht sogar etwas kochen. Die Bilder sollten abgedeckt werden, er sollte sie irgendwo einstellen, versorgen, konservieren, hinter Schloss und Riegel bringen. Oder sie einfach wegschmeissen. Es kommt auf's selbe raus. Wozu behalten, was keiner will. Wozu all diese Museen und Galerien? Diese Müllhalden des intellektuellen Wohlstands. Er drückt die Zigarette in der Untertasse aus, die seit Tagen auf dem Tisch steht und unbemerkt zu einem Aschenbecher geworden ist. Er reisst die Plastikhaut auf, schält den Servelat von Hand. Sieben Jahre ist er jetzt in Genf und hat sich diese deutschschweizer Eigenart noch immer nicht abgewöhnt. Servelats gehören zu seinen Grundnahrungsmitteln, neben Kaffee, Bier und Spaghetti. Senf gehört dazu. Er macht es nur im Geheimen. Mit dem geschälten Servelat geht er in das von Gerümpel verstellte Wohnzimmer zurück. Die Abendsonne scheint leicht schräg zum Fenster herein. Die Scheiben sind so dreckig, dass sie das Licht in eine grauweisse, durchscheinende Wand verwandelt. Er beisst in die Wurst, geht auf das Fenster zu und hinterlässt dabei mit dem rechten Fuss eine königsblaue Spur. Er öffnet die alte Messinghalterung, lehnt sich über das schmiedeeiserne Geländer am Fenstersims und schwenkt die Wurst im Wind, der durch die unter ihm liegenden Baumwipfel weht. Er trinkt und schaut auf den Verkehr hinunter, die Kreuzung, den Rond-Point de la Jonction, eine der verkehrsreichsten Kreuzungen der ganzen Stadt. Er trinkt den letzten Tropfen Bier und hört das alarmsignalartige Geräusch, drei aufeinander folgende Töne, dann die blecherne Stimme aus dem Lautsprecher an der Bushaltestelle: Durchsage der Leitstelle! *Seit heute nachmittag wird der siebenundachtzigjährige Théodor Dubois vermisst. Er leidet an Orientierungsschwierigkeiten und kann vermutlich den Weg nach Hause nicht mehr finden. Sein Signalement: Circa einszweiundachtzig gross, graumelierte, kurz geschnittene Haare, Schnurrbart, trägt einen graubeigen Anzug, weisses Hemd und Krawatte, braungrüne Augen. Wahrscheinlich hat er eine Aktentasche bei sich. Hinweise richten Sie bitte an unser Betriebspersonal oder direkt an einen der nächsten Polizeiposten. Danke für Ihre Aufmerksamkeit!* Alle paar Tage kommt es vor, dass jemand gesucht wird, dass ein technischer Defekt auftritt, dass eine Linie umgeleitet wird, dass Verzögerungen und Umständlichkeiten auftreten, dass von der Leitstelle um Verständnis gebeten wird. Georgs Wohnung liegt direkt über dem Lautsprecher. Ein Bus fährt vor und die Leute steigen ein und aus, ohne über diese orwellsche Stimme aus dem Nichts zu staunen, als würden sie sich fügen, als liessen sie sich leiten von der sprechenden Obrigkeit, ein Wort, so scheint es, und die Leute steigen alle brav wieder aus, stehen in der Gegend herum, bis die Stimme sie weiterleitet. Jedesmal wenn er diese blecherne Lautsprecherstimme hört, wird er zur Vorstellung orwellscher Szenerien stimuliert, möchte den Draht zurückverfolgen zu seinem Ursprung, möchte sich einschalten in die urbane Vernetzung, einmal an einem Faden ziehen. Er müsste irgendwann eine Arbeit darüber machen, ein Bild vielleicht, oder ein Video, nein, eine Installation, ja, eine Installation mit Glasaugen von verstorbenen Blinden. Er putzt sich die von der Wurst fettig gewordenen Hände an den Hosenbeinen ab, schliesst das Fenster wieder, greift dabei nach einer leeren Bierdose am Boden und wirft sie in den übervollen Kübel. Dann nimmt er die Bierdose noch einmal heraus, zerdrückt sie mit der Rechten, als mache er Muskeltraining, faltet sie einmal zusammen und wirft sie dann auf den Haufen zurück. Im Flur draussen greift er nach seinem Jackett, das am Boden zwischen anderen Mänteln und Jacken liegt, wühlt auf dem Küchentisch zwischen Papier, Zigaretten und Zeitungen nach den Schlüsseln und findet sie in seiner Hosentasche. Dann steigt er über die Farbkübel, die Tür schlägt hinter ihm zu, und im Flur wird es finster wie in einer Höhle.

»Georg kommt auch heute.«

»Muss das sein?«

»Wieso, Georg ist doch ganz in Ordnung, wir waren ja schon öfter mit ihm aus.«

Fred steht in der Badewanne, greift nach dem Badetuch, das an der Stange hängt, reibt sich das aufgeweichte Gesicht, dann den Hintern trocken, stellt einen Fuss auf den Wannenrand und frottiert auch ihn.

Eliane steht am Doppellavabo und kämmt ihre nassen Haare vor dem Spiegel.

»Können wir nicht mal alleine was machen?«

»Wieso, wir waren doch erst gerade am Wochenende zusammen spazieren. Wir können uns doch nicht so eingeln.«

»Aber wieso gerade Georg!?«

»Was hast du denn gegen ihn?«

»Wenn ihr beide zusammen seid, werdet ihr unausstehlich!«

Fred tritt aus der trüben Badewanne heraus und fasst Eliane an die Lende.

»Iiih! Fass mich nicht an mit deinen badewarmen, aufgeweichten Wurstfingern!«

Fred lässt sofort von ihr ab und reibt sich die Haare.

»Einverstanden, Georg hat ziemlich Schwierigkeiten, aus seinem postpubertären Gehabe herauszufinden, lebt immer noch wie ein zwanzigjähriger Student und denkt auch so. Aber was soll's, wieso sollen wir uns deswegen nicht mit ihm treffen? Wir können doch nicht nur unter Unseresgleichen verkehren. Georg bringt uns mit ganz anderen sozialen Schichten in Kontakt, findest du das nicht interessant?«

Eliane macht den Föhn an und lässt ihre Haare im warmen Wind wehen.

Fred zieht den Stöpsel und das trübe Wasser beginnt abzulaufen, fliesst die Röhre hinunter durch den Betonboden und durchquert ein Stockwerk tiefer das Badezimmer eines älteren Herrn, der frisch geduscht gerade mehrere Geldbündel und einen Revolver aus dem Badezimmerschrank hervorholt, beides eine Weile betrachtet, dem Rauschen lauscht und schliesslich von einer feingliedrigen asiatischen Hand ein feinsäuberlich zusammengefaltetes Hemd in Empfang nimmt.

Das Wasser gurgelt im Abfluss, in der gräulichweissen Emailbadewanne entsteht ein kleiner Wirbel rund um dem Messingabguss. Ein letztes, schlürfendes Geräusch. Fred reibt sich Zehen und Lenden trocken, greift im Schrank nach Unterwäsche und stellt sich an das zweite Lavabo neben Eliane, die gerade den Föhn zur Seite legt und mit dem Kamm ein paar Haarsträhnen richtet.

»Was föhnst du dich denn eigentlich?«

»Hast du was dagegen?«

»Deine kurzen Haare trocknen doch auch so.«

»Kümmere du dich lieber um deinen schütteren Ziegenbart. Hast du schon mal an ein Haarwuchsmittel gedacht?«

»Bin ich dir nicht männlich genug?«

Fred spielt mit seinen dünnen Muskeln vor dem Spiegel, bis Eliane reagiert.

»Ach, hör doch auf!«

»Weisst du, wo das ist heute abend?«

»Ich dachte, Du wüsstest es. Du wolltest doch unbedingt auf diese Fete.«

Eliane schneidet eine Grimasse.

»Sicher wieder nur junges Gemüse da, warum müssen wir eigentlich immer auf solche Szenefeten gehen, können wir nicht mal was Anständiges machen?«

»Was denn?«

»Ins Theater zum Beispiel, oder in die neue Oper, die sie vorübergehend in der alten Usine auf der Rhone eingerichtet haben, das muss toll sein! Ist Dir nicht aufgefallen, dass wir seit einiger Zeit immer die Ältesten sind? Und wie die einen immer anstarren. Meinst du, das macht Spass, für eine ihrer Mütter gehalten zu werden?«

»Jetzt mach aber einen Punkt, Georg ist ja auch noch dabei.«

»Gerade der!«

»Was willst du denn in der Oper? Sekt trinken für zehn Franken das Glas und sich mit den Leuten über Krawattenmuster unterhalten?«

»Da trifft man auf jeden Fall interessantere Leute, als in diesen muffigen Kellern voller Revoluzzer-Buben und Girlies. Da sind Leute, die haben etwas erlebt, die haben etwas geleistet, die stecken in ganz konkreten Dingern drin. Das sind keine Typen, die sich von Mami und Papi bezahlen lassen, um in einem Keller unten ein paar illegale Biere zu trinken und Pearcings vorzuzeigen.«

»Jetzt mach aber einen Punkt. Was wäre Genf ohne die Squatterszene, ohne all die illegalen Bars und besetzten Häuser? Eine leere Diplomatenhülse, ein Palast ohne Leben. So etwas wie Ballenberg eben.«

»Übertreib nicht.«

»Ist doch wahr!«

»Wann treffen wir uns mit Georg?«

Am Himmel schwere Wolken. Nieselregen benetzt die Haut. Georg geht den stark befahrenen Boulevard Saint-Georges hinauf, vorbei an Kneipen und Läden, die Hände in die Taschen seines Jacketts vergraben, mit geneigtem Kopf, eingefallenen Schultern.

Im Café Remor sitzt er am Fenster, nippt an einer Pression und zwischen seinen Fingern glimmt die achtundsiebzigtausendsechshundertvierundfünfzigste Zigarette seines Lebens. Sein Mittelfinger ist leicht gelb an der Stelle, an der die Zigarette brennt. Er zieht an dem Stengel und blättert in einer Zeitung, die zwischen zwei Holzlatten klemmt.

Das Café wirkt leicht veraltet. Vom Rauch gelb gewordene Simse und Wände, Lederbänke, kleine, blind gewordene Spiegeltische, gerahmte Zeichnungen an den Wänden, Hinweisschilder auf Sorbets, hausgemachtes Eis. An mehreren Tischen werden zärtliche Worte getauscht, zwei Typen unterhalten sich lautstark und kippen eine Pression nach der andern die Kehle hinunter, ein alter verdatterter Hippie trinkt seinen täglichen Schwarztee und zwei ältere Frauen streicheln einen unter Haarausfall leidenden Dackel. Draussen lärmt der Verkehr an den Fenstern vorbei, zwei Kellner rennen hin und her, holen und bringen, tischen auf und räumen ab. Georg starrt auf die Zeitung, fixiert das Bild einer Frau, die an einer Hausmauer lehnt, den Mund geöffnet zu einem stummen Schrei, das hellbraune Kopftuch hängt auf ihre Schultern hinunter, eine Freundin stützt sie mit einer Hand an der Brust, ihre hilflose Geste. Die trauernde Frau aus Baraki steht darunter. Und: So schön wie ein Gemälde aus der Spätrenaissance. Darüber: *200 Tote bei Massaker in Algerien.* Georg nippt an seinem Bier. Starrt auf das gerasterte Bild, das Gesicht wie aus Porzellan, die Reinheit des Schmerzes, die Verklärtheit der Katastrophe, ein pures Wesen, reduziert auf Schmerz und Leiden, die Schönheit des Wesentlichen, der Zynismus der Ästhetik. Dazu der Kommentar: *Schaffte es auf die Frontseiten fast aller europäischen Tageszeitungen.* Georg steckt sich eine neue Zigarette an und starrt auf das Bild.

Eliane und Fred treten zur Tür herein und schauen sich Nase reibend im Café um. Georg hebt winkend die Hand und drückt die Zigarette wieder aus. Er steht auf und küsst Eliane dreimal, gibt Fred die Hand.

»Hallo!«

»Hallo, schon lange da?«

»Grad gekommen.«

»Salut. Ça va?«

»Ça va, et toi.«

»Hast du das Bild gesehen?«

»Ja, eben.«

»Merkwürdig, nicht.«

»Wo sich Schönheit und Abscheulichkeit vereinen.«

»Worum geht's denn?«

»Algerien.«

»Das nimmt kein Ende.«

»Und keiner unternimmt was.«

»Ja, sollen wir etwa runtergehen oder was.«

»Wozu haben wir eine UNO?«

»Ja, ausgerechnet die Schweiz, hahaha!«

»Was trinkt ihr?«

»Ein Bier, Eliane, du?«

»Einen Sekt, ja ein Glas Sekt.«

»Garçon!«

Sie setzen sich an den kleinen Tisch und legen ihre Jacken neben sich auf die Bank. Georg steckt sich eine neue Zigarette an. Fred greift nach dem Päckchen und zieht mit fragender Miene eine heraus.

»Kannst du dich wieder nicht beherrschen!«

»Ach, eine!«

»Das sagst du immer, und dann bin ich wieder Schuld, dass du nicht aufhören kannst.«

»Also, wo ist das heute Abend?«

»Auf dem Artamis-Areal.«

Eliane greift nach den Zigaretten.

»Was hab ich gesagt! Die Squatterszene!«

»Hast du was dagegen?«

»Eliane ist heute nicht besonders gut auf die Besetzerszene zu sprechen.«

»Das sind doch ganz nette Leute, voller Ideen, Unternehmergeist, die haben sich durchgesetzt, das muss man ihnen doch lassen.«

Fred lehnt sich vor, bläst den Rauch über den Tisch und versucht, den Abend zu retten.

»Weisst du, wen ich getroffen habe?«

Georg lehnt sich zurück und bläst den Rauch schräg aus seinem Mundwinkel Richtung Fenster, bevor er antwortet.

»Wie soll ich das wissen?«

»Karin.«

Eliane wirft Fred einen bösen Blick zu und klopft die Zigarette im Aschenbecher ab, verschränkt die Arme und hält den brennenden Stengel gefährlich in die Höhe.

»Karin?«

»Im Bus.«

Jetzt klopft Georg seine Zigarette ab.

»Kenne ich sie?«

»Ich denke schon, wir waren doch zusammen …«

Fred ist an der Reihe mit Asche abklopfen, aber Eliane unterbricht ihn dabei.

»Was habt ihr?«

»Jetzt fängst du schon wieder damit an! Georg und ich haben sie an einer Fete kennengelernt. Sie erzählte, dass sie nach Kenia fahre für ein Jahr in irgend so ein Dritteweltprojekt, hat Politik studiert, ihr Vater ist Inder … Du erinnerst dich doch, Georg!«

»Ach die! Ja klar.«

Er nippt an seinem Bier und lehnt sich wieder zurück, legt die Zeitung, die auf dem Tisch im Weg ist, auf den Radiator am Fenster, der Kellner bringt das Glas Bier und den Sekt.

»Ich spreche sie an: Hey, wie geht's, was machst du denn hier und so, und sie tut, als hätten wir uns noch nie gesehen …«

»Ihr habt sie bestimmt angemacht. Einen wie dich würde ich auch nicht mehr kennen.«

»Fred doch nicht, nie im Leben!«

Fred macht eine lange, wirkungsvolle Kunstpause.

»Sie war's tatsächlich nicht.«

Georg zuckt mit den Achseln und klopft die Zigarette im Aschenbecher ab.

»Kommt vor.«

»Glich ihr aber bis aufs Haar!«

»Du hast einfach ein zu schlechtes Gedächtnis, Fred. Ist dir das nicht auch schon aufgefallen, Georg?«

Georg schaut verunsichert zu Eliane hinüber, dann zu Fred, dann wieder zu Eliane, weiss nicht recht wie er die Frage nehmen soll, bemerkt dann seine Verzögerung, kann auch die nicht mehr retten und drückt seine Zigarette im Aschenbecher aus, als zertrete er Ungeziefer.

Eliane spürt ihre Stärke.

»Und?«

»Was, und?«

»Warum erzählst du uns das?«

»Sie sagte, das sei nicht das erste Mal, dass ihr das passiere. Es müsse eine Doppelgängerin in der Stadt geben.«

»Eine was?«

»Ja, eine Doppelgängerin. Aber sie selbst sei ihr noch nie begegnet.«

»Wie auch, sie ist ja in Kenia …«, versucht es Georg und lacht.

Er bleibt allein mit seinem Lachen.

»Oder sie war's doch und hat dich verarscht.«

Eliane geniesst den Sekt und lässt sich den Satz auf der Zunge zergehen.

Fred schaut träumerisch zum Fenster hinaus und hält seine rechte Hand unsinnig, aber bemüht um eine vielsagende Geste vor sich in die Luft.

»Stell dir vor, du stehst plötzlich dir selbst gegenüber …«

»Glaubst du, du würdest dich erkennen?«

Fred dreht sich erschrocken zu Georg, so als sei er gerade bei einer intimen Verrichtung ertappt worden.

»Fred erkennt ja nicht mal ein Mädchen wieder, geschweige denn sich selbst.«

Eliane kichert hinterhältig und künstlich, versucht das Kichern aber gleichzeitig zu unterdrücken, greift nach ihrem Glas, trinkt und hustet.

»Kannst du nicht mal aufhören, du verdirbst uns noch den Abend!«

Georg winkt dem Kellner.

»Lasst uns gehen, Freunde. *Monsieur! S'il vous plaît jaimerais payer!*«

Die drei gehen den Boulevard Saint-Georges hinunter, den Georg gerade hochgelaufen war, an Cafés, Kneipen und geschlossenen Läden vorbei, ein Kiosk steht noch offen, ein chinesischer Imbiss. Sie verschwinden in einem kleinen Durchgang zwischen einem hohen Gehege und einer Hausmauer. Dahinter tut sich eine neue Welt auf, Hallen und Unterstände, Baracken und Asphaltplätze, Stühle und Tische stehen hier und da herum, eine Bambushütte, davor zwei Vollbärtige mit glimmenden, süsslich riechenden Stengeln zwischen den Fingern. Wie Indianer mit Friedenspfeifen sitzen sie vor ihrer Hütte, dunkle Gestalten gehen hin und her, kommen und gehen. Georg, Fred und Eliane mischen sich darunter, schlendern über den Platz und verschwinden durch eine kleine Tür im höchsten der vielen Gebäude, die mit hell beleuchteten Fenstern in die Nacht hinausschimmern. Schatten huschen daran vorbei, aus verschiedenen Gebäuden dringen stampfende Rhythmen, irgendwoher ein paar Takte Musik, dann ein Brüllen, Gelächter, ein Rolladen geht hinunter und verschliesst eine Garage voller Bücher. An den Eingängen hängen Schilder verschiedener Ateliers und Büros, Unternehmungen und Vereinigungen. Aus einer Tür treten mehrere Leute gleichzeitig, hängen sich mit den Armen um die Schultern ein und grölen in delirisierendem Einklang. Wie ein Wiegenlied klingen ihre Stimmen über dieses von Stadtverkehr und Zivilisationslärm abgeschottete Gelände. Eine wärmende Ruhe geht von diesem Chaos aus, als liege darunter ein urzeitlicher Malstrom.

VICKY & ALAIN

Die Treppe führt in den Bunker hinunter, ein alter feuchter Keller, ausgehängt mit roten und gelben Tüchern, Totenkopffratzen, weisse Skelettzeichnungen auf schwarzen Stoffbahnen. Die Bühne bildet eine kleine Erhöhung zwischen den sandsteinernen, bröckelnden Stützpfeilern, ein langes Holzbrett auf zwei Ölfässern dient als Bar, dahinter mehrere rastagelockte Typen und heidigezopfte Girlies, die an Kisten hinter dem alten schrankgrossen Kühlschrank hantieren und Biere auf die Bar hieven. An den Wänden mehrere Schwarzweissfotos von Strassenecken, lachende Münder, Zungen von Pearcings durchstossen, aufgerissene Augen, blitzendes Metall am Bauchnabel. Ein Lautsprecher surrt giftig, das Murmeln der Leute hinter der Bar, das Flüstern der Leute vor der Bar, einige lispeln, weil das Pearcing sie am Reden hindert, andere drehen das Pearcing nervös zwischen Zähnen und Lippen hin und her, zeigen es Freunden und lachen stolz mit vorgestrecktem Bauch, gekrümmtem Rücken, gespreizten Beinen. Der Boden ist feucht, Bier läuft von der Bar her in den Raum. Von der Treppe herunter ein stetes Rinnsal von hereinmarschierenden Personen, staunend gehen sie im Raum umher, verkriechen sich in einen der Nebenräume, kommen zurück, gehen um die Säulen herum. Die Musik setzt ein. Der Bass ist so hart und so laut, dass die Brustkörbe zittern und die Zwerchfelle flattern, die Wände beben. Das Blech der Bierdose vibriert in der Hand.

Georg, Fred und Eliane stehen unschlüssig an dem langen Holzbrett, drehen sich auf die eine oder die andere Seite, schauen den hereinmarschierenden Massen zu, halten sich die Hand an den Mund und schreien sich gegenseitig etwas ins Ohr, nicken oder schütteln verneinend den Kopf, zeigen mit dem Finger auf die Fotos an den Wänden, auf die bröckelnden Säulen, auf die eigenen Schuhe. In der Mitte des Raums beginnen die Leute sich niederzusetzen und unter ohrenbetäubendem Lärm miteinander zu reden, so gut es unter diesen Umständen mit vorgehaltener Hand, mit Finger- und Körpersprache, Nicken und Kopfschütteln eben möglich ist – verheissungsvolle Zeichen wie von Taubstummen.

Das Bier liegt in Kisten im hinteren Kellerraum, eine um die andere muss hervorgeholt werden, die Dosen werden auf der Theke aufgebahrt. Daneben liegen mehrere Schachteln vorgedrehter Joints, einen Fünfer das Stück, und die gehen noch schneller weg als das Bier. Sie kommen gar nicht nach mit der Produktion, noch drei Monate und sie haben soviel Gewinn gemacht, dass sie sich Ferien auf Teneriffa oder irgend sonstwo auf dieser Welt leisten können wie die grössten Bonzen, eine Jacht auf dem Lac Léman, einen Cherokee, noch mal ein paar Monate, und sie kaufen mit dem Gewinn, den sie aus dem Gras geschlagen haben, die ganze Bude hier auf. Irgend etwas kann da nicht mit rechten Dingen zugehen. Das Verbot der sanftesten und ungefährlichsten Drogen bildet ein so enormes marktwirtschaftliches Defizit, dass dahinter irgendwelche andere, kaum nachvollziehbare ökonomische Interessen stecken müssen. Wenn irgendwo Kohle zu machen ist, wird auch ein entsprechendes Gesetz geschaffen. Irgend jemand muss also an anderer Stelle kassieren, anders ist dieses Phänomen nicht zu erklären. Alain hält zwar nicht viel vom Canhabis-Anbau, nur Ärger, meint er immer, lässt sie dann aber doch machen. Der Garten seiner Grosseltern in

Jussy eignet sich prächtig für den Anbau, die Bar hier für den Verkauf, ein ideales Geschäft. Und wenn es so weitergeht, kann sie sich bald auf ihre wirklichen Interessen und Fähigkeiten konzentrieren, endlich ihren Film drehen, dessen Drehbuch sie mit Alain einmal angefangen hat zu schreiben. Alain ist Fotograf und sollte die Kamera machen. Sie würde alle ihre Freundinnen anstellen und sie zu wichtigen Rollen verknurren, es sollte ein Film mit soviel Kraft und spritziger Wut werden, wie sie in dieser Musik liegt, ein Film wie eine Technoscheibe, ein Film wie ein Hirnriss mitten im bornierten Spiessertrott. Alain sollte die ganze Sache producen, der könnte das, sie wird ihm das Geld in die Hand drücken, und er wird die Sache durchziehen, das wird dann ein Riesenerfolg in der Szene und dann auch in den Kinos, endlich mal was Geiles auf Zelluloid, endlich mal was Lebendigeres als das, was auf all diesen elenden Schirmen in den Küchen, Wohn- und Schlafzimmern flimmert. Alain ist hinten und schneidet Kartons auf. Er ist stolzer Besitzer eines Autos und deshalb hat er den Job, jeden Nachmittag in den Grosshandel zu fahren und sein Auto mit Bierkisten vollzuladen, Dosen natürlich, die billigsten, sie wollen ja kein Exklusivclub sein. Dieser Keller hier wenigstens soll ein kleiner Flecken Freiheit sein, eine Insel in diesem Bürokratenstaat, wo jeder und jede von Kopf bis Fuss registriert, vermeldet, kontrolliert und versichert ist, hier soll dieses ganze Scheisssystem über den Haufen geworfen werden, auch wenn es nur für ein paar Stunden ist. Die Leute amüsieren sich, das ist die Hauptsache. Kaum war die Bar zwei Tage auf, hatte sich der Tip bereits in der ganzen Stadt herumgesprochen, und der Raum war jeden Abend so brechend voll, dass mehrere Male jemand aus Sauerstoffmangel zusammenbrach. Inzwischen hat Alain einen Ventilator installiert, ein richtiges Gebläse, das den Rauch absaugt und durch das Kellerfenster Frischluft hereinbläst.

Vicky ist Irländerin und seit sieben Jahren in Genf. Georg kennt sie vom Studium her. Sie schiebt ihm eine Dose rüber und küsst ihn auf seine borstigen Wangen, streicht ihm zärtlich über den Hals, blinzelt zweimal, lächelt und kümmert sich dann um die drängelnde Masse, die Bier will. Sie brauchen nicht mehr zu reden, auch wenn die Musik nicht so laut wäre, sie würden kaum ein Wort wechseln, sie kennen sich in- und auswendig. Dass sie jetzt in diesem Squatte wohnt, erstaunt ihn ein wenig. Er hätte es ihr nicht zugetraut, und dass sie Cannabis verkauft, erst recht nicht. Vielleicht hat sie endlich kapiert, dass sie fürs Filmemachen nicht die Richtige ist. Sie erzählt es zwar immer allen rum, aber einen Film von ihr hat er noch nie gesehen. Vielleicht wird ja aus dem Cannabisverkauf etwas, irgendwann muss doch aus jedem mal was werden. Vielleicht entdeckt man mit 25 plötzlich, dass man die ganze Zeit in die falsche Richtung gegangen ist, man hat eine Kunsthochschule besucht und kritzelt irgendwelches Geschmäus zusammen, schreibt alle möglichen Projekte auf und kommt doch nicht vom Fleck. Und plötzlich entdeckt man, dass man ein ganz guter Verkäufer ist oder ein Schreiner oder ein Elektriker. Aber nur die wenigsten sind ehrlich genug für dieses Eingeständnis und bleiben stattdessen an der Kunst kleben wie die Fliege am Honigband.

Georg hängt mit einem Arm an der Bar, hält die Dose in der Hand, die andere steckt in der linken Hosentasche. Mit dem Daumen drückt er Dellen ins Blech, lässt dabei seinen Blick schweifen, stellt dann die zerbeulte Dose plötzlich auf die Theke und stützt sich mit beiden Ellbogen auf dem Brett auf. Fred und Eliane sind in der wogenden Masse der Tanzenden verschwunden, manchmal sieht er einen ihrer Köpfe in dem Getümmel hin und her hüpfen. Sein Blick verweilt auf dem Gesicht einer beschämend hübschen Mulattin, bis sie verführerisch böse zurückblickt und er sich so ertappt fühlt, dass er sich danach nicht mehr getraut, auch nur in ihre Nähe zu schauen. Er betrachtet eine Blonde, deren in afrikanischer Art geflochtenen Haare mit den Tanzbewegungen zu fliegen scheinen, daneben der hässlich verschwitzte Hals und die noch ekliger glänzenden Wangen eines leicht fetten Altersgenossen, dreissigjährig und Single wie er. Überhaupt die Vorherrschaft der etwas älteren Männer unter den jünger und jünger werdenden Mädels. Entweder gibt es auf der Welt einfach mehr Männer, so dass notgedrungen ein paar arme Teufel übrigbleiben, oder die Frauen gehen ab einem bestimmten Alter einfach nicht mehr aus. Was soll er denn mit einer Zwanzigjährigen, oder gar mit einer Siebzehnjährigen, von denen es mehr und mehr gibt in diesen illegalen Bars und Discos. Die Mädels gingen ja noch, aber da hängen dann immer gleich ganze Clans dran, ganze Truppen von pubertierenden Jungs, die kaum einen vollständigen Satz zustande bringen. Alles easy, cool und voll geil hey. Bloss wo soll man sonst hin in dieser Stadt, wenn einer nicht gerade in die schmierigen Nachtclubs und geleckten Dancings überwechseln will. Was bleibt einem denn sonst, als langweilige Vernissagen und Soirées bei Freunden zu besuchen oder zum Frühstücken ins Grüne zu fahren. Und dort ist er meist der einzige Single. Diskussionen und bedeutungsvolle

Gespräche, *Ça va? Was machst du grade? Wer hat geheiratet? Was, die haben auch schon ein Kind? Nein zwei? Du hast einen neuen Job? Na prima, alles prima!* und alles so langweilig und bieder wie eh und je, die ewige Wiederkehr des Gleichen. Da hätte er auch gleich in seinem Kaff in der Deutschschweiz bleiben können. Hier in diesem Keller kracht wenigstens die Disharmonie, auch wenn sie in unerträglicher Lautstärke aus gigantischen Lautsprechern dröhnt, hier werden Regeln und Konventionen gebrochen, hier ist etwas Menschliches zu spüren, nichts von dieser plastikartigen Künstlichkeit von Szenen wie der im *Showroom Rossini oder Rossetti* oder wie das hiess. Er war einmal da, vor ein paar Wochen. Er hätte schreien können, er hätte das Stück Schokoladetorte, das er ergattern konnte, am liebsten an die zahnpastawerbungsweissen Wände geschmiert, hätte am liebsten dieser Jaqueline oder Jeanine oder wie sie hiess den Sekt über die kunstvoll aufgesteckten Haare gegossen, warum hat er diese als Kunst deklarierten, an die Wand gestecknadelten Papiertaschentücher nicht einfach heruntergerissen und hineingeschneuzt? Wieso hat er wie alle anderen staunend vor den zehn Salzstreuern gestanden, die aufgereiht wie Zinnsoldaten auf einem kleinen Sims thronten, wieso hat er wie alle anderen brav an den Salzstangen geknabbert und gelächelt und gewitzelt und nach tiefgründigen Formulierungen bezüglich seines Lebenswandels gesucht? Fred und Eliane waren auch dabei gewesen und sie hatten danach noch eine heftige Diskussion über die ausgestellten Werke geführt. Fred findet sowieso immer alles faszinierend, was nicht die Physik betrifft. Kaum ist er aus seinem seltsamen, magischen Kreis des Teilchenbeschleunigers im CERN herausgetreten, wird der

Spitzenphysiker zum staunenden Kind. Es ist zum Lachen, aber diese Spezialisten entwickeln mit den Jahren ihrer Spezialisierung eine ganz eigene, raffinierte, analytische Naivität, die Georg ihm, als er ihn bei Freunden einmal kennengelernt hatte, nicht zugetraut hätte. Auch wie er da jetzt tanzt, das ist nicht der Physiker, das ist ein unbeholfenes aber unverklemmtes Geschöpf, das seine Glieder schüttelt. Eliane wirkt daneben wie eine Grazie, dabei irgendwie lächerlich, sie tanzt, als wäre sie auf dem Silvesterball eines Altersheims. Vielleicht passen die beiden ja doch irgendwie zusammen.

Fred spürt die Handfläche auf seinem Rücken, der feste Griff, den Rhythmus des ganzen Körpers, spürt, wie sich Eliane von hinten an ihn herandrängt und die Hand wieder löst. Er dreht sich um, sieht sie zu der elektrisierenden Musik tanzen, die wie Radstollen eines Traktors über die Glieder fährt. Kein Masseur würde diese Wirkung zustande bringen, hat er zu Eliane einmal gesagt, und sie hat gelacht. Doch jetzt scheint sie sich selbst dieser entspannenden Tortur hinzugeben, in den Sphären der Obertöne und Ultrabässe zu schwelgen, die Schwingungen durch ihren Körper gehen zu lassen, als sei sie mit ihm im Bett. Sie hat die Augen geschlossen, was sonst nicht ihre Art ist, noch nie hat er sie mit geschlossenen Augen tanzen gesehen. Vielleicht ist es das Bier, der Sekt, sie trinkt selten so viel wie heute abend, irgend etwas geht in ihr vor. Fred nähert sich Eliane, greift sie an die Lende und dreht sie mit einer heftigen Bewegung zu sich um, nimmt ihre Bewegung auf und fasst sie mit beiden Armen, legt ihr seine Hände auf den Rücken und spürt ihren Atem an seinem Hals, die Hände auf seiner Brust, dann plötzlich eine Hand zwischen seinen Beinen. Er dreht sich um und stösst sie erschrocken und gleichzeitig empört von sich weg. Sie schaut ihn an und bewegt sich durch die tanzende Menge von ihm weg, ohne den Blick von ihm zu nehmen. Er weiss genau, was das bedeutet und muss lächeln, fühlt sich aber von andern beobachtet und lächelt nur in sich hinein, bewegt sich weiter mit ernster Miene zum Gedröhne, das aus den mannshohen Boxen, die neben ihm stehen, heraushämmert. Er richtet sich auf, legt den Kopf in den Nacken, breitet die Arme aus und sieht weiss, dann violett, ein starkes Licht, das ihn blendet, er öffnet die Augen und starrt in einen Scheinwerfer. Der Rhythmus wechselt. Zwei verschiedene Takte greifen ineinander über und lösen sich ab, Fred tritt von der Tanzfläche zur Seite, wischt sich mit dem Ärmel über Stirn und Mund, reibt sich den feuchten Nacken. Georg hängt noch immer gelangweilt an der Bar. Wie eine veraltete Bockwurst lehnt er an dem langen Brett und versperrt den Durstigen den Weg. Der soll ihm jetzt einen Schluck Bier abgeben.

Fred hier? Der staubtrockene Physiker aus Frauenfeld in einem illegalen Raver-Keller? Das hätte Alain niemals für möglich gehalten, irgendwie fällt er auf hier unten, sticht heraus aus der Masse wie ein verirrter Wellensittich. Sie haben sich erst einmal gesehen, bei Georg zuhause bei einem Essen. Wieso Georg Fred überhaupt zu sich eingeladen hatte, war Alain damals schon unerklärlich, so einen langweiligen Forscher vom CERN, nichts als Zahlen und Statistiken im Kopf, ein paar Erfahrungen auf Bergwanderungen, zwei, drei Erlebnisse auf Kreta während der Semesterferien.

Sie schreien.

»Salut Alain!«

»Salut Fred! Ça va?«

»Ganz schicke Bude hier!«

»Ganz o.k.«

»Wohnst auch hier?«

»Nicht hier, zwei Straßen weiter, hab' fünf Zimmer für mich allein.«

»Lebst auf grossem Fuss, Alter!«

»Und keine Bullen?«

»Kamen zu spät. Willst-n-Bier?«

»Oh, merci!«

Wie man solche Haare aushält, ist Fred ein Rätsel. Die hellbraunen Rastalocken sehen aus wie alte, verfilzte Schiffseile, hängen vom Haaransatz herunter bis über die Schultern und irgendwie ist nicht klar, ob das Schmutz ist oder tatsächlich eine besondere Beschaffenheit der Haare. Dass es nicht dauernd kratzt an der Kopfhaut, das kann er sich nicht vorstellen, und wenn er diesen Typen mit seinem ewigen Schlafzimmerblick anschaut, hat er unweigerlich Lust mit einer Schere an diesem Kopf herumzusäbeln, mit einer Schafsschere am besten, wer weiss, vielleicht stricken die daraus sogar ihre selbstgemachten Pullover. Autonomie bis zum Haaransatz, Autarkie bis in die engsten Maschen der Bekleidung. Georg kommt zwar aus dieser Ecke, hat aber doch einen anderen Stil bewahren können, ist dieser Selbstbemitleidungsschiene entkommen, wer weiss wie, hat zwar ein paar verschlafene Macken, aber er läuft nicht wie ein Versatzstück aus der Ethno-Kitsch-Welle rum. Aber nett ist er trotzdem. Immerhin haben diese Leute sich gegen eine Bank, gegen die Behörden und gegen die Polizei durchgesetzt, das muss man ihnen lassen, und was sie veranstalten, ist allemal besser als alles andere, was in Genf zu haben ist. Dass sie aber so herumlaufen müssen, begreift Fred nicht, wieso können die sich nicht einfach einmal pro Woche richtig waschen? Das Bier schmeckt trotzdem, und irgendwie fühlt er sich wohl hier in diesem Chaos, irgend etwas Eigentümliches tritt hier zu Tage, das er sonst in seinem Alltag kaum mehr finden kann. Eliane wiegt sich erschöpft im Rhythmus, ihr Kopf liegt im Nacken, die Augen immer noch geschlossen. Georg schaut in die Menge hinein wie ein trauriger Seelöwe. Fred geht zu ihm hin, stützt sich mit den Ellbogen an der Bar auf wie er.

»Hey, Georg, wir gehen jetzt dann.«

»Schon?«

»Ja, Eliane ist müde. Und ich werd's auch bald.«

»Na, dann, salut!«

»Noch sind wir ja da. Prost!«

Georg hält die Dose in die Luft und Fred stösst ihm seine entgegen. Die beiden Blechhülsen stossen dumpf zusammen. Sie trinken. Das Bier schmeckt leicht süsslich und doch bitter, Schweizer Bier eben. Es ist immer so mit Fred und Eliane, kaum ist man irgendwo, hauen sie schon wieder ab, sind müde und wollen heim, ewige Schlafmützen, kitschige Zweisamkeit im Ehebett, kaum im Stand, mal richtig durchzuhalten, bis es spassig wird, immer ist vorher Sense, und er steht alleine da. Auch dieser Abend wird vorüber und der Tag damit zur Neige gehen, ohne dass etwas Entscheidendes in seinem Leben vorgefallen ist, keine Frau kennengelernt, keinen Heiratsantrag gemacht, keine Schlägerei angezettelt, keinen Galeristen getroffen, keinen Over-Kill im Schädel, kein verdammtes, neues, interessantes Leben in

Sicht, *Scheisse, Fred, verzieh dich doch mit deiner Göre!*

»Salut, Georg!«

Georg küsst Eliane dreimal auf die Wangen und gibt Fred die Hand. Fred macht eine hilflose Geste an seinen Ohren und bewegt die Lippen dazu, irgendwie wirkt er lächerlich, dann winkt er, lächelt, nimmt Eliane am Arm und drängt sich zwischen den Leuten Richtung Kellertreppe durch. Georg dreht sich zu Vicky um und hält den Zeigefinger an die leere Dose. Er wird sofort bedient und reisst die Blechschlaufe auf, saugt den herausquellenden Schaum weg und hängt sich mit beiden Ellbogen wieder an die Holzplanke.

Kaum sind Eliane und Fred im Getümmel verschwunden, stürmen zwei Uniformierte die Treppe herab, wedeln nervös mit den Armen und strampeln mit den Beinen, kämpfen sich durch die Menschenmenge bis zum Discjockey vor und bringen die mannshohen Boxen zum Schweigen. Die plötzliche Stille hängt wie Blei in den Ohren, ein Surren bleibt zurück, ein Pfeifen und ein unangenehmer Druck. Der Schock der plötzlichen Stille ist so gross, dass die ganze Menge dasteht wie aus einem Block gegossen, mit erstarrten Gliedern und erschreckten, empörten Gesichtern. Georg steht an der Front, vor dem Discjockey an der Bar, direkt neben den beiden Polizisten, das Surren in den Ohren, bis der grössere der beiden Beamten zu reden anfängt, gerade etwas von Lärm sagen kann und dann sofort übertönt wird von Rufen, Pfiffen, Schreien und Gegröle, bis der Uniformierte nur noch hilflos die Achseln zuckt, die Arme verwirft und dem Discjockey etwas in die Ohren schreit. Im Hintergrund kämpft sich ein kleiner gedrungener Wicht durch die Menge, schaut ängstlich herüber und will fliehen. Dieser verschreckte Blick des kleinen Rollmopses weckt die Aufmerksamkeit des zweiten Uniformierten, der dem Grossen sofort den Ellbogen in die Lende stösst und dem Fliehenden hinterherjagt. Ein Tumult bricht aus, Hiebe in alle Richtungen, Schläge ins Gesicht, in die Magen- und Leistengegend, Schreie dringen durch das Gegröle, die nichts von Hohn und Empörung haben, bis plötzlich Stille einkehrt wie in einer Kirche. Ein Freiraum entsteht rund um die Treppe, wo der kleine mopsige Südländer mit Kopf nach unten und den Beinen in der Luft sich noch immer zu retten versucht. Die beiden Uniformierten packen ihn an allen vieren, hieven ihn in die Luft und stellen ihn an die Wand, helfen ihm, die Hände an der Mauer zu plazieren und fahren dann mit Händen und Knüppel seinen Körper ab, stecken ihre Finger in alle möglichen Taschen und Schlitze und Falten, zerren ein weisses Plastiksäcklein um das andere aus seiner Tasche, finden auch einen Pass. Der Kleine übergibt ihn dem Grossen, der daraus aus vollem Hals vorliest, als wolle er eine Kundgebung machen, während der Kleine mit der Durchsuchung fortfährt.

»Rodriguez de Carvalho Antonio! Was für ein hübscher Name für einen so ordinären Transportesel!«

»Wer so blendend weisses Waschpulver auf sich trägt, muss doch bestimmt auch wissen, wo, was von wem, für wen und wie gewaschen wird! Hab' ich recht?«

»Ich denke, Du bist uns noch ein paar Erklärungen schuldig.«

»Dreh dich um! Und keine Mätzchen, verstanden.«

Das Trio stolpert die Kellertreppe hinauf, der Lärm ist unwichtig geworden, nur noch eine kleine Bemerkung des Grossen, von der Treppe herunter, dass die Fenster geschlossen und die Lautstärker runtergedreht werden sollten. »Seid so lieb Kinder, aus Respekt den Nachbarn gegenüber, ja?« Dann ein siegesbewusstes, zufriedenes Lächeln. »*Au revoir!*«

Vicky atmet auf, die Musik setzt wieder ein, Georg zwinkert ihr wissend zu, und nimmt den letzten Schluck aus seiner zerbeulten Dose. Die Schachtel mit den vorgerollten Joints steht wieder auf der Theke, Hände greifen danach und Münzen werden über das Brett geschoben. Vicky lächelt Georg zu, bietet auch ihm eine an, und diesmal lehnt er nicht ab. Ein kleiner Friedensstengel, bevor er sich aufmacht. Dieser Abend verspricht sonst nichts mehr. Eine kleine Entrückung, ein sanfter Schleier über dem vom Alkohol bereits vernebelten Bewusstsein. Er zündet die Zigarette an und zieht den süsslichen Dunst tief in seine Lunge hinunter, spürt sofort die lösende Wirkung im Nacken, als hätte er gerade eine Ladung Aspirin geschluckt, dann über der ganzen Schädeldecke und schliesslich der Schuss in der Stirn wie ein heller, aufgehender Weihnachtsstern.

NOCH EINMAL FRED & ELIANE

Das Taxi ist eng und unbequem. Eliane liegt quer über seinen Beinen, vergräbt ihr Gesicht in seinem Bauch, wühlt sich durch die Kleider und erkämpft sich ein Stück Haut, leckt es lüstern und reisst das Hemd noch weiter auf, arbeitet mit Armen und Beine, drückt ihn in den durchgesessenen Rücksitz und taucht zwischendurch auf, um Luft zu schnappen. Fred starrt in den Rückspiegel und bemerkt, dass auch der Chauffeur zweimal in den Rückspiegel schaut, schnelle, scheue Blicke, die nicht dem Wagen hinter ihnen gelten, sondern ihrem Treiben, das ihm dadurch peinlich wird. Fred sitzt wie ein Holzklotz auf dieser Bank und spürt Elianes Körper sich an seinem reiben, spürt die Hand zwischen seinen Beinen, hört den Reissverschluss, kann sich der Hormonausschüttung und des Blutstaus nicht erwehren und lässt schliesslich allen Widerstand fahren, schliesst die Augen und verwünscht den Chauffeur und seine Ohren, greift in Elianes Haar, zerrt daran, packt sie am Hintern und fährt mit seiner Hand unter den Rock zwischen die Schenkel, spürt die Wärme, die Feuchtigkeit, schnalzt mit seiner Zunge um die ihre, leckt ihren Speichel, liebkost ihr Ohr, die linke Brust unter dem Büstenhalter, spürt ihre Hand an seinem erigierten Penis.

Ein Taxi schleicht den Boulevard des Philosophes hinauf, biegt in die Route de Florissant ab und kommt an der Avenue Peschier zum Stillstand. Im Wagen geht das Licht an und nach einer Weile steigt der Taxifahrer aus. Er öffnet die hintere Tür mit einer eleganten Geste. Ein älterer Herr mit Glatze steigt aus dem Wagen und hilft einer jüngeren Dame beim Aussteigen. Der Wagen fährt leise weg und die beiden gehen auf den Wohnblock zu. Im fünften Stock leuchtet ein einzelnes Fenster hell in die Nacht hinaus wie ein verirrter Stern. Ali weiss, dass dahinter eine kleine, zierliche Asiatin damit beschäftigt ist, Fleisch und Käse auf einem Tablett herzurichten, Eis in einen Blechkübel zu brechen, Gläser trockenzureiben. Er legt Lucie den Arm über die Schulter und führt sie durch die schmale Gartenanlage zum Hauseingang. Zusammen verschwinden sie hinter der monumentalen Glasfront in der Eingangshalle. Das Licht springt hoch durch das ganze Treppenhaus, der Lift setzt sich in Bewegung und fährt den Lichtschacht hinunter, dann wieder hinauf bis in den fünften. Ein dumpfer, leiser Schlag geht durch das Treppenhaus, das Schloss schnappt ein. Dunkel.

Ein zweiter Wagen fährt vor, bleibt stehen, Eliane und Fred steigen zu je einer Seite aus, das Hemd aus der Hose, die Haare zerzaust, kichernd und grinsend, sich krümmend vor Lachen, kaum ist das Taxi weggefahren und um die Ecke verschwunden. Eliane wirft sich Fred an den Hals, saugt sich an seiner Schulter fest und greift ihn rund um den Rücken so fest, dass Fred nach hinten überkippt, den Kopf hinunterhängen lässt und dann schnell wieder hochfährt, Eliane mit dem Schwung mitreisst und in die Knie zwingt. Er beugt sie über sein Bein, küsst sie auf den Mund, reisst sie blitzschnell wieder hoch, macht einen Tanzschritt, führt sie mit sich wie zu einem Walzer tanzend Richtung Eingangshalle, dreht sich mit ihr mehrmals um sich selbst, taumelt und wird von ihr aufgefangen. Sie suchen nach dem Schlüssel und lachen, finden ihn nicht und lachen noch mehr, suchen in allen Taschen, greifen sich an die Stirn und lachen, krümmen sich vor Lachen und Fred zieht ein Taschentuch aus der Hose, hält es in die Luft, schüttelt und zerknetet es wie ein Magier, legt es auf seine offene Hand, greift es mit Daumen und Zeigefinger in der Mitte, zieht es hoch und da liegen die Schlüssel und Eliane krümmt sich noch einmal vor Lachen, während Fred aufschliesst und sie hineinführt, das Licht anmacht und auf den Fahrstuhlknopf drückt. Sie verschwinden in der kleinen Metallkiste, als liessen sie sich auf einen anderen Planeten schiessen.

Das Surren des Liftmotors hallt in dem kahlen Marmortreppenhaus, die Stimmen und Lacher dringen vom sechsten Stock bis hinunter ins Parterre. Das Aufschliessen der Wohnungstür, Freds ernste Ermahnungen um Ruhe, während einen Stock tiefer leichte Musik durch die Ritzen der Wohnungstür dringt, ein heller Swing, ein dumpfer rhythmischer Bass. Oben fällt eine Tür ins Schloss. Dunkel.

Sie werfen sich auf das Kanapee, fallen auf den Boden, rollen über den Teppich, bleiben aufeinander liegen, arbeiten mit der Zunge, dann wieder mit den Händen, den Armen, den Beinen, kippen nach hinten um, rollen über den Teppich zurück zum Kanapee, werfen dabei eine Vase um, verfangen sich im Telefonkabel, zerren sich gegenseitig die Kleidungsstücke vom Leib, reissen Knöpfe ab, streifen die Hüllen von den Gliedern und werfen sie nach hinten weg.

Der Taumel erreicht seinen Höhepunkt in der Küche mit halbem Bein auf einem Stuhl, Rücken auf den kalten Kacheln, die Arme erschöpft zur Seite geworfen, Eliane über ihm in rhythmischen Schüben, ihre Hände klammern sich an seine Schultern, die Fingernägel dringen in seine Haut, die Erschlaffung übermannt ihn. Eliane schreit, trommelt mit beiden Fäusten auf seine Brust, faucht und zischt und schäumt vor Wut, hört nicht auf, auf ihn einzuschlagen. Fred stösst sie von sich und wehrt sich gegen die Schläge, robbt rückwärts bis an den Kühlschrank, zieht sich daran hoch, kann sich unter den auf ihn eintrommelnden Händen durchdrängen zur Tür und flüchtet ins Wohnzimmer hinaus. Eliane brüllt.

»Egoist, Egoist! Kannst du dich nicht mal ein bisschen zurückhalten, um ein Haar wäre ich soweit gewesen, um ein Haar! Verstehst du das denn nicht, verdammt noch mal!«

»Wieso denn, gib mir eine zweite Chance, lass uns noch mal von vorne anfangen.«

»Gerade du! Denkst nur an dich und an deinen Schwanz, nichts anderes hast du im Kopf!«

Sie stürzt sich auf ihn und will weiter auf ihn einschlagen, rennt an ihm vorbei und prallt gegen die Wand. Sie dreht sich um und greift nach einem Buch auf dem Regal, bleibt stehen, schnauft wie in aufgebrachtes Tier. Fred steht in der Ecke vor dem schützenden Kanapee und als sie ausholt, springt er in Deckung, flüchtet Richtung Flur, reisst das Telefonkabel mit, zerrt das Telefon im Rennen zu Boden.

NOCH EINMAL GEORG

Das elektronische Klingeln lärmt rhythmisch in die Dunkelheit hinein. Der Schlüssel dreht und Licht schiesst vom Treppenhaus her in die Wohnung. Die grosse Gestalt steht schattenhaft im Türrahmen, greift an den Lichtschalter. Georg steigt über das Gerümpel am Boden, zieht seine Jacke aus, verliert das Gleichgewicht und stützt sich an der Wand ab. Er greift nach dem Hörer und schon springt der Anrufbeantworter an: *Hallo, erschrecken Sie nicht, das ist nur die hochkomplexe, elektronische Telefonansagestimme von Georg Gut dem Bösen, und die Nummer, die Sie gewählt haben, ist vier, zwei, acht, neun, sieben, null, zwei. Sollten Sie das dazugehörige Subjekt am Apparat wünschen, so bitte ich um eine Nachricht, nach dem Pfeifton bitte – Dann Stille, dann ein dumpfer Schlag, kurz darauf ein zweiter, dann eine Frauenstimme: Feigling, verdammter, egoistischer Feigling! Dann eine Männerstimme, die Georg sofort erkennt: Jetzt reicht's dann aber! Schläge, Scherben klirren, wieder Schläge, Eliane schreit.* Georg greift nach dem Hörer.

»Fred! Fred! Heeee! Fred, was machsch, was isch los! Hee Fred!«

Die Schläge folgen rasch aufeinander, dann ist es plötzlich still.

»He, Fred! Fred! Was isch los!«

Endlich meldet sich Fred am Apparat. Georg erschrickt leicht, als er die Stimme plötzlich am Ohr hat.

»Hallo? Hallo?«

»Fred!«

»Ja? Georg! Was masch denn du do am Telifon?«

»Ja, das wür ich gern vo dir wüssä!«

»Was lütisch denn du mir do z'mitzt i de Nacht a?«

»Du hesch mir aglütet, he, was hesch mit de Eliane angestellt, was isch los?«

»Jetzt aber halt emol, ich dir aglütet?«

»Ja, ich bi grad inecho, do hät mis Telifon glütet und denn hani di ghört umebrülle, was hesch mit de Eliane agestellt? Säg endlich, was isch los?«

»He, jetz aber emol mit aller Ruhe, ich ha der nöd aglütet, o.k., mer händ ä chlini Usenandersetzig gha, verschtohsch, d'Eliane hät debi 's Telifon an Bode gschmisse, und worschinlich hät das d'Repetitionstaschte usglöst. Ich ha dr ja hüt Nomitag aglüte gah, meinsch ich lüt der z'mitzt i de Nacht eifach so a ...«

»He, los emol, das het aber ganz schön kesslet, was isch mit dä Eliane, hä? Häsch si verprügelt oder was?«

»Du, de Eliane got's guet!«

»Das hät aber andersch kidä! Gib mer si emol as Telifon!«

»Hey, das got dich en Dreck a, was mir do zmitzt i de Nacht mached, verstohsch ...«

»Jetz gib mer doch emol d'Eliane as Telifon, ich will wüssä, was du mit ire agstellt häsch!«

Im Hintergrund erklingt das Piepsignal des Anrufbeantworters.

»Was isch denn das gsi?«

»Dä Aruefbeantworter.«

»Du häsch das alles ufgno?«

»Zuefällig. Meinsch ich hock um die Ziit dihei und warte, das öpper alütet.«

»Chom, lösch de Seich aber sofort!«

»Wieso?«

»Lösch dä Huereseich! Üses Liebesläbe goht dich doch en Dreck aa! Spuel das sofort zrugg, häsch ghört!«

»Wieso? Gib du mir zerscht d'Eliane as Telifon!«

»Glaub mer doch, isch alles o.k., mir gönd jetz denn grad is Bett zäme, d' Eliane isch bereits is Bad gange, aber spuel de Seich zrugg!«

»Hey Fred, gib mer jetz sofort d'Eliane as Telifon, ...«

»Beruhig di doch endlich, verdammt no mol!«

»Los, du bisch zwor min Kolleg, aber ich will wüssä, was do los gsii isch, ...«

»Glaub mer doch, d'Eliane schloft scho, wiso söll i si denn jetz nomel usem Bett holä oder was?«

»Hey, los, ich chum jetz verbii, wenn du si mir nöd sofort as Telifon bringsch ...«

»O.k. chum verbii, wenn glaubsch, dass di das beruhigt, ich warte bis d' do bisch, denn trinke mer no eis zäme und du bringsch mer die Schiis Kassette mit, verstande! Sus verchaufsch die Ufnahm no amene Sex-Shop.«

Fred lacht gekünstelt.

»Du, ich mein's ernscht, ich chum tatsächlich verbii, und zwor jetzt sofort!«

»Also chum doch, ich wartä, tschau!«

Klick. Summton. Georg legt den Hörer auf den Apparat und bemerkt, dass seine Hand zittert. So hat er Fred nicht eingeschätzt, und so hat er ihn auch noch nie reden gehört. Es ist kurz vor drei Uhr morgens, wenn ihn seine Augen vorhin auf der Strasse nicht getäuscht haben. Vielleicht ist ja tatsächlich etwas passiert. Ein Freund bringt seine Freundin um, und er ist Zeuge. Der Anruf bleibt bei der Swisscom nachweisbar und die Aufnahme auf dem Anrufbeantworter, naja, die könnte er löschen, andererseits könnte er die Kassette als Beweismaterial zur Verfügung stellen, wenn tatsächlich etwas passiert ist. Aber vielleicht leidet er unter Hirngespinsten, vielleicht hat er einfach zuviel Gras geraucht oder zuviel Bier getrunken, oder es ist die Müdigkeit, vielleicht sollte er sich einfach hinlegen und die Sache vergessen, und morgen wird er aufwachen, in zwei Polizistengesichter blicken und hören müssen: *Herr Gut, Sie haben eben die Möglichkeit verschlafen, ein Menschenleben zu retten, wir gratulieren Ihnen für die vorzügliche Hilfsbereitschaft, dürfen wir mal Ihren Anrufbeantworter genauer untersuchen?* Und er wird es ein Leben lang bereuen, auch, wenn er vielleicht nicht einmal in einen Strafprozess verwickelt werden würde. Er würde es nicht verkraften, ein Menschenleben fallengelassen zu haben. Das Schicksal klopft unverhofft an, manchen ruft die Aufgabe des Lebens eben nachts um drei, mit mehreren Bieren und einer ganzen Rauchfabrik im Kopf. Er greift nach seinem Jackett, wirft die Tür hinter sich zu, reisst sie noch einmal auf, löscht das Licht, und die Wohnung verwandelt sich schlagartig in eine finstere Höhle. Nur die Leuchtdiode am Anrufbeantworter blinkt in regelmässigen Abständen und meldet eine Nachricht auf Band, abzuhören unter Betätigung der Play-Taste.

Im sechsten Stock des Wohnblocks an der Avenue Peschier erlischt das Licht. Kurz darauf stürmen drei Männer zum Portal heraus, zerren eine geknebelte Frau mit sich. Die Frau will schreien, wird aber sofort geschlagen und man dreht ihr die Arme auf dem Rücken brutal in die Höhe, so dass sie sich aufbäumt vor Schmerz.

Auf dem Balkon im fünften Stock bewegt sich ein Stück Stoff, ganz leicht, kaum sichtbar und zwei helle, erschreckte asiatische Augen schauen durch den Spalt zwischen Wand und Balustrade, sehen, wie die Männer die Frau in einen verbeulten Opel drängen, ihr die Beine hineindrücken müssen, weil sie sich mit ganzer Kraft wehrt. Die drei Männer werfen sich in das Auto, reissen die Türen zu und rasen die Avenue hinunter, verschwinden im Labyrinth der verwinkelten Gassen, hinterlassen eine beklemmende Stille.

Auf dem schmalen Balkon im fünften Stock ist ein Rascheln zu vernehmen, wie von Laub, dann wie von Stoff, einige klirrende und scheppernde Geräusche folgen, dann ist eine Nuance eines Schattens sichtbar, ein Huschen und Verschwinden, danach dringt das Knirschen von Glassplittern nach aussen, dann nichts mehr. Es dauert eine ganze Weile, bis Schritte in der Ferne zu hören sind, die dann aber schnell näher kommen und zwischen den Fassaden der Wohnblöcke hallen, als renne jemand durch ein Museum. Georg atmet und keucht, er war schon immer ein schlechter Sprinter. Wenn es etwas zu retten gibt, dann sofort, dann darf er sich nicht zuviel Zeit lassen. Entweder er hat halluziniert oder es ist tatsächlich etwas passiert, und er ist der einzige, der im Augenblick helfen kann, jetzt, mitten in der Nacht, das erste Mal in seinem Leben wird er vom Schicksal gerufen, und er hat Atemprobleme, hustet, zäher Schleim tritt ihm auf die Zunge, er spuckt im Rennen, reibt sich den Mund mit der Hand ab, kämpft sich die Strasse hoch, noch ein paar Meter, und er ist an dem grossen Glasportal Nummer vier.

Im Treppenhaus geht das Licht aus, als er die Glasfront erreicht. Er keucht und hustet, wirft sich an die Tür und prallt auf. Natürlich ist nachts abgeschlossen, aber er kennt den Code noch von zwei, drei Besuchen bei ihnen, Zahlen kann er sich merken. Vier, Null, Null, C. Die Tür springt auf, er drückt auf den Lichtschalter, das Licht blitzt das Treppenhaus hoch bis unter das Dachgeschoss, der Lift ist in Betrieb. Er drückt auf den Knopf und drückt noch mal und noch mal, aber die metallene Schiebetür bleibt verschlossen. Er zittert vor Aufregung, geht an der Lifttür hin und her, vor und zurück, dann drückt er noch einmal und rennt dann zur Treppe hinüber, die Stufen hoch. Die Metallstäbe des Geländers beben und knirschen, er nimmt zwei, manchmal drei Stufen auf einmal, reisst sich am Geländer hoch, der Schrei fährt wie ein Messer in seinen Rücken, er fällt mehrere Stufen rückwärts hinunter, fängt sich am Geländer auf und horcht mit durchgestrecktem Körper.

Nichts mehr.

Stille.

Der Schrei war mehrere Sekunden lang, aber Georg kann unmöglich sagen, aus welcher Richtung er gekommen ist. Irgendwie klang er verdeckt, als würde jemand Eingesperrtes um Hilfe schreien, es war eine weibliche Stimme. Georg steht starr auf den Stufen und horcht in die Stille des Treppenhauses hinein. Sein Gesicht glänzt verschwitzt, die Blässe ist mit dem Schock in seine Wangen gefahren, im Magen ein übles Gefühl. Das Licht geht aus und Georg steigt vorsichtig weiter die Stufen hoch, nimmt noch eine Etage und sieht von unten das leichte Schimmern, dann die halb offenstehende Wohnungstür. Er geht darauf zu, geht langsamer, zögert. Er steht an der Wohnungstür und schiebt sie langsam auf, steigt über die Türschwelle als betrete er die Falle eines Feindes. Die Verwüstung ist eine Multiplikation dessen, was er sich vorgestellt hatte. Eine Müllhalde zwischen Wänden, ein Schuttberg in 100 Quadratmetern Wohnfläche, ein Erdbebengebiet, und in der Mitte dieses Müllberges thront ein zusammengefallener Mensch auf einem Stuhl. Georg geht langsam näher, balanciert auf zerbrochenen Gegenständen. Blut fliesst über den Boden, der Kopf hängt herunter, die Glatze ist verschmiert, das Hemd rotglänzend, die Arme auf dem Rücken zusammengebunden, an den Stuhl gefesselt wie an einen Marterpfahl, von Fred keine Spur. Er geht an dem Toten vorbei, betritt die anderen Räume, das Bad, die Küche. Eliane liegt nirgends, er versucht vorsichtig, einen Namen auszusprechen, sagt leise *Eliane*, dann noch einmal etwas lauter *Eliane*! Er steht im Wohnzimmer und ruft nun laut *Fred*! Auf einem kleinen Tischchen steht, wie durch ein Wunder unversehrt geblieben, das Telefon. *Also doch ein Schwindel mit dem heruntergefallenen Apparat. Warum hat Fred ihn angerufen? Was soll die Aufnahme auf dem Anrufbeantworter, wozu soll er dienen? Den Toten kann er hier so nicht lassen.* Er greift zum Telefon.

»Hallo? Polizei. Ja, hier ist eben ein Mann ermordet worden, Avenue Peschier, vier, beeilen Sie sich .... Was? ... Mein Name tut nichts zur Sache, ein zufälliger Passant. Beeilen Sie sich!«

Er legt wieder auf und rennt über das Chaos in die Eingangshalle, bleibt neben dem Toten noch einmal stehen, drückt sich mit dem Rücken zur Wand an ihm vorbei, rennt dann wieder und verschwindet im Treppenhaus. Die schnellen Schritte hallen durch alle Stockwerke hindurch, verklingen schnell, das Scheppern des grossen, schweren Eingangsportals dröhnt eine Sekunde lang, dann hängt der tote Ali wieder allein in der nächtlichen Stille des Wohnblocks an seinem Stuhl, das Blut tropft noch immer auf die grosse Lache hinunter und glänzt im Licht des Kristalleuchters. Es dauert mehrere

Minuten, bis die Sirene des Patrouillenwagens aus weiter Ferne in die Stille dringt wie Farbe in klares tiefes Wasser.

BLACKOUT

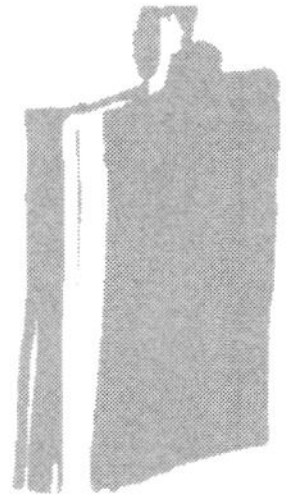

AVENUE PESCHIER

Die Strasse glänzt nass unter den Ampeln. Das feuchte Gebüsch benetzt ihre Haut. Ihre leichten Schuhe sind durchweicht von der Wiese, die sie überquert hat. Sie getraut sich nicht, auf offener Strasse zu gehen. Niemand weit und breit, kein Auto, es ist drei oder vier Uhr morgens. Die Stille hockt zwischen den Häusern wie der Dunst der Schlafenden in den dunklen Zimmern. Juanita kauert sich hinter einem Gebüsch nieder und überlegt, in welche Richtung sie gehen soll. So oft hat sie diese Strasse von ihrem Balkon herunter betrachtet, nun sieht alles ganz anders aus, kälter, fremder, als wäre sie von einer Minute zur andern in eine andere Welt geworfen worden. Langsam richtet sie sich auf. Von weitem ist eine Polizeisirene zu hören, ein wieherndes Heulen, das näher kommt, zwischen den Fassaden hallt, dann das Scheppern der Glastür am Eingang, sie kauert nieder.

Ein Mann rennt die Stufen vom Eingang herunter, quer über den kleinen Garten vor dem Wohnblock, springt über das Gartengehege und rennt nahe an ihr vorbei, bleibt stehen, duckt sich, schleicht um ein Gebüsch herum, rennt dann die Strasse hinauf. Von unten rast der Polizeiwagen heran und parkt kreischend vor der Nummer Vier, Avenue Peschier. Im fünften Stock brennt Licht.

Juanita zittert am ganzen Leib, umklammert mit den Armen ihre Knie, presst die Lippen zusammen, reibt die Zähne aufeinander, dass das Knirschen des Zahnschmelzes in ihrem Kopf dröhnt wie zermalmender Kies, Geschmack von nasser Erde im Mund, wo soll sie hin um diese Zeit, bald wird ein ganzes Polizeiaufgebot hier auffahren und die Gegend absuchen. Wie soll sie sich hier versteckt halten? Sie werden sie aufspüren und verhaften, sie anklagen und verurteilen. Sie wird im Gefängnis enden, wer wird für ihre Familie aufkommen, was wird aus Julia und Marco werden, wer die beiden Kinder in die Arme nehmen, sie an die Brust drücken, so wie sie jetzt ihre Knie an die Brust drückt und sich selbst dabei kaum atmen lässt. Aus ihrer Nase läuft der Rotz über ihre Lippen herunter, Schleim der Angst, die Hölle liegt hinter ihr, die nassen Blätter des Busches benetzen ihren Rücken, sie richtet sich auf, die kühle Feuchtigkeit dringt durch den dünnen Stoff, sie rennt.

PLAINE DE PLAINPALAIS

Noch nie hat Georg so spät nachts auf diesem Platz gestanden. Drüben fährt bereits der erste Bus vorbei, es muss kurz vor Sonnenaufgang sein. Es ist feucht und kalt, Georg zittert leicht, er zögert, nach Hause zu gehen, er wird nicht schlafen können, wo soll er hin? Irgendwas werden sie finden, seine Fingerabdrücke vielleicht, Haare, wie soll er seinen Aufenthalt in der Wohnung erklären? Wieso der Anruf? Was hat er mit dem Mord an dem Unbekannten zu tun? Er geht ein paar Schritte über den Platz, steckt die Hände in die Hosentaschen, überlegt. Was, wenn Fred den Alten tatsächlich umgelegt hat? Was ist mit Eliane? Menschen sind noch keine unterwegs. Er ist allein, allein unter der Beleuchtung der Strassenlaterne, die wie ein Schleier über den Gegenständen hängt. Er geht auf die Bank zu, die unter dem Kastanienbaum steht, setzt sich auf die nassen Lamellen, schabt mit einem Fuss am Boden und sieht von weitem einen alten Mann über den Platz gehen. Langsam kommt er näher. Das linke Bein zieht er nach. Ein Hund springt an ihm hoch, bellt ihn kurz an und rennt wieder weg. An seiner linken Hand hängt schwer eine Tasche, dann wechselt er sie in die rechte, stellt das Bündel dabei kurz ab und greift wieder nach ihr. Er kommt quer über die Plaine auf ihn zugelaufen, schaut zu Boden und geht über diesen Platz wie Ahasver in Person, verdammt zu ewigem Wandern, unermüdlich auf den Beinen, die Sehnsucht nach dem nie zu erreichenden Ziel. Der Alte kommt näher, er kann ihn atmen hören, er spricht mit sich selbst, murmelt etwas, aber Georg kann es nicht verstehen. Sein Kopf hängt schwer nach vorne, die Augen auf das Pflaster gerichtet, so dass er nicht sieht, dass er direkt auf diese Bank zuläuft, dass er aufprallen wird, dass er mit den nächsten Schritten auf Georgs Schuhe treten wird. Der Alte bleibt stehen, schaut auf.

»Ach, sowas!«

Er schaut freundlich, dann verzieht er sein Gesicht, greift an seine Wange.

»Ist hier noch frei?«

»Natürlich, machen Sie sich's bequem.«

Der Alte setzt sich, legt die Tasche neben sich auf die Bank und atmet erleichtert durch, als hätte er eben eine lange Reise hinter sich, als würde er eine erste, lang ersehnte Pause machen. Er greift in seine Hosentasche und schneuzt die Nase.

»Haben Sie vielleicht eine Zigarette?«

Georg streckt ihm das Päckchen entgegen, gibt ihm Feuer. Der Alte verschlingt die ersten Züge wie ein Durstiger ein Glas Wasser. Georg steckt sich auch eine an.

Gemeinsam sitzen sie auf der Bank, rauchen und schauen auf die nächtliche Plaine hinaus, in dieses Nichts, in diese urbane Leere.

»Ich mag diesen Platz.«

Der Alte sagt es, als stehe er vor einem Altar.

»Dort, dort drüben habe ich einmal gewohnt, wissen Sie, am Boulevard Carl Vogt, aber das ist lange her.«

»Wo wohnen Sie denn jetzt?«

»Wenn ich das wüsste!«

»Wie meinen Sie das?«

»Wenn ich nur wüsste, wo's langgeht.«

»Aber Sie wissen doch, wo Sie wohnen.«

»Natürlich, die warten auf mich, ich bin zu spät, ich werde zu spät sein, aber es ist noch weit.«

»Warum sind Sie denn so spät, oder besser gesagt, so früh morgens noch unterwegs?«

»Der Weg ist lang.«

»Wo müssen Sie denn hin?«

»Kennen Sie Ihren Weg?«

»Meinen Weg?«

»Wo kommen Sie denn her, junger Freund?«

»Tja, das, das ist ein bisschen kompliziert.«

»Sehen Sie.«

Sie rauchen. Der blaue Dunst bildet Wolken um die beiden. Sie sitzen unter dem Kastanienbaum, der feucht und schwer in der Nacht steht.

»Sind Sie oft so spät unterwegs?«

Théodor dreht langsam den Kopf, schaut Georg lange an, dann zieht er an der Zigarette und bläst den Rauch in die Luft, der dann im Licht der Strassenlaterne über ihm leuchtet.

»Wie spät ist es denn?«

»Früh, gegen fünf glaube ich.«

»Eine gute Zeit.«

»Wieso eine gute Zeit?«

»Wir werden nicht zu spät sein, Frühstück gibt's um halb acht.«

Georg wirft den Zigarettenstummel zu Boden und drückt ihn mit seinem linken Schuh aus. Er steckt die Hand wieder in die Tasche des Mantels. Ihn fröstelt. Er möchte sich bewegen, aber die Gegenwart dieses Alten hält ihn zurück. Etwas Warmes geht von diesem alten Mann aus. Georg starrt in die Dunkelheit, in den Schein der Laternen, schaut über den Platz, auf dem sich nichts tut, über die schmalen Gehwege, sieht den Toten plötzlich wieder vor sich, wie er angebunden an den Stuhl, den Kopf vornüberhängend dasitzt, das herabtropfende Blut, die verwüstete Wohnung, die zerbrochenen Möbel, das zerschlagene Geschirr, die aufgeschlitzten Polstersitze, das Telefon. Vielleicht hätte er die Polizei nicht verständigen sollen? Vielleicht hätte er statt dessen die Wohnung genauer untersuchen sollen, um zu verstehen, was vorgefallen war, vielleicht war Fred doch in der Wohnung, vielleicht waren sie sogar beide da, Fred und Eliane ...

»Haben Sie schon einmal einen Toten gesehen?«

»Einen Toten?«

»Ich versteh' einfach nicht, was das alles soll.«

»Was meinen Sie denn?«

»Ach, nichts.«

»Nichts? Was meinen Sie denn mit 'einen Toten'?«

»Ach, das war nur so eine Idee.«

»Sie sind ja ganz durcheinander junger Freund. Machen Sie sich nicht zuviel Gedanken, Sie haben das Leben noch vor sich. Ich sage Ihnen eins: Pünktlichkeit ist wichtig! Sie kennen doch den berühmten Satz: Wer zu spät kommt, den bestraft das Leben! Das Essen wird um halb sechs serviert, dann muss ich dort sein.«

»Wo müssen Sie denn hin?«

»Nach Hause.«

»Wo sind Sie denn zu Hause?«

»Wenn ich das wüsste! Also, ich muss los, bis ein andermal junger Freund.«

Théodor steht auf, gibt Georg die Hand.

»Viel Glück auf Ihrem Weg junger Mann. Bonne Soirée!«

»Auf Wiedersehen, kommen Sie gut nach Hause. Und vergessen Sie Ihre Tasche nicht!«

»Ach ja, die Tasche, hätte ich beinahe vergessen, die hat jemand liegen lassen, die muss ich zurückbringen. Er vermisst sie bestimmt, ich werde sie ihm bringen. Auf Wiedersehen!«

Mit zum Gruss erhobener Hand marschiert Théodor los. Er geht über die Plaine, wie er zuvor über den Platz heranmarschiert ist. Sein humpelnder Gang, die Tasche wackelt an seiner Seite, er verschwindet in der Nacht.

Georg schaut ihm hinterher, starrt dann in die Leere und weiss plötzlich nicht mehr, ob er dem Alten tatsächlich begegnet ist, oder ob er kurz eingenickt war und die Begegnung geträumt hat. Ein Tagtraum mitten in der Nacht. Er steht auf und schlendert über die leere Plaine.

OPEL KADETT

Die Binde vor den Augen, die Arme schmerzen, dumpfe Stimmen, der unangenehme Geschmack des Stoffes im Mund, aus der Nase läuft Flüssigkeit, kitzelt auf der Oberlippe, sie kann sich nicht rühren, stählerne Hände halten sie fest, der harte Griff dieser Klammerfinger, Stösse von Ellbogen, wieder die Stimmen, das Brummen des Motors, das Aufheulen, das Abbremsen in wellenartigen Schüben, sie wird nach links gezogen, dann wieder nach rechts, eine Hand greift an ihre Beine, sie will zappeln, sich wehren, die Hand abschütteln, fühlt dieses schwere, klobige, schwielige Stück Fleisch und Knochen auf ihrem Schenkel, will beissen, kneifen, schlagen, würgt und schüttelt sich, schreit in den Stoff hinein, der zwischen ihren Zähnen klemmt, sie will diesen Stoff durchbeissen, als beisse sie einen dieser harten Finger durch, sie wird kratzen und schreien, jeden Millimeter Bewegungsfreiheit, den sie ihr geben werden, wird sie ausnützen, um sich zu wehren, jeden noch so kleinen Raum wird sie erobern, um diesen Typen Schaden zuzufügen, sie möchte an einem dieser Arme reissen, in Schienbeine treten, mit einem Messer in diese Hände stechen, mit einem Knüppel auf diese Köpfe einschlagen, sie beisst, spannt ihre Muskeln an wie Stahlseile, spürt den Stich kaum, ein leichtes Kitzeln, ein Beissen am Arm, und plötzlich die Entspannung, die wie ein warmer Strom durch alle ihre Glieder fährt und sie lähmt, dann wird es in Lucies Hirn seltsam hell, als würde Schnee fallen, und kurz darauf fällt sie selbst in die Tiefe, und die Nacht schlägt über ihr zusammen wie zwei sich vermählende Wogen.

IM GEBÜSCH

Leo sieht noch immer das Schimmern am Fenster im dritten Stock. Das ganze Gebäude sonst dunkel. Langsam geht er durch den kleinen Park. Er tappt im Dunkeln über die sumpfige Wiese, steht wieder am selben Ort wie vor ein paar Stunden. Eine ganze Weile steht er still hinter dem Gebüsch, bis sich seine Augen an die Dunkelheit gewöhnt haben. Der Eingang ist nahe der kleinen Vertiefung, die zur Gebäudemauer hinunterführt. Er tritt hinter dem Gebüsch hervor, geht auf den Eingang zu und schreckt zurück.

Der Schatten vor ihm fährt in sich zusammen, kauert nieder, schlägt die Hände über den Kopf zusammen und bleibt sitzen, rührt sich nicht mehr, hat sich eingerollt wie ein Igel. Leo macht ein paar Schritte zur Seite, will wegrennen, erholt sich dann aber vom Schock und bleibt vorsichtig stehen. Hier an der Wand ist es so dunkel, dass Leo kaum etwas sehen kann, aber langsam werden die Umrisse deutlicher, und er sieht, dass der Schatten eine Frau ist, eine Asiatin, langes schwarzes Haar, ein erstaunlich leichtes, dünnes Kleid für die Nachtzeit und die Temperatur. Er geht vorsichtig auf sie zu. Spricht sie leise an. Sie rührt sich nicht, die Hände, ineinanderverklammert, bilden eine Art Dach über ihrem Kopf. Eine kleine Kugel am Boden. Er kann hören, wie sie atmet, der Schreck hatte ihr für kurze Zeit den Atem genommen, aber jetzt atmet sie heftig, er sieht auch, dass der eingerollte Körper sich leicht bewegt. Er spricht sie noch einmal mit einem zögernden *Hallo?* an. Keine Reaktion. Legt eine Hand auf ihre bucklige Schulter. Sie zuckt sofort zusammen, und er zieht seine Hand zurück. Er steht neben dieser zitternden, zusammengerollten Frau und dreht sich nach allen Seiten um. Niemand sonst zu sehen, keine Geräusche, nichts. Er zögert.

»Kann … kann ich Ihnen helfen?«

Er legt noch einmal seine Hand auf ihre Schulter. Diesmal bleibt sie ruhiger. Er versucht es auf Englisch:

»Can I help you?«

Ihre Hände lockern den festen Griff und lösen den Schutzschild vorsichtig auf. Ihr Kleid ist nass und ihr Kinn schlottert vor Kälte.

Er greift sie unter dem rechten Arm und hilft ihr aufzustehen.

»Kommen Sie, ich kann Ihnen helfen. Kommen Sie! Come!«

Er versucht es so freundlich wie möglich. Er führt sie den Garten hinunter, die Wand des Gebäudes entlang, bis zur Stelle, wo er die Tasche mit den Kleidern liegen gelassen hat. Er reisst den Beutel auf.

»Hier schauen Sie, hier sind warme Kleider, Clothes, they warm you, take them.«

»Thank you«, sagt sie so leise, dass er es beinah überhört hätte, aber er bemerkt, dass sie reagiert. Jetzt kann er ihr die Kleider geben. Er zieht seinen Mantel aus und hält ihn ihr schützend hin, damit sie sich umziehen kann. Schnell legt sie das nasse dünne Kleid ab und streift sich den trockenen Jupe, den Pullover und das Jackett über.

Ihm ist, als habe er sogar ein flüchtiges Lächeln auf ihrem Gesicht entdeckt. Er stopft das nasse Kleid in die Tasche und wirft sie ins Gebüsch. Auf der Strasse sind Schritte zu hören. Er duckt sich, nimmt die Frau am Arm und reisst sie hinter das Gebüsch. Norbert verlässt das Bankgebäude durch den Hintereingang und eilt zur

Strasse hoch, wo ihn ein Taxi mit offener Tür bereits erwartet. Leo hat nicht einmal die Zeit, sich irgendwie bemerkbar zu machen, bevor das Taxi durchstartet. Mit einem Satz springt er hinter dem Gebüsch hervor und rennt ein paar Schritte weit dem Fahrzeug nach, flucht und stampft und fuchtelt mit einem Arm schimpfend in der Luft herum. Dann geht er zu der verschüchterten, weinenden Frau zurück, nimmt sie am Arm und deutet ihr an, mit ihm die Strasse hinunter zu gehen.

SANITER DES SAULES

Der Weg wird enger, schmaler, es ist ein Fussweg, der neben einem Fabrikgebäude die Rhone entlang führt. Das Wasser liegt dunkel an der Seite, die Böschung fällt nur einen knappen Meter seitlich ab. Théodor geht an dem Geländer entlang, die Tasche in der linken Hand. Dann stellt er sie ab und wechselt sie zur rechten, hält sich am Geländer fest und schaut über den Fluss. Langsam wird es heller, ein leichter Schimmer erhebt sich hinter den Bäumen, in seinem Rücken dringt ein rötliches Licht über die Dächer der Stadt. Er geht durch dieses morgendliche Licht, der Weg wird noch enger. Der Steg mündet in einen kleinen Parkplatz, führt dann auf einem schmalen Streifen Grün weiter bis zu einem kleinen Kreisel mit einem runden Geländer, das den Weg abschliesst. Er ist da, wo Rhone und Arve zusammenfliessen. Jetzt weiss er es, jetzt erkennt er den Ort wieder. Hier war er oft zum Fischen, hier hat er gestanden und die Angel ausgeworfen, jetzt weiss er, dass er in eine Sackgasse gelaufen ist, dass dies der Santier des Saules ist und dieser Weg nicht weiterführt. Er stellt sich an das Geländer und nimmt im leichten Lichtschein über dem Wasser erste Schatten der Bäume wahr. In dem fahlen Licht kann er bereits die verschiedenen Farben der beiden Flüsse erkennen: das tiefe Grünschwarz der Rhone und das eher matte Graubraun der Arve. Zusammen ziehen sie eine lange gerade Linie, bevor sie ineinander übergehen und sich mischen, so, als müssten sie sich erst anfreunden. Das kennt er, dieses kleine Naturspektakel hatte er oft betrachtet, wenn er zum Fischen herkam, aber eigentlich interessierten ihn die Fische gar nicht. Auf die Idee des Fischens hatte ihn ursprünglich ein Freund gebracht. Ein Fanatiker, ein Sportfischer, der täglich seine Fänge zählte und wog und ihre Daten in einem kleinen Heft notierte, das er immer in der Brusttasche bei sich trug. Inzwischen ist er gestorben, und wahrscheinlich hat er das kleine Notizheft mit ins Grab genommen. Théodor waren die Fische egal. Er genoss es, hier zu stehen und auf das Wasser hinauszuschauen, so wie jetzt. So früh ist er allerdings noch nie hier gewesen. Er stellt die Tasche neben sich ab. Er weiss, dass er sie irgendwo mitgenommen hat, aber wozu und für wen? Er schaut auf den schwarzen Beutel und blickt dann wieder auf die verschmelzenden Flüsse hinaus. Mit jeder Minute wird es jetzt heller. Ein leichter Dunst schwebt über dem Wasser. Schwäne krächzen und fliegen mit schweren Flügelschlägen knapp über der Oberfläche die Rhone hinunter. Und jetzt hört er plötzlich die Vögel, all die Stimmen und Melodien, die Pfiffe und Schreie, ein ganzes Konzert bricht plötzlich aus den Bäumen hervor, ohrenbetäubend beinahe. Ganze Schwadronen von Vögeln erheben sich über dem Wasser, bilden Muster in der Luft, als hätte man sie angewiesen in bestimmten Formationen zu fliegen. In allen Farben und Grössen flattern sie um ihn herum, er ist umhüllt von einem ganzen Vogelchor, der pfeift und singt und trällert. Er streckt seine Hand aus und will nach einem dieser schwerelosen Tiere greifen, aber sie entwischen ihm und wenn er einen zu erheischen glaubt, greift er ins Nichts. Er fährt mit beiden Armen durch die Vogelscharen und schwelgt in dem Konzert, das sie ihm liefern. Dann erheben sie sich über ihn hinweg und verschwinden den Fluss hinunter. Ein letzter Schwan fliegt ihnen hinterher und seine beiden Flügel wehen wie ein weisses Laken über dem Wasser.

Die Stille kehrt mit dem leichten Wind zurück, der durch die Rhoneschlucht heraufzieht. Er setzt sich auf die Tasche nieder und hält sich an der Balustrade fest, mit der anderen Hand greift er nach der Tasche, tastet sie ab. Er steht auf und überlegt eine Sekunde. Dann reisst er den Verschluss auf, streckt seine Hand hinein, zieht ein rosa Badetuch heraus. Mehrere Pakete zusammengeschnürter Geldscheine fallen dabei zu Boden. Er stutzt und schaut sich die Bescherung an. Schüttelt das Tuch noch ein bisschen und es regnen noch mehr Pakete auf den Betonboden. Eine Sekunde lang starrt er schockiert auf die Geldscheine, lässt die Tasche und das Badetuch fallen, sein Mund öffnet sich langsam, ganz langsam wie zu einem stummen Schrei. Er ist siebenundachtzig Jahre alt, und er weiss, dass er nicht mehr lange leben wird. Er wohnt in einem kleinen Alterspflegeheim, alles ist organisiert und vorbestimmt. Er schaut auf das Bündel Geldscheine und sieht die Fabrik, in der er als Vierzehnjähriger zu arbeiten begonnen hatte, die Lehre danach im Friseursalon bei Herrn Hasler, dann die Versuche auszuwandern, die Reise nach Genf, der Umzug und die erste Wohnung mit Marie zusammen, der kleine Laden und die lästigen Sticheleien von Nachbarn und Freunden, die mühsam zusammengekratzten Ersparnisse, ein Leben in einer Zweizimmerwohnung mit drei Kindern, die knappe aber ausreichende Rente. Ein Gelächter erhebt sich plötzlich über dem Flusstal, hallt und schallt und dröhnt in seinen Ohren, bis er bemerkt, dass er es selbst ist, der hier zu lachen begonnen hat. Er lacht über soviel Aberwitz, greift nach einem der Geldbündel und wirft es in hohem Bogen über die Balustrade in die Vermählung der beiden Flusswasser hinunter, greift dann nach dem zweiten und dem dritten, wirft die Bündel alle einzeln über die Balustrade in den schimmernden Fluss hinaus, zerrt mehrere Bündel auseinander und lässt die Geldscheine fliegen wie die Vögel vorhin, die Papiere schneien über das Wasser, bedecken die Oberfläche und gleiten langsam flussabwärts. Und zwischen den Bäumen schallt Théodors Lachen.

SHOWROOM ROSSETTI

Andy hängt schlaff auf dem Kanapee und schläft. Ein Glas liegt umgekippt am Boden, Wein hat sich über das Parkett ergossen, das Holz verfärbt, ein Bild hängt schief, Jeanine sitzt auf dem schmalen Stuhl neben dem Tisch und stützt ihr Kinn auf beiden Händen ab. Norbert steht neben ihr und nippt an einem Glas. Sie sind beide in Gedanken versunken, als hätten sie gerade eine lange Diskussion abgeschlossen.

Im Zimmer nebenan reden vier Personen leise, fast flüsternd. Das Gelage ist zu Ende, die Vernissage war ein Reinfall, nichts ist verkauft, kein Umsatz und der Wein ist weggetrunken, eine Whiskyflasche steht halb leer auf dem Parkett und hin und wieder greift jemand danach, füllt ein Glas. Das Video ist zu Ende, der Bildschirm rauscht tonlos und unbeachtet vor sich hin.

Im Raum nebenan kreist ein Joint von Hand zu Hand.

Im Flur draussen sitzt Claudine mit ihrem neuen Lover, eng umschlungen, die Zungen ineinander verknotet, Finger in den Haaren, zwischen den Schenkeln, sie kippen zur Seite und wälzen sich auf zertretenen Salzstangen hin und her, stossen dabei an den kleinen Barocktisch, bringen Gläser zum Klirren – das einzige Geräusch in der hell beleuchteten Wohnung, die jetzt leer und kalt wirkt.

Norbert schenkt sich Wein in ein Glas, während er sich an Jeanine wendet.

»Ich bin sicher, dass Leo hier aufkreuzen wird. Früher oder später wird er hier vorbeikommen, darauf kannst du Gift nehmen!«

Jeanine starrt auf den Boden und presst die Handflächen an ihre Wangen, als wollte sie sie wärmen. Norbert zieht an seiner Zigarette und geht mit der Flasche in der Hand hin und her. Das Klacken seiner Schuhe auf dem Parkett mischt sich in das Stöhnen aus dem Flur. Drüben wispern die Stimmen und der Fernseher flimmert.

Jeanine geht in die Küche und füllt ein Glas mit Wasser, trinkt es in einem Zug und füllt es ein zweites Mal. Norbert geht noch immer mit der Weinflasche durch den Flur und schwenkt sie vor sich her, zieht an der Zigarette und nippt hin und wieder an seinem Glas. Er geht in die Küche zu Jeanine, die in ihr leeres Glas starrt.

»Keine Sorge, er kommt schon.«

Jeanine schaut ihn kritisch an, stellt dann das Wasserglas auf die Anrichte.

»Ich kapier's einfach nicht! Ich fass' es einfach nicht, verstehst du?«

LUCIES KOPF

Sie liegt am Boden, atmet schwer, Speichel läuft ihr das Kinn herunter, eine schaumige Masse, sie spuckt, hustet, krümmt sich, presst beide Hände auf den Magen, streckt sich nach hinten, rollt über den Boden, wirft sich auf die Matratze, die da liegt und vergräbt ihr Gesicht in den Kissen, stemmt sich mit den Armen auf, zieht sich am Radiator hoch und steht wieder am Fenster und schreit in die Nacht hinaus, sie werden sie noch einmal misshandeln, die Ruhe ist verdächtig, sie liegt mit dem Kopf auf dem Boden, die Beine auf der Matratze, sie fasst mit beiden Händen an ihren schmerzenden Schädel, die Wände kreisen, die Tapeten werden zu flüssigen Farben, die sich ineinander fügen, sich mischen, zu neuen Mustern zusammensetzen, kaleidoskopartige Wirbelstürme verursachen, sie sitzt in einem Rohr, dreht sich, fällt schräg in die Tiefe, die Glieder lösen sich vom Rumpf, sie zersetzt sich in kleine, einzelne sich drehende Teile, der Schmerz im Magen, sie kauert nieder und drückt die Arme in den Unterleib, der Schweiss läuft von der Stirn über die Schläfen zum Hals hinunter, sie streicht mit den Händen über ihr Gesicht, greift an den Nacken, die Stimmen draussen hört sie kaum, ein seltsamer, weit entfernt klingender Lärm, das Licht blendet, sie schliesst die Augen, presst die Lider zusammen, das Licht dringt durch alle Hautschichten, frisst ihre Augen auf, dröhnt in ihrem Schädel, jemand fasst sie von hinten, sie schlägt um sich, wirft ihre Fäuste nach allen Richtungen und trifft auf Gegenstände, auf weiche Glieder, die Stimmen an ihrem Ohr, das Rufen, die Stösse im Rücken und an der Seite, sie wälzt sich zur Seite und streckt sich am Boden aus wie zur Deckung, Hände greifen unter ihre Arme und richten sie wieder auf, ein weicher Griff, weibliche Hände, sie lässt es geschehen, sie sitzt auf und öffnet die Augen leicht, ein verzerrtes Bild, dann wieder die Stimmen.

»Wo ist das Geld? Wo hat er es versteckt? Du weisst es, sag schon!«

Eine sanfte Frauenstimme, eine warme feingliedrige Hand an ihrer Wange, sie lässt sich gehen, lässt sich in diese Hand fallen wie in ein Federbett, sie kann aufatmen, durchatmen. Dann wieder eine männliche Stimme:

»Wo ist das verdammte Geld!«

RUES BASSES

Die Handwagen stehen in einer Reihe, schweigsam und mit verschlafenen Gesichtern gehen die Strassenarbeiter daran vorbei, holen die Werkzeuge von den Aufhängevorrichtungen und legen sie auf ihren Wagen. Ihre orangen Kleider leuchten im Neonlicht der neuen Werkhalle. Einer nach dem andern tritt in den taufeuchten Morgen hinaus, sie zerstreuen sich in alle Richtungen, rauchen die erste oder zweite Zigarette, einer hat bereits ein Bier getrunken. Stumm gehen sie ihren Weg, haben die Strassenzüge im Kopf, die sie zu reinigen haben. Glücklich die, die mit den elektrischen Putzfahrzeugen unterwegs sind und mit gefülltem Wassertank und laufenden Bürstenkreiseln an Bordsteinen entlang fahren können. Er dagegen ist zu Fuss unterwegs, mit Zange und Besen, Richtung Place Bel-Air und überquert den Pont de la Couluvrenière, geht an den Fassaden der pompösen Bankgebäude entlang und sieht von weitem den dunklen Packen in dem Gebüsch liegen. Er nähert sich dem Objekt, fischt mit seiner Eisenzange danach, obwohl das hier noch nicht sein Revier ist, und zieht die schwarze Ledertasche aus dem Dreck. Der Reissverschluss ist offen und er sieht die Kleider darin, fühlt schnell mit der Hand hinein und lädt die Tasche dann auf seinen Wagen. Fundmaterial, er wird die Tasche im Fundbüro abgeben oder vielleicht auch wegwerfen. Wer wird schon nach ein paar Socken fragen, nach einem alten T-Shirt?

Er betritt den Steg auf der Rhone und durchkämmt von da aus den Quai hinauf bis zum Palais Wilson. Jeden Morgen wird es jetzt dunkler, wenn er losgeht. Vor ein paar Wochen schien noch die Sonne, wenn er seinen Dienst antrat, die erste Zigarette im Mund, die eine Hand in der Hosentasche, die andere an der Gabelung des Handwagens. Heute ist es dämmerig und so kalt, dass er hin und wieder die Hand wechseln muss, um sie in der Hosentasche aufzuwärmen. Autos kommen ihm entgegen, fahren an ihm vorbei, die ersten Frühaufsteher auf dem Weg zur Arbeit. Er kennt die Buslinien, die jetzt schon verkehren. Der Steg liegt im morgendlichen Dunst, manchmal findet er Reste von nächtlichen Partys, Gegenstände, die jemand vergessen oder verloren hat, Fahrräder, gestohlen und kaputt gefahren, selten Kleidungsstücke oder Schuhe. Er schiebt seinen Handwagen über den Quai de l'Ile und pflückt mit der langen Eisenzange die Papierfetzen vom Boden. Der Steg ist erst kürzlich renoviert worden, neue schmale Sitzbänke, eine kleine Grünfläche für den Sommer, und jetzt kommen jede Nacht Leute hierher und werfen Bierflaschen in den Fluss oder lassen ihren Mac-D-Müll liegen. Er räumt den Place Bel-Air auf wie jeden Morgen. Ein alter, gebückter Mann geht über den Platz und winkt ihm spöttisch zu. Der Strassenwischer langt nach den Fetzen auf dem Asphalt, klaubt die leeren Bierflaschen vom Boden und hört den Alten leise vor sich hin pfeifen, schaut ihm nach, wie er leichten Schrittes den Quai hinuntermarschiert, seine Hand über sich schwenkend wie ein kleines Fähnlein.

Seine Aufgabe besteht darin, den Quai und dessen Bord zu säubern, der erwachenden Bevölkerung eine saubere Stadt zu bieten. Die Seife war eine Idee des Vorarbeiters. Nicht angenommen. Dieser Idiot hatte doch tatsächlich vorgeschlagen, das Wasser der morgendlichen Putzfahrzeuge mit einem leichten Seifenzusatz, ökologisch versteht sich, zu mischen, um die Strassen »noch« sauberer zu halten, die Bordsteine wirklich bis auf die letzten Granitschichten zu schleifen, damit würden eventuelle Krankheitserreger von Fixern und anderem Geschmäus entfernt, denn die Polizei, das habe man ja inzwischen gesehen, vermöge dagegen sowieso nichts zu unternehmen. So könne man doch zumindest der Infizierung durch diese »Kranken« vorbeugen und im gleichen Zug auch sie selbst vor ihren Geschwüren und unheilbringenden Bakterien schützen. Ein wenig Seife habe noch keinem Gesicht geschadet. Jeder Mensch, so ein Chinesisches Sprichwort, bringe täglich sein Haar in

Ordnung, warum nicht auch seine Strassen und Gehsteige. – Das Sprichwort habe er allerdings ein wenig abgewandelt.

Ordnung und Sauberkeit sind die Voraussetzungen für ein reibungsloses Funktionieren dieser Stadt. In den Fenstern leuchten Lichter auf, Vorhänge werden aufgerissen, Fenster aufgestossen, und während er mit dem Besen über den Asphalt wischt, werden Duschen aufgedreht, wird Rasierschaum auf Backen aufgetragen und wieder abgeschabt, Kaffee wird in Tassen gegossen, tonnenweise Brote mit Butter und Konfitüre bestrichen, karge Gesprächsfetzen fliegen durch Küchen und Hausflure, flüchtige Abschiedsküsse, Computer springen an, Automotoren stottern, Lieferwagen strömen in die Einkaufspassagen, es wird ein Tag werden wie jeder andere.

Bis er vorne beim Palais Wilson angekommen ist, wird das Verkehrschaos in vollem Gange sein. Er wird seinen Kaffee im Café de la Navigation trinken und den Wagen zurückbringen. Für heute ist der Quai sauber. Die schwarze Tasche liegt auf seinem Wagen.

BOULEVARD SAINT-GEORGES

Motoren, die auf niedrige Gänge schalten, zum Stehen kommen, wieder anfahren, ein konstanter Lärm, der die Scheiben in den Fenstern zum Zittern bringt. Die Tür an Georgs Haus steht bereits offen. Er tritt in den Flur und schaut mechanisch in den Briefkasten, als hätte ein Pöstler in der Nacht heimlich eine wichtige Meldung hinterlassen können, eine Reflexhandlung, eine gedankenlose Bewegung ohne Bedeutung. Er schliesst den kleinen Blechkasten wieder ab und steigt die Sandsteinstufen hoch bis in den zweiten Stock. Vor seiner Wohnung bleibt er kurz stehen, blickt auf das kleine Schild an der Tür, liest seinen eigenen Namen, schaut auf das Guckloch. Es kommt ihm vor wie eine Ewigkeit, seit er seine Wohnung verlassen hat, als hätte er eine lange Reise hinter sich, als würde er von einer Weltumsegelung nach Hause zurückkehren. Und irgendwie hat er das Gefühl, als wäre er gerade einer Katastrophe entkommen, aber doch nicht so richtig, als hätte sein Leben daran Schaden genommen, als sei ihm der Boden unter den Füssen weggezogen worden. Er steckt den Schlüssel in das Schloss und dreht, drückt die Türfalle, macht das Licht an und steigt über das Gerümpel im Flur, das noch genau so dasteht wie seit eh und je. Eine verstaubte Stille herrscht über diesem Chaos, in dem einsam und verlassen das kleine Lämpchen des Anrufbeantworters blinkt. Er betrachtet das Aufleuchten des roten Punktes. Zwei Meldungen sind auf dem Band, und er drückt auf die Play-Taste, hört, was er erwartet hat: die Stimmen und die dumpfen Schläge, Fred und Eliane, die sich streiten, dann seine eigene Stimme, die in dieses Chaos hineinschreit. Er hört sich ein paar Sekunden davon an und drückt dann auf die Vorlauftaste. Freds Stimme nagelt ihn am Boden fest, als stünde er im Raum, dabei klingt die Stimme verzerrt durch das Gerät.

»Hey, hallo Georg, wo stecksch? Du häsch doch wöllä verbiecho? Mir sitzed do und wartet üs Löcher in Chopf. D'Eliane isch müed, ich glaub, sie schloft scho. Dä Whisky hän i inzwüschä selber trunkä, do isch grad d'Höll los, Polizei und Chrankewagä und so, irgend öpis passiert dussä, aber ich gang jetzt au go schlofe, chum doch morn is Kafi Cristallina, ich verzell der denn alles, also bis morn am halbi achti, riiss di zämä und chum au, o.k.? Tschau.«

Klick.

Die Leuchtdiode blinkt wieder. Georg starrt auf das Gerät.

Er greift zum Hörer, tippt ein paar Zahlen ein, hält dann inne, legt den Finger auf die Gabel und lässt den Hörer sinken, legt ihn zurück auf den Apparat.

RUE DU RHÔNE

Die Wanderung führt an den Häusern und Geschäften entlang. Théodor geht mit müden Schritten, er hält sich am Gemäuer fest und schaut über die Strasse. Es ist kühl geworden, er friert ein wenig, das hat er die ganze Nacht hindurch gar nicht bemerkt. Er reibt sich die Arme und spürt, wie dürr er geworden ist, seine knochigen Arme, er fasst sich an die Rippen, da ist kein Speck mehr dran wie früher, nur noch die dünne, ledrige Haut, er sollte mehr essen und sich hin und wieder etwas Süsses gönnen. Marie macht immer sehr leckere Torten am Sonntag, und wenn er nach Hause kommt, dann steht da ein schöner heisser Kaffee auf dem Tisch, frisches Brot und Käse und er wird sich satt essen und dann hinlegen. Die Müdigkeit steigt in ihm hoch und zieht ihn in den Boden hinein, er hat das Gefühl, in diesem Trottoir zu versinken. Er hält sich an der Mauer fest und reisst die Augen auf. Die Sonne blendet ihn, sie hat sich über die Dächer erhoben. Der Lärm der Stadt ist erwacht, und er lauscht diesem Gedröhne, dem Hupen der Autos und den Sirenen der Polizei- und Krankenwagen. Nie hat es ihn erwischt, aber oft muss er daran denken, wenn er dieses Geräusch hört, sein Leben lang ist er von körperlichen Gebrechen verschont geblieben, sein Schutzengel hat ihm auch als Erwachsener beigestanden, und jetzt spürt er das leichte Ziehen in der linken Seite, ein Stechen beinahe, das ihm für eine Sekunde den Atem abschneidet. Er macht zwei Schritte und bleibt sofort wieder stehen, klammert sich an das Sims eines Schaufensters. Er hätte doch den Stock mitnehmen sollen, Marie hat ihm sonst immer den Stock in die Hand gedrückt, weil er ihn sonst vergisst, und jetzt könnte er ihn gebrauchen, um sich aufzustützen, so wird er an dem Gemäuer entlang hangeln müssen bis zum grossen Platz und dann jemanden fragen, der ihn in den richtigen Bus hieven könnte, ein junger, starker Mann vielleicht. Er macht wieder zwei Schritte und der Stich lässt nach. Er atmet durch, atmet tief ein und bläst die Luft wieder aus. Der feine Hauch seines Atems steigt in der kalten Luft wie Nebel aus seinem Mund, benetzt seine Wangen, er reibt sich mit der rechten Handfläche das Gesicht und hustet. Griff in die Brusttasche, eine letzte Zigarette ist noch da. Er nimmt sie aus dem zerknüllten Päckchen und steckt sie sich in den Mund. Er hält die hohle Hand vor, entzündet das Feuerzeug, zieht, reckt den Hals, er wird Zigaretten holen müssen, wer sonst sollte ihm Zigaretten besorgen. Er geht weiter und hält sich zur Sicherheit am Geländer fest. Es wird Zeit, dass er nach Hause kommt, was wird Marie sagen, wenn er so spät nach Hause kommt, sie hat bestimmt bereits gekocht, aufgetischt und wartet mit umgebundener Schürze und vorwurfsvollem Blick, sitzt auf dem Stuhl in der

Küche, wie sie das immer tut, sonntags, wenn sie den ganzen Morgen in der Küche verbracht hat, während er in seinem Café den ersten Espresso und die ersten paar Zigaretten zu sich genommen hat. Ein Abkommen unter ihnen, dafür darf sie freitags mit ihren »Weibern« fort so lange sie will, er schaut sich dann die Sportschau an und hütet die Festung, für den Fall, dass Kinder und Kindeskinder vorbeikommen, die nicht enttäuscht werden dürfen. Mit der Zigarette im Mund geht es bedeutend besser, er kommt Schritt für Schritt voran. Bald wird er ankommen, er muss noch die Strasse hoch, das kennt er, aufpassen auf die neuen Buslinien, die von allen Seiten heranfahren und einen Unachtsamen überrollen können, am Kiosk vorbei, wo er früher die Zigaretten gekauft hat, bis diese neue, junge Verkäuferin eingestellt worden ist, die einfach nicht versteht, was er will. Jedesmal ist es dasselbe Drama. Er bestellt Gauloises und bekommt Filterzigaretten, jedesmal muss er sie zurückgeben und extra nach Filterlosen verlangen. Jetzt kauft er die Zigaretten halt im Café, auch wenn sie dort ein bisschen teurer sind, die Kellner wissen wenigstens, was er braucht. Kein Wunder nach über fünfzig Jahren.

CAFÉ CRISTALLINA

Der Kellner tritt auf die Strasse hinaus, wirft die heruntergerauchte Zigarette in die Bordsteinrinne und verschwindet im Café, um gleich darauf mit zwei Stühlen wieder zu erscheinen. Er holt noch mehr Stühle, dann einen Tisch, noch einen und schliesslich den dritten und letzten. Er wirft rote gerillte Plastiktischdecken darüber, rückt die weissen Kunststoffstühle zurecht, schaut auf die andere Seite hinüber, steckt sich eine neue Zigarette an, zieht genüsslich daran, bläst den Rauch ebenso genüsslich wieder aus und erkennt weit hinten am Anfang der Rue du Rhône den Alten. Leicht hinkend bewegt er sich über das Trottoir den Schaufenstern entlang. Er kennt den seltsamen Gang dieses Mannes, er weiss, dass er unterwegs ist zu ihm, dass er einen Espresso und filterlose Zigaretten bestellen wird. Der Kellner begibt sich hinter die Bar, schraubt an der Kaffeemaschine herum, bringt sie zum Zischen und zum Schnaufen, klopft den alten, trockenen Kaffeerest von gestern aus dem Kolben und präpariert ihn für einen Espresso, wischt mit einem Lappen über die Theke und reisst die Abwaschmaschine auf, in der noch gesäubertes Geschirr vom Vortag liegt. Die Tassen räumt er heraus und stapelt sie neben der Maschine, die Gläser reibt er mit einem Tuch sauber und reiht sie in einem Regal an der Wand hintereinander auf.

Mit erhobener Hand zum Gruss und leicht zugespitztem Pfeifmund betritt Théodor als erster Gast das Café und setzt sich ans Fenster mit Blick auf das Trottoir und den Eingang des grossen Einkaufshauses, das noch verschlossen ist.

»Bonjour, Monsieur Dubois! Einen Expresso?« ruft der Kellner und legt bereits die Untertasse und den Löffel parat, zwei Zucker und eine Crème dazu, routinemässig auch ein Päckchen Zigaretten, serviert den Kaffee.

»Voilà, Monsieur! So früh schon unterwegs?«

»Merci Jean, das ist nett von Ihnen, wissen Sie, es war sehr weit und ich bin froh, dass ich endlich angekommen bin. Sie haben doch noch nicht angefangen?«

»Angefangen? Womit?«

»Mit dem Essen.«

»Mit welchem Essen?«

»Mit dem Abendessen.«

»Aber Herr Dubois, wo waren Sie denn? Sie sind ja ganz nass und durchgefroren. Waren Sie denn nicht zu Hause? Man hat gestern abend nach Ihnen gefragt.«

»Zu Hause? Jetzt bin ich doch zu Hause. Bin ich denn zu spät zum Essen?«

»Aber Herr Dubois, es ist sechs Uhr früh, Freitag morgen, Sie sind seit gestern herumgeirrt.«

»Herumgeirrt?«

»Wo waren Sie denn?«

»Ich musste eine Tasche zurückbringen, das hat ein wenig gedauert. Aber ich hoffe doch, dass ich nicht zu spät zum Essen bin.«

»Möchten Sie etwas essen, Herr Dubois?«

»Ja. Sehr gern, Jean. Was können Sie mir denn heute servieren?«

»Also, Monsieur Dubois, Sie sind mein erster Gast heute, und ich lade Sie zu einem deftigen Frühstück ein!«

»Frühstück?«

»Es ist sechs Uhr in der Früh, Herr Dubois, das ist alles, was ich Ihnen bieten kann. Die Croissants sollten jeden Augenblick geliefert werden.«

»Wenn Sie meinen ...«

»Dazu habe ich Schinken, Ei, Käse, was Sie wünschen.«

»Das ist nett von Ihnen, ja, bringen Sie mir von allem, und viel, ich habe einen Bärenhunger!«

»Gern, Monsieur Dubois.«

Der Kellner verschwindet in der Küche und vor dem

Fenster gehen auf dem Trottoir die ersten Frühaufsteher vorbei. Théodor sitzt unter dem verschnörkelten Schriftzug des Cafés Cristallina und schaut den vorbeiwandelnden Menschen nach, bricht einen Zucker entzwei, wirft die eine Hälfte in die winzige Tasse, steckt sich die andere in den Mund und rührt den Kaffee um. An seiner linken Hand raucht eine Gauloises zwischen den knochigen, leicht zittrigen Fingern.

HOTEL BEAU RIVAGE

Durch das Fenster ist der ganze Hafen zu sehen, die Ile Rousseau, der Pont de la Machine, die Fassaden der Patrizierhäuser auf der anderen Hafenseite, die Hügelketten weit hinter der Stadt. Zwei Körper liegen unter den schneeweissen Decken des grossen, schwungvoll verzierten Barockbetts, die Arme über den Kopf gestreckt, die Beine verschlungen, das Sonnenlicht kitzelt die Augenlider, das Zwinkern, das Zittern dieses kleinen Muskels, und plötzlich springen die Augen auf, bewegen sich unsicher, geblendet, Louis reibt sich die Augen, dann das ganze Gesicht.

Er setzt sich im Bett auf und schaut sich um. Neben ihm liegt Leila und schläft. Die Suite ist mit hellgelben Möbeln vollgestellt, ein Spiegel mit Schminktisch an der Seite, hinten eine Tür, die ins Badezimmer führt. Louis reibt sich wieder die Augen, sein Schädel schmerzt, die Glieder fühlen sich schwer an. Leila liegt still neben ihm, ihr ruhiger, regelmässiger Atem, die markanten Lippen sanft aufeinanderliegend, das Ohr unter den Haaren. Er streicht mit einer Hand leicht über ihren Rücken, sie stöhnt leise, dreht sich um und hält sich eine Hand schützend vor die geblendeten Augen.

»Louis, wir sind eingeschlafen!«

»Ja, wach auf, die Sonne scheint bereits.«

»Wo sind denn die Leute?«

»Es ist noch immer niemand gekommen. Jedenfalls hat uns niemand geweckt.«

»Aber irgendwer muss doch dieses Zimmer gemietet haben? Oh, mein Kopf!«

Leila reibt sich die Schläfen, dreht den Kopf vorsichtig hin und her.

Louis steigt aus dem Bett und geht ihm Zimmer umher.

Auf dem Zimmerboden liegen mehrere Flaschen herum, die Minibar steht offen und zeigt gähnende Leere.

»Vielleicht haben sie sich in der Stadt verlaufen?«

»Und die Bademäntel in der Sauna vergessen ...!«

»Wir haben Sie ihnen gestohlen!«

»Ja, aber vielleicht haben die ja unsere Sachen gestohlen.«

»Vielleicht tummeln sie sich jetzt bei uns zu Hause in der Wohnung?«

»Oder sie sind im See ertrunken.«

»Und wer hat unsere Sachen gestohlen?«

»Irgend ein Verrückter.«

»Oder der Dicke mit der weissen Plastiktüte, schliesslich hatte der dieselbe Tasche wie wir, als er ankam.«

»Louis, du machst dir wieder zu viele Gedanken, lass uns hier abhauen.«

»Im Bademantel? Leila, wir haben nichts anzuziehen,

die Leute hier scheinen nicht gerade viel Gepäck mit sich herumzuschleppen.«

Louis geht ins Bad und dreht den Hahn der Dusche an.

»Ausser ein paar Toilettenutensilien ist in diesem Zimmer nämlich nichts zu finden!«

Leila kämpft sich aus den Laken, reibt sich die Augen, dreht wieder den Kopf und wirft die Haare nach hinten. Vorsichtig steht sie auf und geht zum Fenster, sieht ein Buch auf dem Sims.

»Louis schau, hier liegt ein Buch. Ist das Chinesisch? oder Japanisch? Schau mal diese Schrift, sieht lustig aus.«

Sie schaut über den Hafen, sieht die Blätter der Bäume im Wind wehen, der leicht von Wolken verhangene Himmel, die aufgehende Sonne hinter dem Mont-Blanc Gebirge. Auf dem Steg des Bains des Pâquis sind bereits Menschen unterwegs, und dort wo sie vor ein paar Stunden selbst noch gestanden hat, eingewickelt nur in ein Badetuch, steht jetzt ebenfalls jemand und reibt sich trocken. Es kommt ihr so lange vor, dass sie dort gestanden hat, als wäre es Wochen her. Dabei sind sie von dort aus nur über den Steg gelaufen und dann direkt hierher ins Hotel gekommen, haben auf die Hotelgäste gewartet und die Bar leergetrunken. Eine seltsame Nacht. Sie haucht an die Fensterscheibe und wischt dann mit zwei Fingern über das beschlagene Glas. Unten geht ein Strassenwischer mit seinem Handwagen über den Quai. Leila wird plötzlich stutzig.

»Hey, Louis, komm, schau mal!«

»Was ist denn?«

»Da unten liegt unsere Tasche auf dem Wagen eines Strassenwischers, komm schnell!«

Louis stellt sich neben Leila, erkennt die Tasche und reisst das Fenster auf.

»Hey, Sie da unten, das ist unsere Tasche da, ja Sie, die schwarze Ledertasche, das ist unsere, wo haben Sie sie her, bringen Sie die sofort hoch, haben Sie verstanden!«

Der Strassenwischer hört eine laute Stimme, dreht sich um, begreift aber nicht sofort, dass er gemeint ist. Dann zeigt er mit dem Finger mehrmals auf sich, schaut sich nach anderen möglichen Adressaten um und versteht dann, dass es tatsächlich um ihn und die schwarze Ledertasche auf seinem Wagen geht. Er nimmt sie zur Hand, hält sie in die Luft, nickt und überlegt, was er tun soll. Louis winkt und nickt ebenfalls, bis der Strassenwischer mit der Tasche auf den Eingang des Hotels zugeht und unter dem Vordach verschwindet. Kurz darauf erscheint er mit einem uniformierten Hotelboy zusammen wieder auf der Strasse. Der Boy hält die Tasche in der Hand und schaut verwundert die Fassade hoch.

»Ja, das ist unsere Tasche, bringen Sie sie uns hoch bitteschön, aber schnell!«

Der Boy zeigt auf die Tasche, nickt verstehend und verschwindet dann unter dem Vordach im Eingang des Hotels. Der Strassenwischer kehrt wieder zu seinem Wagen zurück und geht kopfschüttelnd seines Wegs.

Louis schliesst das Fenster.

Es klopft an der Tür und der Hotelboy reicht die Tasche herein.

Da liegt sie nun auf dem Bett und Louis und Leila sitzen staunend daneben. Die Kleider, die sie darin finden, sind nicht die ihren: ein grauer Herrenanzug, ein weisses Hemd, eine Krawatte und ein dünnes hellblaues, nasses Sommerkleid.

»Aber das ist eindeutig unsere Tasche, schau hier, dieser Fleck, den hab' ich einmal mit einem zerplatzten Tintenfass gemacht.«

»Ja, wirklich, das ist unsere Tasche, aber wie kommen diese Kleider da hinein und wem gehören sie?«

»Iih, und das ist auch noch nass!«

»Aber immerhin haben wir jetzt etwas anzuziehen. Gib her, im Badezimmer gibt's einen Föhn.«

Louis föhnt das dünne Kleid.

»Wie spät ist es eigentlich? Wir müssen Magalie abholen, meine Mutter muss zur Arbeit, ich habe gesagt, dass ich sie um sieben holen komm'.«

»Also los, komm, wir müssen hier weg! Schau, unsere Schuhe haben sie sogar drin gelassen. Und da ist auch dein Parfum, schau mal, so was!«

Sie ziehen sich schnell an. Leila föhnt das Kleid trocken, so gut es geht, besprayt sich mit ihrem Parfum. Dann öffnen sie vorsichtig die Tür und verschwinden aus diesem gelben Zimmer im dritten Stock des Hotel Beau Rivage. Die weissen Laken leuchten im Sonnenlicht, das jetzt durch die Fenster hereinfällt, draussen sind Stimmen zu hören.

HOTEL DES BERGUES

Couillo mag kein Müesli. In Milch geweichte Getreideflocken liegen ihm nicht, er bevorzugt Croissants und starken Kaffee, dazu ein wenig Aufschnitt und Käse, ein gekochtes Ei. Das Handy singt neben dem butterverschmierten Messer eine schnulzige Melodie. Er putzt sich den Mund an der Serviette ab und kaut an einem letzten Bissen.

»Ja.«

Dann sitzt er wie versteinert, hört eine ganze Minute ohne sich zu bewegen in diesen kleinen Apparat hinein. Dann biegt sich der kleine Finger an seiner linken Hand und er schreit, dass es durch das ganze Restaurant dröhnt.

»Ihr Arschlöcher! Könnt ihr denn nicht aufpassen! ... Was? ... Was wollt ihr denn mit der Frau noch, die weiss nichts, die hat er gestern abend bei den Delacroix' aufgegabelt, eine kleine Tipse, stosst sie irgendwo ab. Ja, schaut zu, dass ihr sie vom Hals kriegt! Das ist alles, was ich dazu zu sagen habe. Ich bin heute bei Henry, ja, den ganzen Tag. Ich brauche neue Schuhe, verdammt noch mal. Und Chigo, ich sag dir eins, wenn so etwas noch einmal vorkommt, dann siehst du den Lac Léman von unten, das versprech' ich dir!«

Mit versteinerter Miene legt er das Handy wieder neben das Messer und greift nach einem Stück Schinken, kippt den letzten Rest Kaffee hinunter. Vor dem Fenster fährt eine Limousine vor, eine Dame in einem dicken Pelzmantel steigt aus, der Hotelboy hält ihr die Wagentür auf und kümmert sich dann um das Gepäck. Couillo schmatzt ein wenig beim Essen, das passiert ihm immer, wenn er nervös wird. Ali war doch ein flotter Kerl, aber er sah die Sachen immer etwas zu eng. Eigentlich ist es doch schade um ihn. Langsam verschwinden die Freunde um einen und irgendwann ist man allein. Und vor allem nützt er ihm jetzt nicht mehr viel. Er kann noch zwei Wochen durchhalten, drei, wenn er

Glück hat. Entweder er findet den Richtigen und räumt ihn aus dem Weg, oder er selbst ist an der Reihe.

Couillo winkt dem Hotelboy und schiebt das Essen angewidert über den Tisch.

»Holen Sie meinen Wagen!«

Er drückt dem Jüngling die Autoschlüssel in die Hand und steht schwer atmend auf. Die Schulter schmerzt, er sollte zum Arzt gehen, sich mehr entspannen, die Geschäfte etwas ruhiger nehmen. Er nimmt die Serviette und reibt sich die Schuhe glänzend, dann sieht er seinen Mercedes am Eingang vorfahren und geht hinaus. Die Hose flattert beim Gehen. Sein linker Arm steht leicht zur Seite ab. Der Boy öffnet ihm die Wagentür, schlägt sie behutsam zu. Couillo wird in den Verkehr gewunken.

ARTAMIS

Pfützen von ausgelaufenem Bier, Wein, zerbrochene Plastikbecher, aufgeweichte Zigarettenstummel auf dem Betonboden, feuchtkalte Luft. Neon. Das Surren eines potenten Verstärkers dröhnt durch den kleiderschrankgrossen Lautsprecher, ohne Musik, ohne erkennbare Gestaltung. Stecker raus und das Surren ist weg. Glas klirrt, von einem Besen über den künstlichen Stein geschoben. Filzige Haare im Gesicht, sie kleben an der Stirn vom Schweiss und der feuchten Luft hier unten in diesem Keller, den nun alle verlassen haben, ausser ihnen beiden, Alain und Vicky. Ein Dreck überall, als hätte ein Müllwagen seine Fracht die Treppe herunter entladen. Ein schwerer Geruch, den sie bereits kaum mehr riechen, ihn aber spüren, drückt auf die Stimmung. Hinter den Stühlen liegt noch einer und schläft, betrunken oder bekifft oder sonst irgendwie zugeknallt. Am besten ihn liegen lassen, wenigstens bis einigermassen aufgeräumt ist. Keine Schlägerei provozieren, sich nicht noch runtermachen lassen, die Drecksarbeit zu machen, ist schon Strafe genug. Zum Saufen kommen sie alle, zum Aufräumen ist sich jeder zu fein, dabei sind sie siebzehn Leute, die sich um diesen Keller kümmern, seit vorgestern, zuvor waren sie achtzehn, aber den einen haben sie geschnappt, der hockt und kommt so schnell nicht mehr raus, mit all dem, was er bei der Razzia auf sich getragen hat. Aber vielleicht ist ja jetzt endlich Ruhe. Die Bullen haben doch sehen müssen, dass hier ausser dem bisschen Gras alle clean sind wie Hotelservietten. Und wo sollen denn die Leute sonst hin, es gibt ja kaum was in diesem Scheisskaff! Geh einer mal um zwei Uhr nachts raus, um nach getaner Schwerstarbeit ein Bier zu trinken. Tot ist diese Stadt, so tot, dass es einen schaudert, als schreite man als einziger zum Leben verdammter Erdling durch eine Geisterstadt, also, was soll's, ich will schlafen, ich bin auch nur ein Mensch. Raus jetzt! Wir schliessen, komm später wieder!

SHOWROOM ROSSETTI

Eiserne Fassaden, betoniert, verschalt, verglast, armiert, die Rahmungen verkeilt, verdoppelte Scheiben, dröhnende Explosionen, amputierte Beine und Arme, zerhackte Glieder und zerplatzte Gehirne, gärende, faulende Säfte, morsches Mobiliar geht über in Abwasserleitungen, Röhren und Tonnen, Klärschlammbecken. Andy schrickt auf, und alles ist nur ein Wohnzimmer, kahle, bilderbehängte Wände, leere Polstersessel, beleuchtet durch das weisse Rauschen am Schirm. Gläser liegen verstreut über den Boden. Blei in den Adern, den Arm heben, nach der Tastatur der Fernbedienung greifen. Aus. Andy fällt zurück in den Sessel.

»Na, wir gehen dann.«

Martin und Claudine stehen angezogen im Flur. Jeanine sitzt auf einem Stuhl und raucht, Norbert trägt noch immer die Weinflasche und das Glas mit sich herum und schreitet rauchend über das Parkett, als sei er unterwegs.

Claudine legt Jeanine die Hand auf die Schulter.

»Ich ruf dich morgen an, ja?«

Jeanine nickt und kaut an einem Fingernagel.

»Das wird schon wieder, vielleicht ist er in einer Bar versumpft ...«

»In einer Bar! Um diese Zeit, in Genf?«

»Und wenn er kommt, rufst du mich an, ja? Tschüss.«

Claudine küsst sie auf die Wange und streicht ihr über das Haar. Martin winkt verlegen. Norbert küsst Claudine, stellt die Weinflasche auf den Boden und gibt Martin die Hand.

»Kommt gut nach Hause! Ich bleib noch bei ihr, bis er da ist.«

Die schwere Eichentür fällt zu.

Jeanine kaut an ihren Fingernägeln.

Norbert raucht, schenkt sich ein und geht wieder hin und her, kreuzt Andy, der sich aus dem Polstersessel gekämpft hat, sich das Gesicht reibt und Richtung Küche latscht.

»Hey.«

»Salut.«
Jeanine schaut ihm hinterher.
»Ach, Andy, ähm, ich dachte, Sie seien schon weg?«
»It's o.k.«
Andy verschwindet in der Küche.

CAFÉ CRISTALLINA

Das Putzfahrzeug schwenkt um die Hausecke und Georg muss vom Trottoir auf die Strasse hinunter ausweichen, beinahe wäre er in das Fahrzeug hineingelaufen und hätte nasse Schuhe bekommen. Er reibt sich die Augen. Die Müdigkeit macht sich bemerkbar und ihm ist, als sei die Gravität ausser Kraft gesetzt. Er reisst sich zusammen, geht die Strasse hinunter. Wenn Fred tatsächlich in das Café kommt, dann muss er diese Nacht schlecht geträumt haben, oder er hat irgend ein halluzinogenes Zeug geraucht, das ihn um seinen Verstand gebracht hat. Er wird sich bei Vicky beschweren müssen. Ihm ist mulmig zumute. Ein Kaffee ist genau das, was er jetzt braucht. Er geht durch die langsam erwachende Einkaufspassage, Schuhe, Uhren und Unterwäsche liegen da aufgebahrt auf purpurroten Regalen, ein Zeitungsständer steht ihm Weg, sein Kinn kratzt. Das Café Cristallina war seine Entdeckung, und seit er dieses Café Fred einmal gezeigt hat, verabreden sie sich oft hier, ausser die Verabredung ist nach sechs Uhr abends, dann ist das Café geschlossen. Aber jetzt steht die Tür bereits offen, das sieht er von weitem. Georg geht über die schmale Rue du Rhône und traut seinen Augen nicht. Träumt er schon wieder? Da sitzt der Alte, dem er diese Nacht auf der Plaine de Plainpalais begegnet ist, und isst gemütlich ein Frühstück. Er sagte doch, er müsse nach Hause, er dürfe nicht zu spät zum Frühstück kommen, wer zu spät kommt, den bestraft das Leben … und jetzt sitzt er da vor einer Platte so gross wie der Tisch, vor Bergen von Schinken, Käse und Croissants. Es scheint ihm zu schmecken. Jedenfalls bemerkt er gar nicht, dass er von draussen durch die Scheibe beobachtet wird. Georg klopft an das Fenster. Der Alte schaut verwundert auf. Georg winkt, und der Alte schaut noch verdutzter als vorher. Dann tritt Georg in das Café und geht auf den Alten zu.

»Guten Morgen, Monsieur!«

»Guten Tag, junger Mann.«

»Schmeckt's?«

»Sehr gut, danke.«

»Haben Sie denn Ihren Weg noch gefunden?«

»Welchen Weg?«

»Na, nach Hause, erinnern Sie sich, wir waren doch auf der Plaine heute nacht.«

»Auf der Plaine?«

»Erkennen Sie mich denn nicht mehr?«

»Wer sind Sie?«

»Na, ….«

Der Kellner drängt sich zwischen ihn und den Alten.

»Entschuldigen Sie bitte, der Herr isst gerade, wenn Sie etwas wünschen, dann können Sie sich gerne an einen anderen Tisch setzen.«

»Aber, …«

»Da drüben ist noch Platz.«

Der Kellner schiebt ihn mit seinem vorstehenden Bauch zwischen den Tischen hindurch in den hinteren Teil des Restaurants.

»Nanana, ist ja gut, ich dachte nur, wir würden uns kennen, und da …«

»Was darf ich bringen?«

»Einen Kaffee, bitte, nein, einen Espresso und einen Kaffee bitte.«

Un express, un café! ruft der Kellner dem Barkeeper zu und verschwindet mit seinem Tablett in der Küche. Mehrere Gäste haben die Szene beobachtet und flüstern miteinander, schielen zu Georg hinüber, dann zum Alten.

Georg legt einen Arm auf den Tisch und greift nach den Zigaretten. Die Kaffeemaschine zischt und dampft, andere Gäste treten ein, und der Alte schaufelt in sich hinein wie ein ausgehungerter Löwe.

JARDIN ANGLAIS

Leo starrt über das Hafengelände. Juanita reibt sich die Hände und schaut zu Boden. Über den Schiffen hat sich der Tag erhoben, die Sonne scheint auf das Bains des Pâquis, das vor ihnen mitten im Hafen liegt. Tauben und Möwen schwirren um die Segelmasten der angelegten Boote, erste Spaziergänger schlendern den Quai entlang.

Was soll er jetzt tun? In umständlichem und kaum verstehbarem Englisch hat ihm Juanita erzählt, was in der vergangenen Nacht vorgefallen ist. Es hatte mehrere Stunden gedauert, bis er ihr Vertrauen soweit gewonnen hatte, dass sie sich ihm anvertraute und zu erzählen begann, was sie so spät in der Nacht auf die Strasse hinaus getrieben hatte. Er wollte eigentlich Norbert abpassen und ihm hinterherfahren. Was aber hätte er unterdessen mit Juanita machen sollen? Er konnte sie nicht einfach so in der kalten Nacht stehenlassen. Sie war völlig verwirrt und auf eine Art willenlos, die es ihm unmöglich machte, sie allein zu lassen. Also setzte er sich mit ihr auf eine Bank und redete ihr solange zu, bis sie auf einige Fragen hin nickte oder den Kopf schüttelte. Nach und nach brachte sie auch Wörter zustande, und schliesslich begann sie zu antworten. Dass es stimmt, was sie erzählt hat, steht ausser Zweifel. Vielleicht ist nicht alles so dramatisch verlaufen, wie sie es erlebt und geschildert hat, aber es muss schrecklich gewesen sein. Eigentlich müsste er jetzt mit ihr zur Polizei gehen. Doch damit würde auch sein eigenes Versteckspiel ein Ende nehmen. Wenn Norbert tatsächlich Informationen an die Polizei weitergegeben hat, dann hätte er keine Chance mehr. Er könnte sich drehen und wenden wie er wollte, er sässe in der Falle. Aber wo soll er sonst hin? Es macht eigentlich gar keinen Sinn, sich irgendwo zu verstecken. Er müsste sich neue Papiere besorgen, die Ausreise organisieren, sich auf eine ferne Insel, in den Dschungel irgendeines asiatischen oder südamerikanischen Landes verkriechen. Aber dazu, das sieht er jetzt so klar wie noch nie, hat er weder das Geld noch die Kraft – und auch nicht den Mut. Es war lächerlich, Norbert hinterherzustellen, in der Hoffnung, damit irgend etwas auszurichten, sich irgendwie noch aus der Schlinge zu ziehen. Und jetzt sitzt er da mit einer Asiatin, die gerade einer Katastrophe entkommen ist.

Leo dreht sich leicht zu Juanita hin, die mit verschränkten Armen dasitzt und noch immer auf den Boden starrt. Er faltet seine Hände, reibt sich die Knöchel und atmet einmal kräftig durch.

»So, it's not easy, I know, but I think it's best, we go to the police now.«

Juanita schaut ihn unsicher an.

»Don't be afraid, they won't do you any harm.«

Juanita senkt ihren Blick wieder zu Boden, zieht die Schultern hoch und beginnt zu weinen.

»But let's drink a coffee first. Look, there is a nice restaurant right here in this street.«

Er nimmt sie am Arm und steht auf. Sie folgt ihm und reibt sich die Augen trocken. Er legt ihr den Arm über die Schultern und führt sie den kleinen Weg durch den Park, überquert mit ihr die sechsspurige Fahrbahn dahinter und stösst die Tür zum Café Cristallina auf. Der plötzliche Lärm der vielen Gäste verunsichert Juanita ein wenig. Sie schaut Leo mit grossen Augen an, geht dann aber voraus und setzt sich an einen Tisch. Leo bestellt zwei Kaffees und Croissants. Neben ihnen sitzt ein alter Mann an einem Tisch voller leergegessener Teller und Tassen und raucht. Der Kellner ruft die Bestellungen durch den Raum, das Gerede und Gewisper der Gäste legt sich wie ein Teppich über sie. Leo klatscht in die Hände und versucht, Juanita zum Lachen zu bringen. In einer Stunde ist alles überstanden.

CAFÉ CRISTALLINA

Irgend etwas stimmt mit den beiden nicht. Das gekünstelte Witzeln scheint keinen grossen Erfolg zu haben. Die Asiatin schaut nur beschämt auf den Tisch, als würde er sie fortlaufend beleidigen. Und sein Englisch klingt irgendwie lächerlich. Ob das seine Frau ist? Oder eine

Prostituierte, die er nicht mehr los wird? Georg nippt an seinem Kaffee und raucht. Die Müdigkeit hat sich in Schlappheit verwandelt, die kleinste Bewegung fordert ungeheure Anstrengung. Das Paar neben ihm ist wortkarger geworden. Der Typ sieht auch ganz schön mitgenommen aus. Irgendwie scheinen die nicht zueinander zu passen. Dass der Alte ihn nicht wiedererkannt hat, wundert ihn immer noch. Irgendwie mochte er diese Begegnung mitten in der Nacht auf jener Bank. Aber vielleicht hat er tatsächlich geträumt.

»Hey Georg!«

Fred steht vor ihm wie aus dem Boden geschossen. Er zieht sich den Anorak aus, sieht ausgeschlafen und quicklebendig aus.

»Fred! Ich glaub's nöd!«

»Wo bisch denn du gsii?«

»Was, wie, wo gsii? Wo bisch du gsii! Gopfer telli, und erklär mer emol, was mit dere Liich i eurä Wonig isch! Was glaubsch wi-n-ich veschrocke bi! Ich glaub, du bisch mer no es paar Erklärigä schuldig! Und wohrschinlich endet üses Gspröch bi de Polizei!«

»Georg, ganz ruhig, jo. Du bisch jo ganz durenand. Wieso bisch denn nöd vebiicho? Mir hend gwartet, und woher weisch du, dass bi üs im Huus öper umprocht worde isch?«

»Ich bi i euere Wonig gsii, ich ha d'Liich gseh und diä völlig zerstörti Wonig!«

»Georg!«

»Und wo isch d'Eliane?«

»Sie chunt grad, sie isch nur schnell ä Zitig go holä.«

Und schon steht Eliane in der Tür und hält nach ihnen Ausschau. Sie wechseln sofort ins Französische über.

»Georg! Da bist du ja. Hallo!«

»Salut.«

Sie starren sich an. Georg raucht nervös seinen Stummel bis an den Filter hinunter.

»Tja, also. Ich höre. Was soll das Ganze?«

Fred zittert vor Aufregung.

»Eliane, weisst du, was Georg gerade gesagt hat?«

»Was?«

»Er war in der Wohnung heute nacht, er hat die Leiche gefunden!«

»Was!?«

»Und ich habe die Polizei alarmiert, falls euch das interessiert. Aber ich bin nicht dort geblieben, ich hatte Angst, dass ihr mich in die Sache mit hineinzieht.«

»Wir?«

»Wieso wir?«

»Warum habt ihr den Typen umgelegt? Und warum die verwüstete Wohnung? Und was sollte ich dabei?«

»Jetzt aber halt mal! Georg!«

»Das gibt's doch nicht!«

»Georg, weisst du was passiert ist?«

»Das möchte ich ja schon lange gerne wissen!«

»Du hast dich im Stockwerk geirrt!«

»Im Stockwerk geirrt?«

»Ja.«

»Was?«

»Du warst in der falschen Wohnung!«

»In der falschen Wohnung?«

»Der Mann, der ermordet wurde, wohnte direkt unter uns. Du hast dich in der Aufregung im Stockwerk geirrt!«

»Wieso hast du dich auch so aufgeregt, das war doch nur eine kleine Auseinandersetzung zwischen Fred und mir.«

»Aber da war dieser Schrei.«

»Was für ein Schrei?«

»Als ich das Treppenhaus hochrannte, hörte ich plötzlich einen Schrei.«

»Einen Schrei?«

»Ja, und dann ...«

Ein Knall durchdringt das ganze Café. Ein Teller fällt zu Boden und zerspringt, ein Tasse folgt, Messer, Gabel, Löffel. Théodors Kopf liegt auf dem Tisch zwischen zwei Salatblättern, seine Arme hängen schlaff von den Schultern herunter. Vor dem Fenster fährt ein Bus vorbei, Leute gehen in schnellen Schritten auf dem Trottoir vorbei. Der Kellner steht mitten im Raum wie zu Stein erstarrt mit hoch erhobenem Tablett. Die an den Tischen sitzenden Gäste drehen ihre Köpfe, schauen mit erschreckten, entsetzten Gesichtern, offenen Mündern. Eine Sekunde lang steht dieses Bild, als hätte jemand auf die Pausentaste gedrückt. Dann rennt der Kellner zu Théodor.

»Monsieur Dubois!«

Aufgebrachte Stimmen, Lärm, Panik wie auf einem kenternden Schiff. Der Barkeeper wählt mit schwirrenden Fingern, ruft die Ambulanz. Der Kellner tätschelt Théodor die Wangen, redet auf ihn ein und stützt ihn auf seinem Stuhl. Gäste drängen sich rund um den schlaffen Körper, wollen anfassen, untergreifen, erste Hilfe anbieten.

Théodors Augen bleiben starr und seine Glieder hängen herunter wie die losen Teile einer Marionette. An der Stirn tritt etwas Blut aus, da, wo er sich beim Aufschlag mit dem Kopf auf dem zersprungenen Teller verletzt hat. Der Kellner und ein Gast legen Théodor auf den Boden. Leo und Juanita müssen aufstehen und zur

Seite weggehen. Eliane, Fred und Georg stehen wie gelähmt im Hintergrund. Die Leute drängen sich zwischen den Tischen und Stühlen, Passanten bleiben am Fenster stehen und drücken ihre Nasen daran platt, gestikulieren und reden mit aufgebrachten Gesichtern. Die Ambulanz fährt mit Blaulicht vor, und weissgeschürzte Sanitäter stürmen in den Raum. Eine Ärztin stellt den Tod fest. Schlagartig wird es still wie in einer Kirche. Die Bahre mit dem nötigen Material zur Versorgung des Toten wird hereingetragen, und die Leute werden gebeten, das Café zu verlassen. Andächtig und still treten die Gäste auf die Strasse hinaus. Die Ärztin schliesst die Tür, und Théodor wird aufgebahrt.

RUE DU RHÔNE

Von weitem sehen sie die Menschentraube auf dem Trottoir bis weit in die Strasse hinaus stehen. Louis hat Leila seinen Arm wärmend über die Schulter gelegt. Eng aneinander geklammert kommen sie die Rue du Rhône herunter auf die Menschentraube zuspaziert. Sie sind spät dran, Leilas Mutter wartet bereits, muss zur Arbeit, und sie beide können es kaum erwarten, ihre kleine Magalie wieder in den Armen zu halten. Die Menschenmenge versperrt den Durchgang, so dass sie sich gegenüber des Cafés Cristallina an der Wand des Gebäudes entlang drücken müssen. Sie recken die Köpfe und verlangsamen ihren Schritt. Dann zwängen sie sich an dem Krankenwagen vorbei und bleiben wie angewurzelt stehen. Die beiden Personen vor ihnen sind nicht weniger verwundert. Auf der anderen Strassenseite befinden sich ein junger Mann und eine kleine zierliche Asiatin, die ihre Kleider tragen. Eben wollten sie sich an den Gaffern vorbeidrücken und davongehen, als sich ihre Blicke zufällig kreuzten. Mehrere Sekunden stehen alle vier da wie versteinert und starren die jeweilige Person in den eigenen Kleidern an. Dann macht der junge Mann gegenüber eine vorsichtige Geste. Langsam greift er an den Verschluss seiner Daunenjacke, zieht den Reissverschluss herunter und greift mit der rechten Hand in die Innentasche, dann, als übergebe er eine Waffe, zieht er eine Brieftasche aus der Daunenjacke. Louis weiss, welche Dokumente sich darin befinden und versteht die Geste. Er greift in die Innentasche seines Jacketts und findet darin die Krawatte, greift an die Gesässtasche seiner Flanellhose und findet dort eine Magnetkarte, beides nimmt er in die Hände und streckt sie dem Fremden entgegen wie ein Geschenk. Langsam gehen sie aufeinander zu und tauschen ihre Dokumente. Ohne ein Wort zu sprechen, greift auch die Asiatin in eine Innentasche ihres Jacketts und findet darin einen Ohrring. Mit einem freundlichen Lächeln und einer einladenden asiatischen Verneigung streckt sie ihn Leila entgegen. Leila steht nur da und starrt die kleine Frau an. Dann zieht die Asiatin das Jackett aus und legt es Leila über die Schultern. Mehrere Sekunden vergehen, bis Leila aus ihrer Starre erwacht. Und bis sie wirklich realisiert, was passiert, sind die beiden Fremden zwischen den aufgebrachten Menschen auf und davon. Louis ruft ihnen hinterher, aber sie sind bereits um die nächste Hausecke verschwunden.

Leila streicht mit der Hand über das Jackett auf ihrer Schulter.

»Sind wir jetzt ganz übergeschnappt?«

»Was war denn das?«

»Aber schau, das ist tatsächlich meine Jacke.«

»Und das ist meine Brieftasche, mit Bankkarte und allem, sogar das Geld ist noch drin, schau!«

»Du, wir müssen los, meine Mutter wartet, und Magalie ist sicher schon putzmunter!«

Eng umschlungen biegen Louis und Leila in eine schmale Gasse ab.

Die Leute drängen sich noch immer rund um das Fenster am Café Cristallina. Plötzlich kommt Bewegung in die Masse, die Leute treten zur Seite, bilden einen Korridor. Théodor wird auf einer Bahre herausgetragen und in den Krankenwagen gelegt. Der Fahrer schliesst sanft die Tür und langsam, nur mit kreisendem Blaulicht ohne Sirene fährt der Wagen die Rue du Rhône hinunter.

Fred gibt Georg die Hand, Eliane küsst ihn auf die Wange, sie nicken und gehen auseinander.

IN DER NÄHE VON GY

Unweit des kleinen, zu Genf gehörenden Dorfes Gy fährt ein verbeulter Opel auf einem schmalen Kiesweg in einen Wald hinein. Die Sonne hat die Felder in weiche Matten verwandelt, die herbstlichen Bäume und vereinzelten Rebhänge schillern in allen Farben. Vom kleinen Dorf her schlägt eine Glocke neun Uhr. Der Opel fährt langsam, der Kies knirscht unter den abgefahrenen, bedächtig vorwärtsrollenden Reifen. Zwischen den dunkelsten Bäumen dieses kleinen Waldes bleibt der Opel stehen und die hintere Wagentür geht auf. Eine Frau kippt aus dem Auto und fällt auf den weichen Waldboden. Ihre Haare sind feucht und über dem Gesicht verklebt. An ihren Händen Reste von eingetrocknetem Blut. Bewusstlos bleibt sie liegen. Die Autotür schlägt zu, und der Opel fährt weg, schleichend, ohne Hast. Lucie liegt auf feuchtem Laub, auf zerbrochenen Ästen und irgendwann registriert sie den Geruch von feuchtem Gras, von Moder, die frische Luft des Waldes. Über ihr kreist ein Mäusebussard und verschwindet über den Baumwipfeln. Aus der Ferne ist ein Auto zu hören, ein Traktor. Sie dreht sich ächzend um und fasst an ihren schmerzenden Schädel, reibt sich die Schläfen und versucht aufzusitzen. Den Spaziergänger hat sie gar nicht herankommen gehört. Ein grosses Gesicht beugt sich über sie, ein Pensionär auf seinem Morgenspaziergang.

»Kann ich Ihnen helfen?«

BAINS DES PÂQUIS

Eine Seite der Buvette wird geöffnet, eine junge Frau und ein junger Mann richten die Theke ein, legen Crème und Zucker für die Kaffees bereit, Löffel, Aschenbecher. Die Croissants und Pains au chocolat werden geliefert. Der dickbäuchige Bademeister holt den Schlauch aus dem Geräteraum und beginnt, den Betonsteg abzuspritzen, nässt Stühle und Tische dabei, die Holzpritschen vor der Sauna. Ein Mann um die Fünzig rennt ein paar Runden rund um das Wasserbecken, wippt in der Hocke einige Male auf und ab, macht Arm- und Kniebeugen, Liegestützen, duscht. Dann zieht er Anzug und Krawatte an und geht, den rollenden Aktenkoffer hinter sich herziehend, zurück ans Festland, Richtung Flughafen. Ein Motorboot wird mit Müllsäcken beladen, grosse schwarze Leiber, bis das Boot beinahe kentert. Das Tuckern des kleinen Motors entfernt sich langsam. Zeitungen liegen auf der Theke aus, Geschirr zur Selbstbedienung. Im See taucht ein bebrillter Kopf auf, taucht wieder unter, schiesst wieder hoch, schnappt nach Luft, taucht wieder unter, schwimmt in rhythmischem Auf und Ab vorbei, unter den Balustraden hindurch auf die andere Seite des Bades. Ein Fisch kreist im Becken, eine grosse Forelle, langsam und zutraulich schwimmt sie andächtig Kreise, zieht wieder ab. Der grüne Schlauch landet im Abstellraum, die Tür fällt ins Schloss. Der Dickleibige in den weissen Shorts kümmert sich um die Holzhütte auf der linken Seite des Bades. Der Ofen muss in Brand gesetzt werden, seit ein paar Tagen ist die Sauna wieder aufgebaut wie jeden Winter. Ein feuchter Eukalyptusgeruch breitet sich vom Ofen aus. Neunzig Grad Celsius, 30 Prozent Luftfeuchtigkeit.

Ein junges, japanisches Paar torkelt kichernd und lachend mit zerwühlten Kleidern und zerzausten Haaren über den Pont de la Machine, einen Schirm mit sich führend gegen die herbstlich schwach gewordenen Sonne, schlendern Richtung Hotel Beau Rivage und fragen sich, wo wohl ihre Bademäntel geblieben sein könnten, wer sie warum gestohlen hat und was der Dieb mit ihnen angestellt haben könnte, gehen dabei an einem Flötenspieler vorüber, der auf seinen beiden Rucksäcken sitzt und in den Holzstengel hineinbläst, mit den Fingern auf den Löchern herumtappt wie ein Blinder und die Münzen auf dem kleinen Pappdeckel zählt, die sich nach Stunden darauf versammelt haben. Er spielt keine Lieder, er flötet. Das Blasen und die Bewegung der Finger erzeugen einen Gesang der Bitte um Almosen. Er spielt zwei Stunden und geht dann frühstücken. Sein Kommen und Gehen ist so unauffällig wie seine Existenz überhaupt. Es gibt nur Momente seines Erscheinens. Das Flötenspiel ist eine Form dieser Erscheinung. Wo und wie er sonst lebt, weiss niemand. Wenn er über den Pont de la Machine weggeht, trägt er einen Rucksack auf dem Rücken, den andern vorne am Bauch. Behängt wie ein Lasttier, hat er seine Habseligkeiten auf sich vereint und bewegt sich frei, wie ein loser, winziger Einmannstaat zwischen den Ländern. Sein Blick streift durch das Geflecht der Blicke der Passanten. Auf dem Karton liegen ein paar wenige Münzen. Die Läden öffnen ihre Tore, installieren die Kassen, legen neue Ware in die Regale. Lieferwagen verlassen die Speditionen und verschwinden im Gewühl des im Rhythmus der Ampeln pulsierenden Verkehrs.

Das junge japanische Paar erreicht das Hotel Beau Rivage. Sie bleiben vor dem Eingang stehen, nehmen Haltung an, kichern und betreten die Eingangshalle mit offenem Regenschirm.

POSTE DE POLICE

Wie ein geschlagener Hund sitzt Leo auf dem harten Bürostuhl. Die plötzliche Entspannung durch das Geständnis hat ihn so ermüdet, dass er stehend einschlafen könnte. Hinter und neben ihm huschen Leute vorbei, Männer und Frauen in Uniform, zwei zugeknallte Junkys werden in Handschellen vorbeigeführt. Der Beamte spricht in einem warmen, herzlichen Ton.

»Herr Rollin, es ist sehr ehrenvoll von Ihnen, dass Sie gegen sich selbst Strafanzeige erheben möchten.«

Leo weiss nicht, was er dazu sagen soll, zuckt mit den Schultern, er ist froh, wenn bald alles vorüber ist.

»Aber leider sind Ihre Angaben alle falsch.«

»Was?«

»Herr Rollin, Sie haben eine schwere Nacht hinter sich. Sie haben einer hilflosen Frau in einer gewissen Weise das Leben gerettet. Glauben Sie nicht auch, dass Sie der Stress dieser Begegnung ein bisschen stark mitgenommen hat? Sie brauchen Ruhe, gehen Sie nach Hause und gönnen Sie sich ein paar Tage Erholung.«

»Was haben Sie eben gesagt?«

»Das Konto, von dem Sie uns erzählt haben, die Nummer, das Geld, all das ist nicht auffindbar. Wir haben Ihre Angaben bei der Bank überprüfen lassen.«

»Das gibt's doch nicht!«

»Wenn Sie möchten, bringt Sie einer unserer Dienstleute nach Hause.«

»Das ist doch nicht wahr! Norbert! Natürlich!«

Leo springt von seinem Stuhl auf.

»Möchten Sie, dass Sie jemand nach Hause bringt?«

Leo geht durch das Polizeibüro wie ein Nachtwandler.

»Herr Rollin!«

Noch bevor ihn jemand aufhalten kann, ist Leo bereits durch die Gänge, Treppen und Türen auf die Strasse hinaus verschwunden. Mit hochrotem Gesicht rennt er durch die hektische Geschäftigkeit der Einkaufstrassen, überquert den Pont de la Machine, hört die Flötentöne und das Heulen einer Polizeisirene.

Norbert sitzt in jenem Korbsessel im Flur, der den ganzen Abend als Garderobe diente. Die Beine übereinandergeschlagen, einen Arm aufgestützt, die Hand an der Wange. Er scheint zu schlafen, döst aber nur. Jeanine ist an dem kleinen Barocktisch endgültig eingeschlafen. Das Drehen des Schlüssels im Schloss reisst sie aus dem Schlaf.

Leo steht mit grauen, tiefdunklen Augen im Türrahmen. Jeanine springt entsetzt auf.

»Was ist denn mit dir passiert? Was hast du denn für Kleider an?«

»Wo ist der Kerl!«

»Leo!«

Norbert kämpft sich aus dem Korbsessel und geht mit ausgebreiteten Armen auf Leo zu, als empfange er einen Freund, wird von Leo aber sofort zurückgestossen.

»Du Schwein!«

»Was ist denn? Warum so aufgeregt?«

»Wo ist das Geld?«

»Welches Geld?«

»Du weisst genau, wovon ich rede!«

»Kann es sein, dass Du mir eine Erklärung schuldig bist?«

»Ich dir? Du hast das Geld zur Seite geschafft!«

»Tja, was soll ich dazu sagen? Ich wusste doch, dass du nicht einmal eine einzige Nacht durchstehen würdest. Einer, der aufgrund einer harmlosen Suchanzeige nach einem vermissten, senilen alten Mann voller Panik in den Untergrund flieht, der hält nicht lange durch, das war mir sofort klar.«

»Aber wie hast du …«

»Du bist kein Verbrecher Leo, das weisst du doch selbst am besten. Lass in Zukunft die Finger davon! Ein richtiges Verbrechen braucht Stil, eine gewisse Erhabenheit auch. Ein guter Wirtschaftsverbrecher plant sein Werk so, dass es eben kein Verbrechen mehr ist, verstehst du. Aber du solltest dich jetzt ausruhen. Geh schlafen, du siehst ziemlich kaputt aus. Ich hab' dich im Büro bereits krank gemeldet. Und ich glaube, deine Frau hat auch ein bisschen Wärme nötig, nicht wahr, Jeanine?«

Er tätschelt ihr die Wange. Jeanine schaut ihn entgeistert an.

»Norbert, ich dachte, du hättest …«

Leo fasst sich wieder.

»Jetzt aber halt mal, was hast du gestern Nacht in Cologny gemacht? Und wo ist das Geld, verdammt noch mal!«

»Leo, jetzt sei doch vernünftig, du solltest dich eher bei mir bedanken, als solche Fragen zu stellen. Sei froh, dass ausser einer durchgemachten Nacht nichts Schlimmeres passiert ist.«

Er schaut ihm streng in die Augen, legt ihm die Hand auf die Schulter.

»Lass es einfach. O.k.?«

Norbert wendet sich an Jeanine.

»Tja, Jeanine, tut mir leid. Aber danke trotzdem für den guten Wein.«

Er küsst sie auf die Wangen. Jeanine lässt es willenlos geschehen.

»Dann bis demnächst. Erholt euch gut. Tschüss.«

Norbert klopft Leo nochmals auf die Schulter, schaut ihm mitleidig in die Augen und geht dann zur Tür.

»Kopf hoch Junge. Wir sehen uns Montag zum Essen, o.k.?«

Die grosse, schwere Eichentür fällt hinter Norbert zu, und Leo lässt sich in den Korbsessel fallen. Jeanine starrt an die weisse Wand.

PLACE BEL-AIR

Der grosse Blonde im Lodenmantel schreitet über den Platz, eine Zigarette im Mundwinkel, die Hände in den Hosentaschen, wühlt sich durch die Menschenmenge, lässt die Busse passieren, überquert die Strasse auf dem Weg zu seinem Schreibtisch, verschwindet über den Pont de la Machine, wo der Vollbärtige auf seiner Flöte herumbläst und jedesmal dankend mit dem Kopf nickt, wenn jemand eine Münze auf seinen Pappdeckel fallen lässt. Der Klang seiner Flöte durchdringt den Verkehrslärm. Menschen gehen über die Brücke, wie jeden Tag, so stetig und unaufhaltsam wie die Rhone, die darunter ruhig und schweigsam dahinfliesst.

CIMETIÈRE DE SAINT-GEROGES

Der Abflug wird begleitet vom Schwirren und Surren der Motoren und Propeller des Helikopters. Die Trauergemeinde wird vom Wind erfasst, Haare stehen waagerecht zur Seite weg, Hose und Hemd scheint es beinahe vom Leib zu reissen, die Urne wechselt die Hand, die Luke des Helikopters wird geschlossen, und die überdimensionierte Libelle hebt ab über dem Friedhof, lässt Kreuze und Blumenkränze hinter sich, eine kleine Trauergemeinde steht in Schwarz gekleidet andächtig zusammen, und die Köpfe drehen sich mit dem Flugobjekt in den Himmel hoch. Der Wald entschwindet unten, die Rhone folgt auf die steil abfallende Böschung, die Häuser und Wohnblocks der Jonction, Strassen, auf denen Autos verkehren wie kleine, längliche Kinderspielklötze, die Stadt liegt unten wie ein gewobener Teppich, die Altstadt gleitet vorbei, die Kathedrale, der Hafen, der See zieht sich in die Länge, eingebettet zwischen die Landschaft des Jura und des Mont-Blanc Gebirges, die von oben erscheint wie die Haut eines alten, runzeligen Tieres, der See wie ein helles, waches Auge, schillernd, mit kleinen weissen Fahnen, die darin wehen.

Der Kopilot öffnet die Luke, nimmt den Deckel von der Urne, kippt sie um und streut Théodors Asche in den Wind. Ein Luftzug reisst den Staub mit sich und zerbläst ihn im Licht der Sonne zu nichts.

All denen, die mich während den zwei Jahren, in denen dieses Buch entstanden ist, zum Teil beabsichtigt, zum Teil unbeabsichtigt zu den hier erzählten Geschichten geführt oder mich dabei beraten und unterstützt haben, sei ganz herzlich gedankt:

Daniel Baumann
Pascal Baumgartner
Walter Eigenheer
Stéphane Guex-Pierre
Franz-Josef Holzer
Wolfgang Hörner
Elisa Richle
Kurt Rickli
Alois Schmalz
Harold Schouten
Haus Schärmann
Chris Sigaloff
Jürg Sonderegger
Peer Teuwsen
Marianne Van der Zee
Adel X.
Aoumeur Y.
Z.
die Drehbuchwerkstatt München
insbesondere:
Egon Günther
Dr. Helmut Krapp
Prof. Dr. Klaus Schreyer
Brigitte Schroedter
Prof. Dr. Matthias Varga von Kibéd
Dieter Berner
Keith Cunningham
und
ein spezieller Dank an
meine Frau Samia!

(Genf im Mai 1998)

Die Deutsche Bibliothek – CIP-Einheitsaufnahme

Richle, Urs:
Hand im Spiel : Roman / Urs Richle. – Frankfurt am Main :
Eichborn, 1998
ISBN 3-8218-0657-5

Umschlaggestaltung: Moni Port
Lektorat: Wolfgang Hörner
Gesamtproduktion: Fuldaer Verlagsanstalt GmbH, Fulda
ISBN 3-8218-0657-5

Verlagsverzeichnis schickt gern:
Eichborn Verlag, Kaiserstraße 66, D-60329 Frankfurt
http://www.eichborn.de